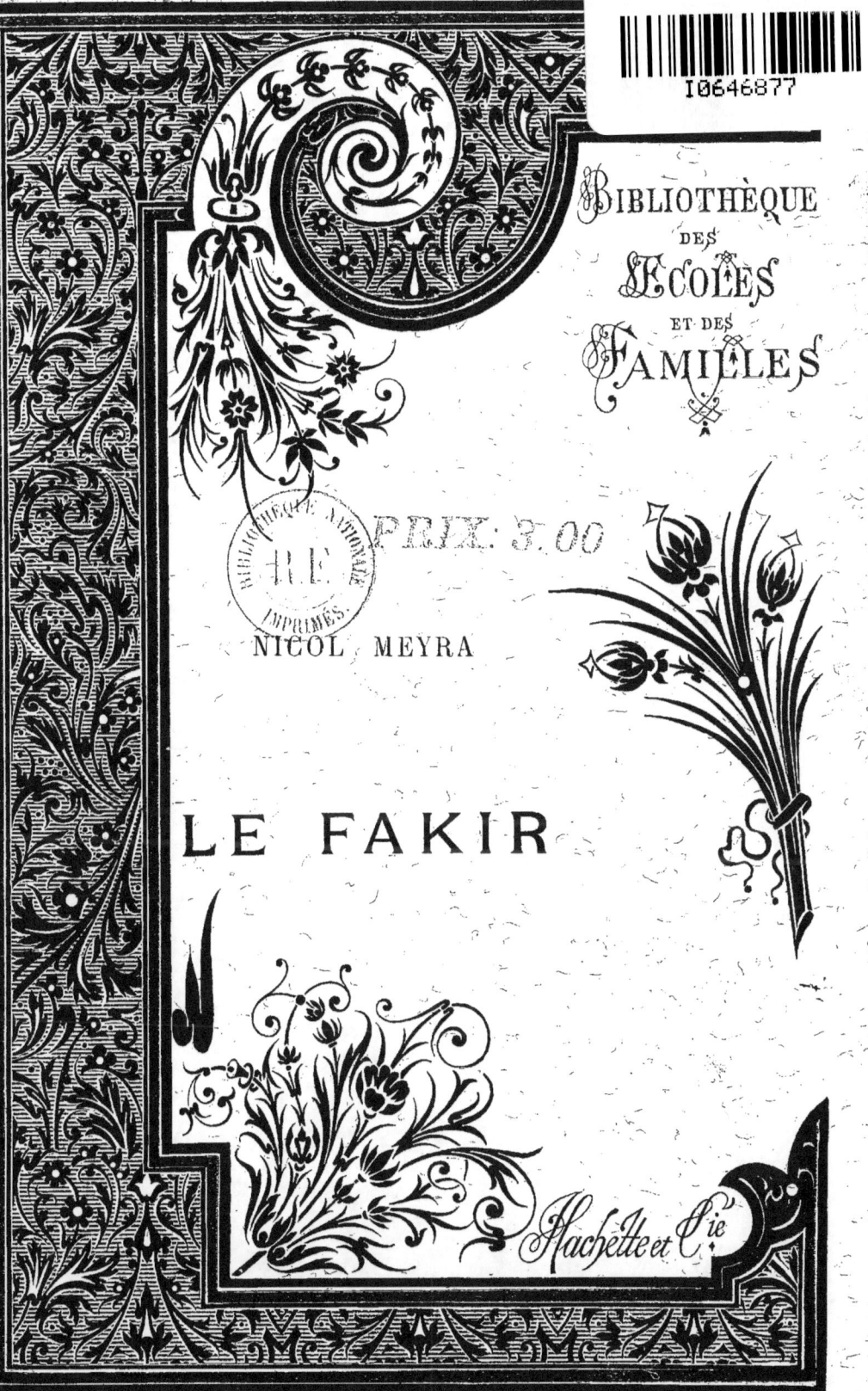

BIBLIOTHÈQUE DES ÉCOLES ET DES FAMILLES

PRIX : 3.00

NICOL MEYRA

LE FAKIR

Hachette et Cie

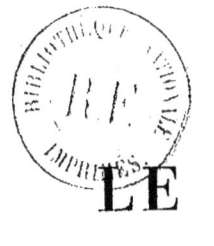

LE FAKIR

44751. — PARIS, IMPRIMERIE LAHURE
9, rue de Fleurus, 9

BIBLIOTHÈQUE DES ÉCOLES ET DES FAMILLES

NICOL MEYRA

LE FAKIR

OUVRAGE ILLUSTRÉ DE 26 DESSINS

PAR

W. DE L. DODGE

PARIS

LIBRAIRIE HACHETTE ET Cᴵᴱ

79, BOULEVARD SAINT-GERMAIN, 79

1901

Droits de traduction et de reproduction réservés.

LE FAKIR

PREMIÈRE PARTIE

LE COFFRE DE LAQUE

I

OÙ LE LECTEUR FAIT LA CONNAISSANCE D'UNE MAISON COMME ON N'EN VOIT GUÈRE,
ET D'UN SAVANT COMME ON EN VOIT PEU

La maison où habitait M. Josuah-Thomas-Alva Tockson, recteur
honoraire du fameux collège de Harvard et inventeur renommé
dans toute l'Amérique du Nord, — un pays qui cependant ne
manque pas d'inventeurs — est située au numéro 37 *bis* de *State
street*, la plus belle rue de Chicago.

Cette maison, ainsi que le *Masonic fraternity Temple*, situé
tout à côté et précisément dans la même rue, et que le *Odd
Fellows Building*, immense édifice encore plus extraordinaire
érigé dans les mêmes parages, peut être considérée comme
l'un des plus magnifiques spécimens de ces *gigantic houses*,
dont s'enorgueillissent, non sans raison, les Anglo-Saxons
d'outre-mer.

Aucun spectacle n'est plus saisissant pour l'Européen, subitement débarqué sur les bords du Michigan, que celui de ces maisons à vingt ou trente étages, qui érigent, au cœur de Chicago, leur gigantesque armature de verre et de métal, leurs mille fenêtres, ouvertes sur leurs flancs, comme les alvéoles d'une ruche babélique, leurs tourelles et leurs coupoles, irradiées par la lumière électrique.

L'aménagement intérieur de ces maisons, baptisées par le peuple du nom significatif de *Sky-scrapers*, « gratteuses de nuages », réserve au visiteur plus de surprises encore, peut-être, que leur aspect extérieur. C'est un monde, en effet, qu'un édifice dans le genre de celui où habite le docteur Tockson. Vingt ascenseurs suffisent à peine à en desservir les trente étages; deux ou trois ingénieurs sont nécessaires pour diriger les machines innombrables, qui servent à distribuer dans les appartements l'eau, la chaleur, l'air, la lumière et la force. Tous les corps d'état sont répartis du haut en bas de la ruche. Tout en haut, sur la plate-forme, vous verrez des salles de théâtre et de concert, des bars, des cafés, où vous pourrez boire, au milieu des palmiers et des fleurs tropicales, quelques-unes de ces boissons savantes, à la glace et à l'alcool, que confectionnent avec tant d'art les limonadiers yankees.

A l'étage inférieur, nous trouvons des chapelles de tous les cultes chrétiens, une salle d'école et de conférences, un temple maçonnique, une vaste salle de fêtes, pouvant contenir six cents personnes, et munie d'un orgue de plus de quarante jeux. Plus bas, sont installés les cireurs de bottes, les coiffeurs et les bureaux de tabac, les salles de bains pour les dames et pour les gentlemen, les bureaux de change et les cabinets de dentiste.

Une gigantic house.

Dans les caves de l'édifice fonctionnent et palpitent jour et nuit les énormes machines qui, mues à la vapeur ou à l'électricité, actionnent les monte-charges, les ventilateurs, en un mot tous les organes à la fois puissants et compliqués de ces modernes Babels.

Au numéro 37 *bis* de *State street*, M. Tockson occupait une partie du vingt-deuxième étage, avec sa fille Deborah.

Représentez-vous une vaste pièce encombrée d'appareils de toute sorte, téléphones, phonographes, lampadaires, robinets de force motrice. C'est le cabinet du docteur. Le mur, à portée du vaste bureau de travail de M. Tockson, est tapissé d'innombrables boutons électriques, permettant d'actionner ces différents appareils, dont plusieurs sont de l'invention de l'ingénieux savant lui-même. Qu'il veuille faire le chaud ou le froid, le jour ou la nuit dans son cabinet, faire monter ou descendre l'ascenseur qui correspond à son appartement, communiquer avec la chambre de sa fille, ou avec la plus prochaine station de cabs, M. Tockson n'a qu'à étendre le bras et qu'à presser un de ces boutons. Le même geste lui permettra, s'il désire se distraire, de faire résonner dans le théâtrophone voisin la chanson que débite, à ce moment même, sur une scène distante de quelques kilomètres, un des chanteurs excentriques de l'un des concerts de *Lincoln Park*. S'il a l'esprit occupé de pensées plus graves, ce phonographe lui répétera à volonté un fragment de la dernière conférence, débitée à l'église évangélique, par un des plus éloquents révérends de l'Amérique. L'heure, la température. le degré d'humidité de l'atmosphère, le cours de la bourse, ou les dernières nouvelles reçues à l'Office central des télégraphes apparaissent successivement sur des tableaux fixés à la hauteur de son regard.

Pour le moment, le savant sommeille, étendu sur une chaise longue d'osier. Il fait chaud et un moteur invisible agite au-dessus de sa tête un large *punka* de plumes, qui lui procure dans son sommeil une brise rafraîchissante. Vienne l'heure qu'il a marquée pour la fin de sa sieste, et le même éventail, en s'abaissant insensiblement, sous l'action du moteur, convenablement remonté à l'avance, viendra lui chatouiller légèrement le visage, et lui procurer ainsi un réveil paisible et ponctuel, exempt de tout désagréable sursaut.

M. Tockson est un homme de cinquante ans, d'apparence solide; les cheveux, qu'il porte un peu longs, et sa barbiche un peu rude, commencent à peine à grisonner. L'ensemble de la physionomie du recteur honoraire reproduit, d'une manière frappante, le type classique de l'*uncle Sam*, du Yankee pur sang. Sur son nez, sont fixées des lunettes à forte monture d'or; la convexité du front et le prognathisme accentué de la mâchoire inférieure dénotent chez Tockson une indomptable énergie et, disons-le même, un entêtement sans bornes. Les lignes du visage, d'ailleurs, sont régulières et belles, elles racontent une existence calme et laborieuse de savant et de penseur.

Trois heures sonnent à l'horloge électrique. L'éventail de plumes réveille Tockson. Il se lève, se frotte les yeux. Du doigt pressé sur un des boutons électriques, il fait remonter les stores abaissés durant son sommeil sur les fenêtres de son cabinet de travail. En même temps, une porte s'ouvre et nous voyons entrer miss Deborah.

Les Américaines ne sont point toujours jolies, mais, quand
elles le sont, il est impossible de rêver de plus splendides
exemplaires de la beauté féminine. Or, miss Deborah Tockson
peut passer, à bon droit, pour une des jeunes filles les plus
séduisantes et les plus accomplies de toute l'Union. Sa taille est

La porte du cabinet du docteur s'ouvrit et Miss Deborah entra.

élancée; de magnifiques cheveux blonds, tordus en un chignon
épais derrière sa nuque, légèrement ambrée, la transparence
mate de sa carnation éblouissante, révèlent la pureté de son
sang, comme la limpidité souriante de ses beaux yeux bleus
et clairs disent la beauté de son âme. Miss Deborah est vêtue
d'une robe de mousseline blanche, d'une suprême élégance;
chaussée de fins souliers vernis, qui découvrent légèrement
un bas de soie noire, moulant une adorable cheville. La
démarche de la jeune fille, d'une grâce libre et décidée,

est bien celle d'une jeune Américaine, instruite et raisonnable, habituée dès l'enfance à ne compter que sur elle-
même.

Miss Deborah arrive près de son père. Elle se penche sur son
front et l'embrasse. Au regard dont le savant accueille cette
démonstration filiale, il est aisé de voir quelle tendresse profonde
ces deux êtres éprouvent l'un pour l'autre.

« Eh bien, Deborah, dit Tockson à sa fille, après avoir écarté
ses mèches blondes pour baiser son beau front pur, quel est l'événement qui me vaut, à cette heure, le plaisir inusité de votre
visite?

— Nul événement, mon père, mais il faut que je vous parle de
choses sérieuses;... et, reprit la jeune fille, en remarquant la
mine un peu étonnée de M. Tockson, il faut que je vous gronde,
ainsi que vous le méritez. Voici longtemps, mon cher père, que je
cherche, sans oser la faire naître, une occasion de vous reprocher
votre manque de confiance à l'égard de votre fille. Non seulement
vous vous absorbez dans vos travaux, au point que je ne vous
vois plus guère qu'aux heures des repas, mais encore vous
devenez d'un mutisme et d'une défiance tout à fait déconcer-
tants. »

M. Tockson arrêta sa fille avec un geste de courtoise protesta-
tion.

« Vous êtes injuste, fit-il, ma chère Deborah, vous savez que
j'ai en vous, en votre bon sens, en votre jugement, la plus absolue
confiance. Et la preuve, c'est que vous avez toujours été initiée la
première à mes recherches et à mes découvertes. »

Miss Deborah hocha la tête :

« Il en a été longtemps ainsi, dit-elle, et je vous en garde, mon cher père, une vive reconnaissance. Pour ne parler que de vos derniers travaux, vous m'avez tenue au courant des études si intéressantes que vous avez longtemps poursuivies, concernant les stupéfiants et les narcotiques. J'aperçois, dans ce tiroir entr'ouvert, tout un paquet de tablettes brunes : c'est la substance somnifère que vous avez inventée et que nous avons essayée ensemble.

— Un produit superbe, interrompit Tockson, dont les yeux subitement brillèrent. Une tablette de cette substance plonge l'homme le plus robuste dans un sommeil cataleptique de dix à quinze jours, au moins, avec toutes les apparences de la mort. Le pouls cesse de battre, le cœur semble s'arrêter, la respiration est suspendue. Et cependant, ce narcotique ne produit aucune altération de la santé. Et, lorsque la période de sommeil est terminée, le patient renaît à la vie, frais et rose, comme un enfant qui s'éveille.

— Ensuite, continua Deborah, sans faire attention à l'enthousiasme du savant, vous avez étudié les explosifs, découvert une substance nouvelle baptisée de votre nom la « Tocksonite », et dépassant en puissance tous les explosifs connus, roburite, mélinite, poudre chloratée, fulminate de mercure.

— Vous voyez bien, chère Debbie, interrompit Tockson, que je vous ai toujours tenue au courant de mes recherches. Et, vraiment, vous le méritez, car votre tête est aussi solide que vos nerfs. Vous êtes à l'abri des terreurs superstitieuses de votre sexe, et l'on peut, sans craindre d'impressionner désagréablement votre imagination, vous mettre au courant des recherches qui seraient terrifiantes

pour un cerveau moins bien organisé que le vôtre. Je vous rends
pleine justice, vous le voyez bien.... Et, pour vous prouver que mes
dispositions ne sont en rien changées à votre égard, je m'en vais
vous faire connaître l'une de mes inventions les plus récentes, une
invention encore inédite et qui rentre tout à fait dans mes études
de nécro-biologie. »

Il était évident que M. Tockson, employant une stratégie toujours efficace, essayait d'esquiver, par une diversion adroite, des
reproches embarrassants.

La *Nécro-biologie* était une science qu'il avait inventée de toutes
pièces, et qui faisait depuis longtemps déjà — miss Deborah le
savait de reste — l'objet favori de ses études.

D'après M. Tockson, la MORT N'EXISTAIT PAS, du moins au point
de vue scientifique. La nature ne comportait que la suspension,
l'arrêt momentané de la vie. Ce que nous prenons pour la mort
n'était, suivant sa théorie, qu'un état intermédiaire pendant
lequel l'individu pouvait être ranimé, pourvu qu'on trouvât un
agent efficace et suffisamment énergique pour agir sur l'orga-
nisme avant sa décomposition.

Bien plus, dans l'esprit de M. Tockson, cet agent était déjà
trouvé : une force merveilleuse, à la fois souple et terrible, mystérieuse et docile, dont les applications si nombreuses ne sont rien,
à côté de tous les services qu'elle est appelée à rendre à la science
et à l'humanité. Et cette force, on l'a deviné sans peine, n'était
autre que l'électricité.

Miss Deborah avait fort bien compris la tactique de son père.
Pourtant elle ne pouvait se désintéresser de la communication
qu'il venait de lui annoncer.

« Voyons donc, mon cher père, fit-elle, l'invention dont vous me parlez !

— Cette découverte, poursuivit l'inventeur, a trait à l'action physiologique de l'électricité, et plus spécialement à l'emploi de cette force comme mode d'exécution des condamnés à mort, à l'électrocution, en un mot....

— Fi ! Quel vilain sujet, mon père, fit la jeune fille, avec une moue de dégoût.

— Il n'y a pas de vilain sujet dans la science, chère enfant. Certes, comme tous les penseurs et, j'ose le dire, comme tous les véritables chrétiens, je suis un partisan résolu de l'abolition de la peine de mort. Mais, du moment que cette peine subsiste dans nos législations imparfaites, c'est faire œuvre d'humanité que d'essayer d'en adoucir les horreurs pour les malheureux condamnés.

— Malheureusement, mon père, l'expérience a donné aux illusions de nos philanthropes le plus cruel démenti. Quel spectacle ce doit être qu'un malheureux condamné, agité de secousses intenses qui ne parviennent pas à lui donner la mort, vivant encore de longues, d'horribles minutes sur sa chaise de torture !

— C'est justement cette scène d'horreur qu'il s'agit d'éviter, à l'avenir. Les premières chaises d'électrocution avaient été mal combinées, imparfaitement construites. Leurs inventeurs n'avaient pas tenu un compte suffisant de l'existence des courants alternatifs qui — les expériences de Tesla et d'Apostoli l'ont démontré — favorisent, loin de l'éteindre, l'énergie physiologique. Les condamnés qui ont été ainsi électrocutés auraient pu, j'en suis

sûr, être ramenés à la vie, soit, comme le pense M. d'Arsonval,
par les modes de respiration artificielle, en usage pour ranimer
les asphyxiés, soit, comme je le pense moi-même, au moyen d'un
contre-traitement électrique.

— Ce serait là, mon cher père, dit miss Deborah, en souriant,
le comble de l'homéopathie.

— J'ai donc, reprit Tockson, sans se dérider, malgré l'inno-
cente plaisanterie de sa fille, combiné un nouveau mode d'exécution électrique. Je crois avoir conçu mon système, de manière à
éviter toutes les chances mauvaises, à donner la mort électrique
sans secousses et sans souffrance aucune, et vous pouvez apercе-
voir, dans l'angle de cette pièce, l'appareil perfectionné que j'ai
construit à cet effet, et que je compte offrir quelque jour au
gouvernement fédéral.

— Quoi! dit miss Deborah, en tournant les yeux vers une sorte
d'armoire étroite, de hauteur d'homme, placée à peu de distance
de son siège, cette boîte que j'aperçois dans votre cabinet,
depuis deux mois bientôt, et que je prenais pour une cabine
téléphonique....

— Ce n'est pas, chère Debbie, une cabine téléphonique, mais
une cabine à électrocution. Je l'ai dessinée et combinée à moi
tout seul, sans autre aide que celle de mon neveu et préparateur,
Pinsonnet, votre garnement de cousin, le plus grand fainéant que
je connaisse, dont l'adresse et l'ingéniosité toutes simiesques
m'ont cependant, je l'avoue, été, dans la circonstance, d'une
certaine utilité.

— Pauvre Pinsonnet, dit miss Debbie. Je vous assure, mon
père, que vous êtes injuste pour lui.

— Injuste, interrompit le savant, d'un ton plus élevé....
Injuste! Dites plutôt que je suis pour lui de la plus coupable
indulgence! Un drôle qui ne pense qu'à jouer au gentleman, que
l'on voit toujours occupé de ses chevaux, de ses pistolets, et qui,
de plus, vous regarde beaucoup trop, Debbie, depuis quelque
temps : du moins, tel est mon avis.

— Ne parlons plus de Pinsonnet, mon père, se hâta de dire la
jeune fille, sur le visage de qui les dernières paroles de Tockson
venaient de répandre une imperceptible rougeur. Aussi bien,
nous sommes-nous laissé entraîner loin du sujet de notre conversation. Voulez-vous, oui ou non, dire à votre fille ce que vous
faites depuis environ deux mois? »

Cette fois, il n'y avait plus moyen d'éviter l'explication réclamée
par la jeune fille, et M. Tockson dut s'y résigner, coûte que
coûte.

« Ce que je fais, dit-il, d'une voix légèrement embarrassée, —
mais toujours la même chose, des expériences, des études....

— Quelles expériences? quelles études? insista Deborah.

— Peu vous importe, Debbie.

— Il m'importe au contraire beaucoup, cher papa. Car, depuis
deux mois environ, ces études et ces expériences vous préoccu-
pent au point de vous absorber entièrement. Vous ne mangez
plus, vous dormez à peine. De plus, vous vous cachez de moi avec
un soin singulier.

— Moi, je me cache! fit Tockson avec une indignation feinte.
Où voyez-vous cela, ma Debbie?

— Dans ce fait, mon cher père, que, lorsque j'entre à l'im-
proviste dans votre cabinet de travail, je ne vous y rencontre

jamais. Vous êtes enfermé ici — et la jeune fille désignait du doigt une porte dissimulée par une tenture dans le fond du cabinet de Tockson — et, lorsque je veux ouvrir cette maudite porte, je la trouve fermée à clef.

— Vous savez, Debbie, dit Tockson, d'une voix qu'il voulait rendre sévère, que cette pièce est mon *Private Museum*, l'arrière-cabinet qui contient mes collections les plus précieuses, et où je poursuis mes études les plus secrètes. Il n'y a aucun péril, Debbie. Je vous le promets sincèrement.

— Alors, laissez-moi entrer, cher père, dans le *Private Museum*.

— Non pas! fit vivement Tockson, il n'y a que moi qui doive entrer dans cette pièce et nul autre n'y aura accès. C'est une consigne inflexible pour tout le monde.

— Même pour votre fille chérie, pour votre Debbie? »

Et l'aimable enfant, se faisant câline, s'assit sur les genoux de Tockson, dans une pose gracieusement alanguie.

— Un bon mouvement, petit père, ayez confiance en votre fille chérie. Je vous aimerai tant, et je vous embrasserai si bien! »

M. Tockson embrassa tendrement Deborah, mais il n'était pas homme à céder et, dégageant doucement son cou des caresses de sa fille, il répondit d'une voix ferme :

« N'insistez pas davantage, ma Debbie, vous me désobligeriez. Ce que je fais en ce moment, vous le saurez un jour, mais n'essayez point de devancer l'heure. Je vous promets que, le moment venu, je parlerai. En attendant, je compte sur votre discrétion et votre sagesse, pour me laisser poursuivre en paix des études de la plus haute importance, et dont le résultat doit

influer gravement sur ma destinée future. Aujourd'hui voici déjà
bien du temps perdu. Il faut que je me remette à l'œuvre.
Excusez-moi, si je vous quitte. Voici d'ailleurs l'heure où Pinsonnet rentre de sa promenade. Souffrez que je vous laisse en
sa compagnie. »

Et, soulevant la portière qui recouvrait l'entrée du *Private
Museum*, le savant entra dans le sanctuaire, dont il referma la
porte au nez de sa charmante fille, qui resta toute songeuse et
quelque peu dépitée.

HISTOIRES ÉDIFIANTES D'UN DOCTEUR AMÉRICAIN ET D'UN BACHELIER FRANÇAIS

Une trentaine d'années avant l'époque où commence notre récit, M. Tockson n'était pas encore le savant illustre, l'inventeur universellement renommé, dont nous venons de décrire la luxueuse installation.

Fils d'un *farmer* des États du Sud, il avait été élevé un peu à la diable, et mis de bonne heure à la besogne par son père, un Yankee pratique et peu sentimental, qui ne le destinait à rien autre chose qu'à lui succéder dans sa plantation. C'est à peine si, dans les moments de liberté que lui laissaient ses occupations multiples, il pouvait consacrer quelques heures à l'étude des sciences physiques, pour lesquelles il avait manifesté, dès le plus jeune âge, une invincible attraction.

Levé dès l'aube, il lui fallait surveiller lui-même l'étable et l'écurie, veiller à ce que les bêtes ne manquassent ni de soins ni de nourriture, puis se rendre à la plantation, y passer la journée sous un soleil de feu, dirigeant les ouvriers nègres, — libres depuis la guerre de sécession, et d'autant plus indolents, — prendre au besoin lui-même la pioche ou la hache. Il ne rentrait à la ferme qu'à la nuit tombante. Une fois le repas du soir hâtive-

ment expédié, quélle force d'âme et de volonté ne lui fallait-il pas
pour allumer sa lampe, et dérober au sommeil quelques moments
d'étude et de réflexion !

Les temps qui suivirent la terrible guerre de sécession furent
mauvais pour les États du Sud et surtout pour les districts coton-
niers. Il y eut des ruines nombreuses, des krachs financiers
effroyables, des désastres répétés. M. Tockson père fut ruiné de
fond en comble, sa plantation saisie et vendue, lui-même, pendant les quelques années qui précédèrent sa mort, contraint de
chercher du travail comme simple ouvrier, et ses enfants obligés
désormais de ne compter que sur eux-mêmes.

Tockson fils ne se découragea point pour si peu. La grande
notoriété qu'il a acquise depuis a mis en lumière les moindres
détails de sa jeunesse et l'humilité glorieuse de ses débuts. On
sait comment, tour à tour gardeur de bestiaux, maître d'école,
bûcheron, commis d'assurances, marchand de chevaux et chauf-
feur mécanicien au service d'une Compagnie de chemins de fer,
il trouva le moyen, dans ces diverses professions, tout à la fois
d'amasser un petit pécule, et de poursuivre, à ses moments
perdus, le cours de ses études scientifiques.

Comme mécanicien de chemin de fer, il lui avait été donné
d'assister à bon nombre d'accidents, car on sait que ce n'est pas
cela qui manque sur les lignes américaines. La fréquence de ces
accidents le fit réfléchir, et un beau jour, il imagina un frein
ingénieux, activé par la vapeur de la machine elle-même, qui
permettait d'arrêter le train le plus rapide d'une façon absolument instantanée. Ce fut sa première découverte.

. Il vendit son frein un bon prix et, désormais dans l'aisance, put se livrer plus à l'aise à ses travaux scientifiques. On sait le reste.

J.-T.-A. Tockson avait une sœur, que la ruine de sa famille avait laissée dans une situation aussi embarrassée que la sienne.

Miss Helena Tockson, vaillante comme son frère, mais moins favorisée par les circonstances, avait, elle aussi, essayé successivement de divers métiers.

Couturière, modiste, rédactrice d'un journal féministe, elle avait enfin abordé la profession d'institutrice. C'est là, en Amérique comme en Europe, le refuge de milliers de jeunes filles pauvres; mais le métier est peut-être encore plus dur de l'autre côté de l'Atlantique, car la concurrence y est plus acharnée que partout ailleurs. Chez les Américains, une institutrice gagne des salaires inférieurs de plus de moitié à ceux d'une modiste, de plus des trois quarts à ceux d'une cuisinière.

Miss Helena Tockson gagnait donc tant bien que mal sa vie, en donnant des leçons. Occupée, pendant dix mois de l'année, à courir les rues et les avenues sans fin de New-York pour rejoindre ses élèves, disséminées aux quatre coins de la ville, elle atteignait non sans peine les mois de juillet et d'août, époque où les cités se vident, car toutes les familles aisées sont parties au bord de la mer ou dans les montagnes, pour y chercher, avec le repos, un peu d'ombre et de fraîcheur.

Miss Helena, assoiffée, elle aussi, et pour cause, de repos et d'air pur, s'engageait alors pour deux mois, comme femme de chambre, dans un hôtel de Saratoga, ou de tout autre lieu de villégiature élégante.

C'est là une habitude tout américaine, et bien faite pour

étonner le touriste étranger, de passage dans quelque luxueux hôtel de la vallée de *Yosemite* ou des *White Mountains*, ces centres paradisiaques de promenades et d'excursions.

Dans ces immenses hôtels, vous serez tout surpris de ne plus voir le service fait par des nègres ou par des mulâtres, comme presque partout ailleurs aux États-Unis, mais par de gracieuses jeunes filles, à la tenue correcte, à l'air remarquablement comme il faut. Votre surprise redoublera lorsque vous verrez, pendant le repas, les dames et les jeunes filles, vos voisines de table, adresser familièrement la parole à ces singulières servantes, comme à des femmes de leur monde, et même comme à des amies.

C'est que ces petites bonnes sont généralement des jeunes filles, appartenant à des familles honorables et pauvres, et qui, désireuses de respirer la brise de la mer ou l'air des montagnes, s'engagent pour la saison dans les grands hôtels où, en échange de la nourriture et du logement, elles acceptent de servir les touristes pendant les heures des repas.

Il y a cent à parier contre un que l'*officieux* qui, dans le même hôtel, vous cirera vos bottes et vous apportera votre eau chaude, sera quelque jeune étudiant ou professeur, qui aura, dans le même but, recouru au même procédé.

Il faut croire que cette existence lassa promptement miss Helena, car elle résolut un beau jour de quitter l'Amérique, pour chercher à se placer dans quelque famille européenne.

Son frère, qui, à la même époque, avait déjà amassé quelques centaines de dollars, lui fournit la faible somme nécessaire pour liquider à New-York sa modeste situation, et pour payer son passage sur le plus prochain paquebot. Miss Helena s'em-

barqua donc, par un beau mois d'avril, sur un splendide bâtiment de la Compagnie transatlantique, à destination du Havre.

On sait que, par une faveur spéciale du Gouvernement français,
la Compagnie transatlantique confie le commandement de ses
navires à des officiers de la marine de guerre, détachés à cet effet
des cadres de la flotte, où ils conservent néanmoins leur grade e
leurs droits antérieurs. C'est ainsi que le paquebot, sur lequel
miss Helena prit place, était commandé par M. Pinsonnet, lieutenant de vaisseau, chevalier de la Légion d'honneur, et âgé de
trente-cinq ans, le type de ce qu'on appelle un officier d'avenir.

M. Pinsonnet, issu d'une famille peu aisée, et parvenu à son
grade à la force du poignet, était arrivé à cet âge climatérique, où
l'homme engagé dans une carrière libérale, qui ne lui a pas
donné tout ce qu'en attendaient les ambitions de sa jeunesse,
sent se fondre son cœur, veuf de ses illusions premières, dans un
immense besoin d'affection intime et de tendresse familiale.

Comment remarqua-t-il miss Helena Tockson, la jeune passa-
gère isolée, de mine distinguée et timide, qui s'écartait des autres
voyageurs, et, dans l'angle du pont, où elle allait chercher un
refuge, ne semblait vouloir converser qu'avec la brise et les
lames?

Quel roman se noua entre ces deux êtres, tous deux meurtris
déjà par les duretés de la vie?

Toujours est-il qu'en arrivant au Havre le lieutenant de vaisseau déclara son amour à miss Helena Tockson, et lui proposa de
l'épouser.

Miss Helena ne demanda pas à réfléchir et, sans nulle simagrée
répondit « oui », joyeusement.

Dix ans s'étaient écoulés dans un bonheur sans nuages,
lorsqu'un coup de foudre vint tout renverser. L'officier de marine
mourut de la fièvre jaune, au cours d'une de ses traversées,
laissant à sa veuve un fils unique, âgé de sept à huit ans.

Cette épouvantable catastrophe brisa à tout jamais l'existence
d'Helena Tockson. C'est à peine si, dans son désespoir, elle put
songer aux conséquences matérielles de ce désastre. Des amis
durent s'en préoccuper pour elle. Le corps du lieutenant Pinsonnet fut rapporté en Europe aux frais de la Compagnie transatlantique, et inhumé dans ce cimetière d'Ingouville, bien
connu des promeneurs, qui érige ses tombes en face des flots
tumultueux, comme pour offrir aux poètes un facile sujet d'anti-
thèses. Là tenait à jamais la vie de la pauvre veuve. Rien ne
pourrait désormais l'arracher de ce coin de terre!

Il fallait cependant songer à vivre!

Les ressources produites par les libéralités combinées de l'État
et de la Compagnie transatlantique suffisaient, pour une femme
seule. Quant au jeune Edgar Pinsonnet, ses protecteurs lui obtin-
rent une bourse entière d'enseignement secondaire, et il fut placé
au collège du Havre, en qualité d'interne, pour y faire ses études.

Son histoire fut celle de tous les écoliers. Il apprit en huit à
neuf ans assez peu de latin, infiniment moins de grec, quelques
dates d'histoire et quelques noms géographiques, avec les
éléments fort insuffisants d'une langue vivante, l'allemand.
Ajoutez à cela un peu de mathématiques, une pâle teinture des
sciences naturelles et — pour couronner le tout — un aperçu
assez vague de la logomachie philosophique. La seule chose
qu'Edgar savait parfaitement, lorsqu'il sortit du collège avec son

diplôme de bachelier en poche, c'était l'anglais et il ne l'avait pas appris au collège, mais avec sa mère, les jours de vacances et de sortie.

N'oublions pas cependant la gymnastique. Pendant quelque temps les programmes lui ont fait une assez large place, ce qui, après tout, n'était pas déjà si bête. Le jeune Edgar, sans avoir jamais eu de titre à figurer parmi les héros un peu ridicules des joutes et des lendits scolaires, n'en profita pas moins de ce que, dans le jargon moderne, on appelle l'éducation physique, et, s'il n'acquit pas au collège la science d'un Pic de la Mirandole, il y gagna du moins la vigueur et la souple désinvolture d'un jeune athlète hellénique, ou d'un *scolar* des aristocratiques Universités anglaises.

Lorsqu'il eut dûment conquis son diplôme, satisfait pendant un an, dans la cour d'une caserne, aux exigences de l'impôt militaire, Edgar Pinsonnet songea immédiatement à gagner sa vie; car, de partager avec sa mère le maigre pain de son veuvage, il n'y pensa pas une seconde, et il eût repoussé avec horreur la perspective de lui être à charge en aucune façon.

Lorsque la situation de fortune d'un bachelier ne lui a pas permis l'accès des grandes écoles, les carrières qui s'ouvrent devant lui ne sont ni très nombreuses, ni surtout fort lucratives. Le jeune Pinsonnet, après quelques mois de recherches, fut tout heureux et crut avoir ville gagnée lorsque ses protections lui eurent assuré une place de surnuméraire au ministère de la Marine.

Le ministère de la Marine compte cinq directions, dont chacune comprend elle-même cinq ou six bureaux, sans compter les services

particuliers, tels que l'établissement des Invalides de la marine,
le service hydrographique, l'École navale, le bureau des longi-
tudes, etc. Outre l'état-major du Ministre, le Conseil d'amirauté,
les inspecteurs généraux, les directeurs et sous-directeurs, le personnel comprend, pour chaque bureau, un chef et un sous-chef,
des commis généraux, des rédacteurs, des commis d'ordre, des
surnuméraires. Nous négligeons les garçons de bureau. Si notre
marine n'est pas la première du monde, c'est à désespérer de
l'Administration.

Pinsonnet fut placé au bureau de la comptabilité des matières,
Direction de la comptabilité générale. Moyennant qu'il fît acte de
présence, de dix heures du matin à quatre heures du soir, il touchait dans ce poste des appointements de 1500 francs par an, soit
125 francs par mois, y compris la retenue pour la caisse des
retraites. C'est peu de chose pour vivre à Paris.

Du moins la besogne était-elle peu compliquée. Le jeune
employé était exclusivement préposé à la comptabilité des boîtes
de conserves consommées par le département de la Marine. Du
matin au soir, il n'avait pas autre chose à faire qu'à transcrire
des chiffres et des dates sur de vastes feuilles divisées en
colonnes, dont chacune portait en tête l'une des indications sui-
vantes : *Nature des conserves;* — *Quantité des boîtes* ou *des caisses;*
— *Poids par boîte* ou *par caisse;* — *Prix d'achat;* — *Fournisseurs;*
— *Mise au magasin;* — *Sortie du magasin;* — *Destination ulté-*
rieure; — *Observations.* C'est là un travail auquel, avec un peu
d'attention, un bachelier peut suffire.

Pinsonnet admira, comme il convient, la belle ordonnance des
feuilles blanches qu'il était chargé de noircir. Quelle âme de

contribuable ne tressaillira d'aise, en apprenant que, grâce à ces documents administratifs, le ministre de la Marine peut, lorsque la fantaisie lui en vient, se renseigner sur le sort et, pour ainsi dire, sur l'histoire complète de la moindre boîte de sardines!

Une seule chose préoccupait notre employé. C'est que, parmi toutes les colonnes qu'il était appelé à remplir (*Nature des conserves; — Quantité des boîtes*, etc...), il en était une qui restait toujours vierge, c'était la colonne des *Observations*. Mais, avec un peu de réflexion, il en découvrit aisément la cause. Les seuls qui seraient capables de faire des observations sur les conserves de la marine sont les soldats et les matelots qui les mangent. Or, ils ne sont jamais consultés.

Pinsonnet pâlit pendant six mois sur cette besogne passionnante. Puis, ayant sans doute assez de ce genre d'exercice, il alla trouver son sous-chef, un quadragénaire fort aimable, et officier d'Académie, qui employait toutes ses journées à la confection de levers de rideau pour le théâtre Cluny. Pinsonnet lui demanda s'il n'y aurait pas moyen, premièrement, d'être occupé à autre chose, et, secondement, d'obtenir une augmentation.

Devant cette double et excessive prétention, le sous-chef, malgré le scepticisme bien parisien dont il faisait montre dans la vie réelle, aussi bien que dans ses productions théâtrales, ne put retenir une exclamation de surprise. Il répondit à Pinsonnet que le temps du surnumérariat était de deux années; qu'après ce délai il pourrait affronter un concours, à la suite duquel il passerait, en cas de succès, commis rédacteur, aux appointements de

deux mille quatre; mais qu'en attendant il eût à continuer sa
besogne, sans fatiguer par des réclamations inopportunes la bienveillance de ses chefs.

C'est alors que Pinsonnet eut une idée géniale. Il avait souvent
entendu sa mère lui parler de l'oncle Tockson, qu'elle avait depuis
longtemps perdu de vue, mais dont il lui arrivait cependant, à
chaque anniversaire, une lettre affectueuse, encore qu'un peu
sèche et raide, à la mode américaine. Par cette correspondance,
espacée mais régulière en somme, la mère et le fils étaient tenus
au courant de l'existence et de la carrière du savant. D'ailleurs, à
défaut de lettres, les journaux eussent suffi pour leur apprendre
ses découvertes et l'éclat grandissant de son nom. Un beau jour,
Edgar prit une belle feuille de papier à lettre, à en-tête du Ministère — *République française* — *Ministère de la Marine* — *Direction*, etc., et il écrivit à son oncle.

Il lui dépeignait sa situation, lui disant son désir de se faire
une carrière lucrative, quelque besogne qu'il dût accomplir,
quelques efforts qu'il fallût tenter. S'il ne pouvait trouver sa
place dans le vieux monde, peut-être son oncle voudrait-il l'aider
à la chercher en Amérique?

La réponse du savant ne se fit pas attendre. Elle était courte de
mots, mais pleine de choses.

« Cher Edgar,

« Vos appointements ne suffisent pas pour vivre. Chez nous,
« un homme de couleur lui-même ne s'en contenterait pas. J'ai
« besoin d'un préparateur pour mon laboratoire. Si vous voulez
« cette place, je vous la réserverai. Je me charge de vous

« instruire. Si votre mère veut bien vous accompagner, elle sera
« la bienvenue et remplacera près de ma fille, Deborah, ma
« défunte épouse que le Seigneur a appelée à lui, et que je pleure
« depuis deux ans.

    « Sincèrement vôtre,

                    « J.-T.-A. Tockson.

  « *P.-S.* — Je vous envoie cinq cents dollars pour votre bagage
« et votre traversée. »

La lecture de cette missive combla Pinsonnet d'une joie sans
mélange. Il l'avait reçue à 8 heures. A midi, il avait remis sa
démission entre les mains de son chef, lequel avait paru de plus
en plus surpris, à la pensée, sans doute, de voir abandonner si
légèrement les *droits à la retraite*, cet idéal de tous les Français;
— à 6 heures et demie, il prenait le train du Havre.

Mme veuve Pinsonnet approuva grandement son fils, mais
refusa de le suivre. Pour rien au monde, elle n'eût voulu quitter
le Havre, cette terre où son aimé dormait son dernier sommeil.
C'est là que, triste épave, et quoi qu'il advînt, elle demeurerait
toujours échouée. Son fils partirait donc seul, en emportant sa
bénédiction.

Et, c'est ainsi que Pinsonnet devint le préparateur de
M. Tockson.

Depuis un an déjà, il occupait cette place de confiance, et il
avait fait, sous la direction de son oncle, de très appréciables
progrès. Au fond, et malgré la sévérité affectée de son jugement,
le savant reconnaissait son intelligence et sa bonne volonté. Il

éprouvait pour son neveu un sentiment assez complexe, où il
entrait, à côté d'une très réelle affection familiale, une certaine
dose de compassion légèrement méprisante, envers ce fils d'une
autre race, et de quelle race! — la moins pratique, la plus frivole
de toutes, ces Français si différents des Yankees, auxquels, dans
son orgueil national, M. Tockson n'était pas éloigné d'attribuer
la primauté intellectuelle sur toutes les races, avec la future
royauté du monde.

Pinsonnet, en effet, s'appliquait par devoir aux sciences physiques et, sa vive intelligence aidant, n'y réussissait pas trop mal;
mais ses goûts et ses préférences allaient évidemment ailleurs.
Fort adroit de ses mains, tout à fait ingénieux, il manipulait à
merveille les substances diverses du laboratoire; mais la partie
abstraite et théorique de la science, très visiblement, ne l'attirait
qu'à moitié. Il s'endormait sur les épures et bâillait devant le
tableau noir. Et avec quel empressement, lorsque l'heure du travail avait pris fin, il franchissait le seuil du laboratoire! Avec
quelle joyeuse alacrité il rafraîchissait son sang échauffé, déten-
dait ses nerfs et ses muscles dans la pratique des différents
sports, auxquels son éducation physique l'avait de bonne heure
initié. Le cheval, l'équitation, la boxe, l'escrime, le jeune Pinsonnet raffolait de tous ces plaisirs. Mais, c'est surtout comme
tireur qu'il n'avait pas son pareil. Au pistolet, il cassait dix pou-
pées sur dix, et il était cité, à l'*Athletic Club* de Chicago, pour
son incomparable maëstria à cet exercice. M. Tockson lui-même
en était émerveillé.

Quant à miss Deborah, on l'eût sans doute bien embarrassée, en
lui demandant son avis sur son cousin, le Français, tant l'idée

qu'elle s'en faisait était, au bout de quelques mois de séjour, encore imprécise et flottante. Au physique, elle se le représentait bien comme un assez joli garçon, de taille moyenne, aux cheveux bruns, aux yeux marrons très éveillés, à la bouche rieuse, aux mouvements libres et dégagés. Au moral, elle le tenait pour un agréable compagnon, serviable et amusant par sa belle humeur et son esprit d'à-propos. Mais elle n'en connaissait rien de plus. Peut-être ne s'était-elle pas demandé ce que c'était au juste que Pinsonnet, quelle pouvait être, au fond, la valeur intellectuelle et morale de ce jeune parent dont les circonstances venaient de faire le compagnon de sa jeunesse, le témoin constant de sa vie. Elle le trouvait gentil, *pretty*, *very pretty*, et rien de plus. Cependant, à la suite de la conversation à laquelle nous venons d'assister entre M. Tockson et sa fille, celle-ci eut, plus d'une fois, l'occasion d'éprouver le bon cœur et l'esprit ingénieux de son cousin.

ÉTRANGES RÉVÉLATIONS DU DOCTEUR TOCKSON

Deborah n'eût pas été femme si elle n'avait fait plusieurs nouvelles tentatives pour arracher au docteur le secret qui l'intriguait si fort, mais toutes étaient restées aussi vaines que la première.

Dès que M. Tockson, en effet, avait pénétré dans son obscure officine, la porte se refermait hermétiquement derrière lui; la portière en soie brochée de Chine qui la recouvrait laissait retomber ses plis lourds, et les heures s'écoulaient sans qu'aucun bruit extérieur pût révéler le travail auquel il pouvait se consacrer.

Deborah avait naturellement confié ses inquiétudes à son cousin. Le jeune Français n'avait pu, à la vérité, lui enseigner ce qu'il ignorait lui-même, car le docteur, depuis pas mal de temps déjà, ne lui ouvrait pas plus qu'à sa fille, l'accès du *Private Museum*. Mais il s'était appliqué de son mieux à calmer ses appréhensions et il lui avait, en outre, fait part de certaines remarques, concernant le cas de M. Tockson, qui dénotaient chez lui des facultés d'observation qu'elle n'eût pas attendues de ce garçon, en apparence étourdi et frivole.

Tout d'abord, il put assigner une date initiale à la crise qui les préoccupait tous les deux. M. Tockson avait commencé à modifier ses habitudes quelques jours après l'arrivée à Chicago d'une caisse volumineuse, parvenue à son adresse, d'un lieu d'expédition inconnu.

Cette caisse, le docteur l'avait fait transporter chez lui, avec des précautions infinies. Il l'avait, aussitôt arrivée à destination, placée dans le *Private Museum*, et nul autre que lui n'avait été admis à en apercevoir le contenu, le savant s'étant chargé de la déclouer de ses mains et sans nul secours étranger.

L'entrée dans la maison de ce mystérieux colis avait été comme le signal du bouleversement profond que miss Deborah avait remarqué depuis dans les allures de son père.

Ce n'est pas tout : Pinsonnet avait fait une autre observation, que nul lien ne rattachait sans doute à la première, au moins en apparence, mais qu'il s'empressa néanmoins de communiquer à sa cousine.

Depuis quelque temps, M. Tockson devait avoir sensiblement modifié la direction habituelle de ses études scientifiques. Jusque-là, il s'était adonné exclusivement aux sciences physiques et mécaniques, à la chimie et à la physiologie. Or, depuis quelque temps, c'étaient les recherches philologiques qui paraissaient l'absorber.

Certes, il n'avait nullement communiqué à Pinsonnet ce revirement au moins étrange chez un savant, parvenu au point culminant de sa carrière, mais le jeune homme n'avait eu besoin d'aucune confidence pour s'en trouver informé. Il lui avait suffi de jeter les yeux sur les titres des ouvrages que depuis quelque temps les envois de divers libraires faisaient affluer à la maison.

C'était, presque sans exception aucune, tous ouvrages relatifs à l'étude des langues, et, plus spécialement, des langues orientales, depuis les classiques travaux des William Jones, des Colebrooke, des Frédéric de Schlegel et des Burnouf, jusqu'aux plus récents manuels d'usage, consacrés aux différents dialectes indostanis.

Était-ce donc à piocher la langue sanscrite et la filiation des idiomes qui en sont issus que M. Tockson consacrait ses nombreuses journées de solitude, dans le silence jaloux de son *Private Museum* ?

En apprenant ces faits singuliers qui avaient échappé à son attention, miss Deborah Tockson hochait la tête sans savoir au juste quelle induction il convenait d'en tirer, mais un dernier détail la frappa davantage et vint mettre le comble à son anxiété.

Depuis quelques jours, en effet, lui apprit Pinsonnet, une idée nouvelle hantait la cervelle de M. Tockson. Le docteur préparait un grand voyage.

De cela encore Pinsonnet apportait les preuves les plus irréfutables. M. Tockson ne lui avait-il pas commandé de s'enquérir des horaires des différentes compagnies de navigation qui font communiquer l'Amérique avec le vieux continent? Détail plus significatif encore : Pinsonnet ne l'avait-il pas entendu, un jour, adresser par le téléphone au plus important layetier-emballeur de la ville une forte commande d'articles de voyage, malles, caisses, sacs et couvertures, tout un attirail raffiné et compliqué de *Globetrotter*, à la veille de prendre son vol pour les pays d'outre-mer.

« Si, du moins, ajoutait Pinsonnet, mon oncle pouvait me permettre de l'accompagner ! Moi, qui adore les voyages ! Ah ! comme
je partirais volontiers avec lui, surtout si.... »

Le brave garçon n'achevait point, mais, au regard dont il enve-
loppait la jeune fille, il était facile de compléter sa pensée, et de
deviner que l'excursion aurait pour lui un bien plus puissant
attrait encore, si sa séduisante cousine devait, elle aussi, y prendre part.

A cela Deborah ne prenait garde, plongée tout entière dans ses
tristes appréhensions.

Pour que son père, en général si amoureux de son *home*, si
attaché à son laboratoire et à ses collections, si casanier, en un
mot — le comble de l'originalité chez un Américain — aspirât
aux grands voyages, quel ne devait pas être le dérangement de son
esprit !

Un coup de théâtre inattendu vint mettre fin, un beau jour, à
ces anxieuses conjectures.

Deborah et Pinsonnet étaient réunis dans le cabinet de
M. Tockson. La conversation roulait naturellement sur le *Private
Museum*, et sur le secret qu'il recélait. Miss Deborah se lamentait
et Pinsonnet la consolait de son mieux. Tout à coup M. Tockson
entra !

L'inventeur avait l'air à la fois radieux et calme d'un homme
qui, après de longues réflexions, vient de prendre une décision
définitive. Il embrassa sa fille et lui dit d'un ton affectueux :

« Chère Debbie, je vous avais promis de vous faire connaître,
un jour, ce que vous désiriez tant savoir. L'heure est venue où
vous allez tout apprendre. Pinsonnet peut rester avec nous, car il

n'y a plus d'inconvénients à ce que je m'explique devant lui, comme devant vous. »

Les deux jeunes gens échangèrent un regard, où l'étonnement se mêlait à l'espérance. Le savant poursuivit tranquillement :

« Je pars demain soir pour New-York, et de là pour l'Europe, d'où je me dirige ensuite sur l'Inde, à destination de Bombay. »

Et, comme miss Deborah, ne paraissait nullement surprise par cet exorde *ex abrupto*, il ajouta :

« Vous pouvez, Deborah préparer vos bagages. Je vous emmène avec moi.

— Quoi, mon père, vous allez quitter Chicago, abandonner vos collections, votre laboratoire !

— Pinsonnet y veillera, répondit Tockson, car il restera ici. »

Le préparateur fit une grimace. Il ne s'attendait point à cette décision, et il connaissait trop M. Tockson, pour espérer que le savant, quelles que fussent ses instances, consentît à changer d'avis. Pourtant, il crut pouvoir, en ce qui concernait la jeune fille, formuler quelques objections :

« Vous pouvez compter sur moi, mon cher oncle, dit-il, mais ne craignez-vous pas qu'un si long voyage ne soit fatigant pour Deborah ?

— Deborah, répondit fièrement Tockson, n'est point une femmelette. C'est une Américaine, issue de mon sang, et qui ne craint pas la fatigue. Ne vous préoccupez point d'elle. Je sais, au reste, mon cher Pinsonnet, à quel point je peux compter sur votre dévouement. Vous êtes, malgré vos étourderies, un honnête et loyal garçon. Je vous prouve ma confiance en vous remettant la garde de ce que j'ai de plus cher au monde après ma fille : je veux dire mon musée et mon laboratoire. Veillez scrupuleusement sur le bien que je vous confie ; vous aurez bientôt, sans doute, à en garder un plus précieux encore, si, comme il est vraisemblable, Deborah revient seule du voyage que j'entreprends.

— Seule ! Qu'avez-vous dit, mon père ? s'écria la jeune fille. C'est donc à la mort que vous courez ? » Et, d'un geste brusque, elle enlaça le cou du docteur, comme pour le défendre contre quelque invisible danger.

« Qui vous parle de mort ? répondit Tockson. J'ai la ferme intention de rester là-bas vivant et bien vivant.

— Dans ce cas, je resterai près de vous, mon père.

— Cela est impossible, chère Debbie, puisque j'y serai enterré.

— Enterré ! enterré vivant ! Quelle chose affreuse vous dites, mon père ? »

Et la jeune fille fut obligée de se mordre les lèvres pour retenir ses larmes, tandis que Pinsonnet pensait tout bas :

« Cette fois, il n'y a plus d'erreur, mon pauvre oncle est fou !...

— Vous allez me comprendre, fit Tockson. Regardez et écoutez. »

Et, du geste, il les invita tous deux à le suivre dans le *Private Museum*, dont la porte, sous l'action d'un bouton électrique, venait de s'ouvrir toute grande devant eux.

.   .   .   .

Pinsonnet et Deborah connaissaient bien, pour y être souvent entrés naguère, le *Private Museum* du docteur Tockson. Tous les coins de ce singulier repaire leur étaient familiers ; ils auraient pu décrire, les yeux fermés, toutes les pièces de son mobilier :

L'intérieur du coffre était occupé par une sorte de momie rigide.

vitrines, cornues, alambics, figures anatomiques, un vrai bric-à-brac de docteur Faust contemporain.

Ce fut donc par un mouvement tout naturel et quasi instinctif que leurs regards se portèrent ensemble sur un meuble de forte taille qui occupait le fond de la salle, — bien en évidence et qu'ils n'avaient jamais vu.

C'était un coffre oblong, ressemblant vaguement à quelque ancien sarcophage, et de hauteur d'homme à peu près. Ce coffre, dressé tout droit contre le mur, devait avoir une très grande valeur, car il était entièrement en laque, et surchargé du haut en bas de riches ornements décoratifs, d'un émail doré, curieusement appliqué, une merveille de l'art oriental, et qui eût fait la joie d'un collectionneur.

M. Tockson conduisit ses deux auditeurs vers ce coffre. Il ne leur donna pas le temps de l'admirer, mais, étendant le bras, il fit jouer un ressort dissimulé le long de l'une des parois de la boîte, et le couvercle s'ouvrit.

A ce moment, Deborah et Edgar reculèrent pleins d'épouvante. Il y avait vraiment de quoi.

L'intérieur du coffre, soigneusement capitonné de soie multicolore, était occupé, en effet, par une sorte de momie rigide et cadavérique du plus effrayant aspect. Figurez-vous un long corps osseux tout desséché et d'une extraordinaire maigreur, enveloppé, emmailloté des pieds à la tête, dans d'étroites bandelettes serrées, qui en faisaient ressortir l'ossature décharnée. La figure de la momie, et ses bras fixés au corps, sortaient seuls de cette enveloppe, sur la blancheur de laquelle leur couleur sombre tranchait violemment, car les surfaces de chair visibles — et quelle chair!

un parchemin sec, tout ridé — étaient recouvertes d'un enduit
brun, semé d'arabesques jaunes et rouges. Les joues, les paupières
et les mains ressemblaient à la palette de quelque peintre impres-
sionniste, avec leurs tons de chrome et de vermillon.

Sur la tête de la momie était placée une sorte de tiare en
émail, d'une forme et d'un dessin très artistiques, mais qu'on ne
songeait guère à admirer, tant l'extraordinaire figure qu'elle cou-
ronnait sollicitait, forçait en quelque sorte le regard! Un vrai
poème de pitié et de misère que cette morte figure aux yeux clos,
aux pommettes saillantes, aux tempes évidées et à la barbe démesurée — une barbe de Père éternel ou de vieux modèle italien,
descendant comme un fleuve sur un torse, dont, à travers le linge
des bandelettes, on eût pu compter les côtes.

« Je vous présente, fit M. Tockson, après un assez long silence,
le fakir Çoukryana.... »

Pinsonnet et Deborah avaient, comme tout le monde, entendu
parler des fakirs de l'Inde, personnages énigmatiques, demi-
moines, demi-jongleurs, qui exploitent la superstition des Hindous et mènent une existence recluse ou errante — car il y a des
fakirs ermites et des fakirs voyageurs — faite de privations
incroyables et d'horribles macérations.

Si le cadavre qu'ils avaient sous les yeux était celui d'un fakir,
sa maigreur plus qu'ascétique n'avait donc rien d'étonnant ; mais
en quoi cette étrange relique pouvait-elle intéresser le docteur et
les intéresser eux-mêmes?

« Çoukryana, continua M. Tockson, vous paraît mort, n'est-ce
pas ? »

Deborah et Pinsonnet échangèrent un regard, tant la question

du docteur leur semblait singulière. Mort, assurément ce personnage l'était, et depuis longtemps, sans doute, à en juger par son
état de dessiccation. Qui eût pu en douter, d'ailleurs? Au moment
même où il posait sa question, M. Tockson avait frappé du doigt
quelques coups secs sur le corps du fakir, et ce corps avait résonné
sous le choc, avec la vibration sonore d'une planchette en bois
de sapin.

« Eh bien, poursuivit Tockson, il n'est pas plus mort que vous
et moi. »

Et, comme les deux jeunes gens se lançaient un coup d'œil plus
stupéfait encore que le premier, le savant poursuivit, imperturbable :

« Rien n'est plus aisé que de vous en rendre compte. Dans ce
corps momifié, desséché, en apparence, et même en réalité, la
vie subsiste cependant. La circulation du sang n'est pas entièrement abolie. Vous allez le constater.... »

Et, prenant la main de Pinsonnet, Tockson la promena sur la
figure du fakir. Elle était glaciale comme le marbre. Mais tout à
coup il conduisit cette main derrière le crâne, vers le sommet de
l'occiput.

« Voyez ici, fit-il, vous devez sentir une légère chaleur. »

Pinsonnet constata-t-il, en effet, à cette étroite place, sous la
touffe de cheveux qui recouvrit ses doigts, une légère élévation de
température? Peut-être..., mais il était trop troublé pour se rendre
un compte exact de ses impressions....

Tockson reprit :

« Je vous dois, mes enfants, l'histoire de ce coffre et de son
contenu. Vous savez que j'entretiens des relations scientifiques

dans les diverses parties du monde, et que j'ai un peu partout des correspondants attitrés, toujours prêts à m'offrir — parce qu'ils savent que je les paye un bon prix, lorsqu'elles m'intéressent — des curiosités de nature à enrichir mes collections.

« Il y a près d'un an, je reçus un coffre de laque d'un correspondant de Calcutta, nommé Ralph Heggerton. Il l'avait, m'écrivait-il en me l'annonçant, rapporté d'une excursion dans le centre de la Péninsule indienne, et il pensait que, vu mes recherches sur les phénomènes biologiques relatifs aux suspensions artificielles de la vie, le contenu de ce coffre ne manquerait pas de m'intéresser grandement.

« Je pris livraison du coffre et je l'ouvris. Au premier abord, je fus dupe de la même méprise que j'ai lue tout à l'heure dans vos yeux, et je crus me trouver en présence d'un cadavre momifié. Le sujet ne pouvait me fournir la matière d'aucune étude attrayante. Au reste, j'éprouvais certains scrupules. Mes renseignements sur mon correspondant de Calcutta me le donnaient pour un aventurier assez peu recommandable, — je dirai plus, — pour un homme de sac et de corde. Il était infiniment probable qu'il avait dérobé ce sarcophage dans quelque aventureuse et louche équipée, séduit par la beauté du coffre de laque, et que, ne sachant ensuite comment se débarrasser de son acquisition, il avait eu la pensée d'exploiter ma curiosité de savant. En conservant le coffre, ne risquais-je point de me faire le complice de quelque vol, compliqué d'une violation de sépulture?

« Ajoutez que les prétentions de Ralph Heggerton me semblaient tout à fait excessives. De son coffre et de sa momie, il ne me demandait pas moins de 10 000 dollars !

— 50 000 francs!... un joli denier, murmura Pinsonnet.

— J'allais donc, après réflexion, poursuivit Tockson, me décider
à renvoyer le coffre de laque à son expéditeur, lorsqu'un incident
inattendu vint, en excitant au plus haut point mes facultés inves-
tigatrices, modifier mes premières dispositions.

Le jour où précisément je me disposais à emballer le coffre
à destination de Calcutta, j'eus l'idée d'examiner une dernière fois
la momie et je la tirai de sa boîte. Ma main, se promenant sur ses
flancs décharnés, explorait les protubérances osseuses de ses
côtes. Tout à coup, je sentis sous mes doigts une surface plane et
plus molle que le squelette. En tâtant plus attentivement, je
reconnus, à n'en pas douter, la consistance d'une feuille de parchemin, engagée sous les bandelettes, à la hauteur du cœur. Je
démaillotai aussitôt le buste et ne tardai pas à découvrir, placé
entre la peau et les linges, le manuscrit que voici. »

En disant ces mots, M. Tockson prit sur sa table de travail une
feuille assez mince, de couleur jaunâtre, couverte, par intervalles,
de caractères singuliers. Il continua :

— C'est, comme vous le voyez, une feuille de papyrus, le plus
ancien papier végétal connu, naguère communément employé
dans tout l'Orient, et dont le secret de fabrication s'est perpétué
chez quelques peuplades de l'Égypte et de l'Inde. Les caractères
qui le recouvrent appartiennent à l'écriture religieuse en usage
dans l'Inde. Je compris aisément, dès le premier coup d'œil, que
ce manuscrit précieux contenait d'importantes révélations rela-
tives à l'habitant du coffre de laque. Le *sujet*, qui jusque-là ne
m'avait inspiré qu'un intérêt fort médiocre, se revêtit aussitôt à
mes yeux de tout le prestige du mystère — d'un mystère dont il

ne tenait qu'à moi d'avoir la clef. Mon parti fut vite pris. J'expédiai à Ralph Heggerton un chèque de 10 000 dollars, et je conservai le coffre.

— La première chose à faire était de déchiffrer le manuscrit. Il m'eût été sans doute facile de le faire lire par quelque orientaliste compétent, mais je ne voulais mettre personne sur la voie de la découverte que je pressentais. Aussi me décidai-je à faire la besogne moi-même. Il fallait pour cela apprendre l'hindou. Je n'hésitai pas une minute. Vous me regardez avec étonnement, mais, cher Pinsonnet, vous devez cependant savoir que le mot *impossible* n'existe pas dans le vocabulaire des Américains. En moins d'un an, je me suis rendu familier avec les principaux dialectes de la Péninsule indienne. Je me suis assimilé les travaux des voyageurs, des linguistes, des historiens et des écrivains de toute sorte qui nous ont fait connaître les mœurs, la religion et les singularités du peuple hindou, le plus antique et le plus mystérieux de tous les peuples du monde. Et vous allez connaître le résultat de mes investigations.... »

Parvenu à ce point de son récit, M. Tockson fit une légère pause. Il promena un regard calme sur ses interlocuteurs qui, empoignés par l'étrangeté du récit, buvaient littéralement ses paroles.... Satisfait sans doute de leur attention, il poursuivit :

« J'ai d'abord reconnu sans peine que le manuscrit était rédigé en dialecte *pâli*.

« Du coup, j'étais fixé, sans hésitation possible, sur le lieu d'origine de la momie.

« Elle me venait du sud de l'Inde, et probablement du Maïssaour, la seule région de la Péninsule où s'écrive encore le pâli.

M. Tockson tendit à sa fille la feuille de papier blanc.

« Quant à la traduction du document, elle ne pouvait être qu'un jeu pour moi. Voici le texte fort explicite et très clair

que je suis parvenu à restituer. Lisez-le, ma chère Deborah, et
vous en saurez autant que moi-même sur l'histoire présente et
future du fakir Çoukryana. »

Et, en même, temps, M. Tockson tendit à sa fille la grande
feuille de papier blanc, sur laquelle il avait transcrit, d'une écriture ronde et ferme, la traduction anglaise de l'énigmatique
document.

Cette feuille redoutable, Deborah ne la prit que d'une main
tremblante. Il semblait qu'elle eût, par une obscure aperception,
deviné tout ce que ces lignes allaient jeter d'épreuves et de
trouble à travers sa vie.

Mais elle se reprit promptement et se mit à déchiffrer à haute
voix l'écriture paternelle. Pinsonnet, derrière elle, lisait en même
temps par-dessus son épaule, tant son impatience était grande de
posséder la clef du problème.

La traduction dont M. Tockson venait de leur affirmer l'exacti-
tude était conçue en ces termes :

« *Sous l'invocation de Khâli, maîtresse du Nirvâna divin.*

« *Que Ganesa, dieu de toute science et de toute sagesse, plane sur
toi qui liras ceci.*

« *L'an quatre mille neuf cent quatre-vingt-neuf de l'ère sacrée de
Kaliouga, le jour de l'intronisation de Tirouvallouver, grand prêtre
de la déesse, en le sanctuaire vénéré de Gondapour,*

« *Moi, Çoukryana, fakir très humble, désireux de me purifier par
les saintes épreuves qui préparent aux plus hauts mystères, je me suis
placé de mon plein gré, dans cette tombe, mort pour la vie matérielle
vivant par l'esprit et par l'espérance.*

« *Et l'an quatre mille neuf cent quatre-vingt-seize, le jour de la fête de Khâli, je revivrai dans son sanctuaire trois fois saint.*

« *A la douzième heure, qu'avec des prières....*

. . . .

« *Et alors, après toi, Tirouvallouver, je veillerai sept fois douze lunes sur le temple et sur le trésor divin de la déesse — temps d'inanition du Saint nouveau qui, après les mêmes épreuves devra me succéder à son tour. Car, il faut que vous le sachiez tous, il n'est de bien que dans l'absence de tout bien, et la mort est un miroir où la vie se réfléchit....* »

« Eh bien, fit M. Tockson, lorsque sa fille eut achevé la lecture du document, j'espère que vous avez compris. »

Miss Deborah ne répondit point et resta toute songeuse. Quant à Pinsonnet, il se contenta de hocher silencieusement la tête.

« Le document est bien clair, reprit M. Tockson, avec une animation croissante. Cette momie n'est autre que le corps de Çoukryana, fakir nirvâniste, mort en apparence, en réalité endormi d'un sommeil cataleptique. La mise en sommeil de notre homme date de l'an 4989 de l'ère hindoue de Kaliouga, c'est-à-dire de l'an 1888 de notre ère, et son réveil doit avoir lieu l'an 4996, le jour de la fête de Khâli, c'est-à-dire en 1895, juste dans quatre mois d'ici. Le lieu où cette cérémonie doit avoir lieu c'est le sanctuaire de Gondapour. Or, Gondapour, je l'ai constaté, est une petite localité située dans le Maïssaour, une des parties les moins explorées de l'Inde, à peu de distance de la ville de Nidjigul.

— Quoi! mon cher oncle, interrompit Pinsonnet, d'une voix dont il ne pouvait dissimuler l'ironie, vous croyez, vous, un des maîtres de la méthode expérimentale, vous croyez à ces ridicules histoires orientales de fakirs morts et ressuscités !

— Non seulement, mon cher Pinsonnet, je crois à la possibilité de l'épreuve tentée par Çoukryana, mais encore je suis presque sûr de sa réussite. Les phénomènes dits du *fakirisme* sont aujourd'hui bien connus, et décrits minutieusement par la science. Or, il est démontré que les fakirs possèdent le merveilleux privilège de suspendre en eux le cours de l'existence, pour revivre à la vie normale, à l'expiration d'une période plus ou moins étendue de mort apparente.

Tout le monde connaît le cas de ce fakir, qui, en présence des autorités anglaises, et sur la constatation de procès-verbaux réguliers, s'est fait enterrer dans le sol, à une profondeur de six pieds, après avoir pris la précaution unique de se boucher avec de la cire le nez et les oreilles. On a comblé la fosse, et, dessus, on a semé de l'orge, qui a poussé. Des sentinelles ont veillé nuit et jour autour de la tombe, pour surprendre toute tentative d'enlèvement. Dix mois après, on creusait la terre et on en retirait le patient, qui, convenablement frotté à l'eau chaude, ne tardait pas à ouvrir les yeux et à parler. Rattachez cette expérience à l'hypnotisme, à la catalepsie, ou à tout autre ordre de phénomènes, elle est en tout cas d'une authenticité incontestable, affirmée qu'elle a été par les témoins les plus honorables et les plus dignes de foi....

— Mais, mon père, fit observer Deborah, vous parlez d'une inhumation de dix mois et Çoukryana serait resté, si je compte bien, de 1888 à 1895, c'est-à-dire sept ans endormi.

— Quoi d'étonnant à cela, ma chère fille ? le fait n'est pas plus insolite au bout de sept ans qu'au bout de dix mois, et Pinsonnet vous dira le proverbe français : « Il n'y a jamais que le premier pas qui coûte. »

Comme on le voit, le digne M. Tockson savait se dérider, à l'occasion. Mais il reprit d'un ton plus grave :

« Je vous ai dit que Çoukryana appartient à la secte des Nirvânistes. C'est une terrible engeance que celle de ces adeptes, adorateurs farouches de Khâli, la déesse de l'amour et de la mort, qui placent leur idéal religieux dans le Nirvâna total, c'est-à-dire dans l'anéantissement. C'est à cette doctrine monstrueuse que se rattachaient les Thugs, les célèbres étrangleurs qui ont si longtemps terrorisé l'Inde, en dépit des efforts impuissants du gouvernement anglais, fanatiques dangereux qui tuaient et torturaient pour être agréables à leur divinité, et qui marchaient eux-mêmes au supplice, dans la sombre extase de martyrs pour qui va s'ouvrir le ciel....

— Mais, dit Pinsonnet, je croyais cette horrible secte à tout jamais abolie.

— Elle est seulement transformée, répondit Tockson. Les Nirvânistes actuels sont les descendants authentiques des Thugs et le gouvernement anglais, par politique, est obligé de fermer les yeux sur leurs agissements. D'ailleurs, ces Nirvânistes ne cultivent plus, comme les Thugs, l'assassinat et le guet-apens. C'est sur eux seuls qu'ils accomplissent leurs rites sanguinaires, dans d'épouvantables épreuves.

— C'est déjà un progrès, fit judicieusement observer Pinsonnet. Et vous êtes certain, mon oncle, que ce Çoukryana appartenait jadis à la secte des Nirvânistes ?

4

— Assurément, mon ami. C'est ce dont le texte que vous venez de lire ne nous permet pas de douter. C'est même un grand personnage, une espèce de saint parmi ces fanatiques, un futur grand prêtre même, le jour où il ressuscitera.

— Quoi! cet affreux moricaud!

— Ne plaisantez pas, Pinsonnet. Un certain nombre de ces fakirs sont des hommes d'une haute intelligence et d'une culture développée, versés dans les sciences modernes, et parlant plusieurs langues, outre l'indien et l'anglais qu'ils connaissent tous, naturellement. Çoukryana appartient certainement à cette élite. Regardez-le, d'ailleurs; à la régularité de ses traits, à la hauteur de son front, il est facile de comprendre qu'une intelligence lumineuse et hardie habite là. »

Et Tockson, joignant le geste à la parole, frappa du doigt sur le front du fakir.

Chose bizarre, le crâne résonna comme une boîte vide, et, en entendant ce son étrange, miss Deborah se sentit traversée d'un inexprimable frisson. Quant à Pinsonnet, il avait repris le papyrus et la traduction qu'il relisait attentivement, comme pour en graver tous les termes dans sa mémoire. Au bout de quelques instants de silence, il reprit :

« Je commence, mon cher oncle, à comprendre votre pensée. Vous croyez à la lettre ce que vous dit ce document. Ce Çoukryana se serait, il y a sept ans, fait enterrer vivant dans ce sarcophage, et il aurait accompli ce suicide....

— Cette expérience, rectifia Tockson.

— Mettons cette expérience.... Il l'aurait accompli dans l'espoir de mériter, par une épreuve extraordinaire, d'arriver un jour aux fonctions de grand prêtre de la déesse Khâli.

— Précisément, fit Tockson.

— Et de succéder dans cette place au pontife actuellement en exercice, lequel répond au nom harmonieux de Tirouval-louver? Comment procédera-t-on, le jour venu de l'initiation, pour le tirer de sa léthargie, pour le ressusciter, en un mot?

— C'est, en effet, un détail intéressant et sur lequel le papyrus s'explique peu, ou pour mieux dire ne s'explique plus.

— Que voulez-vous dire?

— C'est qu'il y a dans le document plusieurs lignes blanches, que vous avez dû remarquer. « *Le jour de la fête de Khâli*, dit cette pièce, *je revivrai dans son sanctuaire trois fois saint. — A la douzième heure, qu'avec des prières....* » Puis la phrase s'interrompt: il y a une lacune dans le manuscrit. Cette lacune, j'ai essayé de la combler, en faisant apparaître des lettres cachées dans le tissu du papyrus. Mais aucun réactif chimique n'a pu obtenir ce résultat, et j'en reste réduit aux conjectures sur ce que contenaient ces lignes, avant d'avoir été effacées.

— Et ces conjectures, quelles sont-elles?

— C'est que, dans ces lignes, Çoukryana nous indique les procédés à employer, les formules et les incantations à prononcer pour le tirer, lui, de son sommeil cataleptique, et pour y plonger son successeur.

— Son successeur?

— Eh oui! son successeur, car, là encore, le document est assez explicite. Aussitôt Çoukryana proclamé grand prêtre, un autre fakir prendra sa place, et, après sept années d'une épreuve pareille, sera proclamé grand prêtre, à son tour. C'est la manière habituelle des Nirvânistes pour accéder aux dignités.

— *Ad augusta per angusta*, fit Pinsonnet, qui se souvenait, à l'occasion, de ses essais passés de latinité.

— Ce qui veut dire?... interrogea Deborah.

— Ce qui veut dire, ma cousine, que ce sont là de singulières ambitions et que, comme nous disons en France, « le jeu n'en vaut pas la chandelle ». Mais, poursuivit Pinsonnet, en s'adressant cette fois à Tockson, tout cela ne nous apprend pas, mon cher oncle, pourquoi vous voulez partir pour Bombay.

— Vous allez le savoir, dit Tockson. »

IV

Parvenu à ce point de ses explications, Tockson ne fut plus le même homme. Il se leva, se mit à arpenter le *Private Museum*, d'un pas nerveux et saccadé.

D'une main fébrile, il relevait parfois sur son front découvert les mèches rebelles de ses cheveux. A travers ses lunettes d'or, son regard brillait d'un feu étrange.

« Vous voulez savoir, dit-il, ce que je compte faire du coffre de laque et du fakir Çoukryana. Le coffre, je veux le reporter à Gondapour, et le replacer dans le sanctuaire, au jour convenu de la fête de Khâli.

— Et le fakir? interrogea Pinsonnet.

— Le fakir, je veux prendre sa place.

— Sa place de grand prêtre? dit Pinsonnet, dont la stupéfaction n'avait plus de bornes.

— Non, sa place de fakir. Je veux, quand il sera réveillé, conformément aux rites de sa secte, qu'il m'endorme à mon tour pour la période indiquée de sept années. Le papyrus porte, vous l'avez lu, que Çoukryana doit avoir un successeur. Ce successeur, ce sera moi ! »

Il y eut un silence. L'idée du docteur était si inattendue, si
extraordinaire, que Pinsonnet se demandait s'il était le jouet
d'un rêve. Quant à miss Deborah, elle pleurait silencieusement.

« Vous devez comprendre, reprit Tockson, sans remarquer
l'attitude de sa fille, tant il était plein de son sujet, que jamais
je ne rencontrerai une occasion meilleure de compléter mes
études sur les suspensions artificielles de la vie. C'est pour moi
une chance inespérée, un coup de fortune, la réalisation d'un rêve
que je n'aurais jamais osé formuler avant d'avoir reçu le coffre
de laque. Ah! je puis dire qu'il m'est tombé du ciel, ce bienheureux coffre, puisqu'il va me permettre d'obtenir, par une
expérience aussi simple que facile, des résultats que vingt
années d'études n'auraient pu me procurer. »

Et comme Pinsonnet et Deborah, sans mot dire, le regardaient d'un œil plein d'une stupeur consternée, il reprit avec
une exaltation croissante :

« Mon programme est tout tracé. C'est dans quatre mois,
jour pour jour, qu'a lieu la fête de Khâli. Nous partirons,
Deborah et moi, dès demain. Dans trois jours nous nous embar-
quons à New-York. J'ai déjà retenu ma cabine par un télé-
gramme adressé au siège de la *Compagnie Cunard*, une cabine
à trois places — une pour moi, une pour ma chère Debbie
— et la troisième pour le coffre dont, bien entendu, je ne
me séparerai point durant la traversée. De Liverpool, notre
port d'arrivée, nous gagnons ensuite les Indes par la voie ordinaire, le *Peninsular-Express* de Londres à Brindisi, puis les
Messageries maritimes. Je compte être à Bombay dans un mois
et demi. Il me restera tout le temps nécessaire pour achever

mes derniers préparatifs et même pour faire, si le cœur lui en
dit, visiter l'Inde à Deborah. »

Deborah tourna vers son père son visage bouleversé, le long
duquel deux larmes lentes traçaient un douloureux sillon.

« Il en sera comme vous voudrez, mon père, fit-elle. Comment voulez-vous que je puisse prendre plaisir à quelque chose,
quand je ne dois vous accompagner que pour vous conduire à
la mort?

— Enfant! répliqua vivement Tockson, comment pouvez-vous
dire de telles paroles? Et comment ne voyez-vous pas que je
tente cette expérience dans des conditions de complète, d'absolue sécurité, et avec la certitude, pour ainsi dire mathéma-
tique, de me réveiller à l'heure dite, une fois mes sept ans
d'épreuves terminés?

— Comment cela? dit la jeune fille.

— C'est bien simple, chère Debbie. Le seul être qui possède
le moyen de me procurer le sommeil nirvâniste c'est Çoukryana,
ici présent. » Et M. Tockson, en disant ces mots, désignait du
regard la momie toujours rigide et cadavérique, dans sa carapace de bois et d'émail. « De deux choses l'une : ou il ne
s'éveillera point au jour de la fête de Khâli — et dans ce cas
il ne saurait plus être question de mon expérience; ou, au contraire, il s'éveillera, et alors l'événement aura prouvé que je
puis tenter l'épreuve sans redouter aucun péril.

— Mais, mon père, s'écria la jeune fille, avec un accent de
douloureuse impatience, vous voyez bien que le coffre ne contient qu'un cadavre. Et, en admettant même que, par je ne sais
quel miracle impossible, ce cadavre revienne à la vie, il est trop

certain que ces fanatiques ne laisseront pas pénétrer leurs mystères par un profane, par un ennemi de leur race et de leur
religion. Ah! ils vous tueront, et j'en mourrai!

— Ils ne me tueront pas, Debbie, répliqua sentencieusement
Tockson, vous calomniez la nature humaine. Vous calomniez surtout Çoukryana. J'aurai droit à toute la reconnaissance des nirvânistes, pour leur avoir rapporté le coffre sacré qu'ils doivent
croire anéanti. Et eussé-je besoin d'un protecteur parmi eux, je
le trouverais en Çoukryana, mon confrère.

— Votre confrère! interrompit Pinsonnet exalté par la vue
des larmes de sa cousine et qui se contenait avec peine depuis
le commencement de ce singulier entretien.

— Oui, mon confrère, continua Tockson. Ne travaille-t-il pas
dans les mêmes sciences que moi! Je vous dis que Çoukryana
prêtera la main très volontiers au service que je sollicite. Il
m'endormira. Je me réveillerai au bout de sept années, aussi
jeune qu'au jour de ma mise en sommeil. Ah! les sciences
auront sans doute progressé dans cet intervalle! Quant à vous,
Deborah, je vous retrouverai mariée, cela est probable, et
plusieurs fois mère vraisemblablement. Comme les années
passées dans le coffre de laque n'auront point eu de prise
sur moi, la différence d'âge qui nous sépare aura sensiblement
diminué. »

Miss Deborah n'ouvrait plus la bouche. Elle connaissait trop
l'implacable résolution, qui faisait le fond du caractère de son
père, pour espérer le fléchir par les plus ardentes supplications.
Quant à Pinsonnet, il lançait de temps en temps sur le coffre
de laque, et sur son funèbre locataire, un regard chargé de

haine, et, serrant les poings, il semblait plongé dans une réflexion profonde.

« Enfin, mon parti est arrêté, dit Tockson, qui dut prendre le silence de ses interlocuteurs pour un acquiescement. Vous m'accompagnerez, Debbie, car je veux, jusqu'au dernier moment, vous conserver près de moi. Je prendrai là-bas les dispositions nécessaires pour que vous puissiez regagner commodément l'Amérique. Pinsonnet reste ici. Il vous recevra à votre retour. Jusqu'à nouvel ordre, vous deux seuls serez initiés à mes projets. Le public ne doit les apprendre que plus tard. Comme il faut que je règle mes affaires pour le temps de mon absence, et comme j'ai pensé à tout, je vais faire mon testament.

— J'avais pensé, poursuivit le savant, à écrire mes volontés. Mais j'ai réfléchi qu'il vaut mieux que je les dicte; veuillez, Pinsonnet, préparer mon phonographe. »

Et, dès que Pinsonnet, les yeux écarquillés par un étonnement sans cesse croissant, eut posé sur la table le phonographe qu'il était allé quérir dans l'angle de la pièce où était sa place ordinaire, Tockson, toujours sérieux, approchant sa bouche à quelque distance du récepteur, et pressant le bouton qui met l'appareil en action, se mit en devoir de dicter son testament.

Il inaugurait ainsi un procédé nouveau et bien américain et — qui sait? — peut-être le procédé de l'avenir. L'écriture peut se perdre, s'effacer ou se contrefaire. Quel progrès, lorsque ce sera la voix même du défunt qui, grâce à ce merveilleux instrument, parlera par delà la mort et dictera aux générations futures le texte de ses dernières volontés!

Voici le testament que dicta Tockson au phonographe. Il le récita d'une voix haute et ferme, qui ne laissait point transparaître la moindre trace d'hésitation.

« Aujourd'hui, 4 janvier 1895, moi, Josuah-Thomas-Alva
« Tockson, citoyen américain, actuellement résidant à Chicago,
« Illinois, *State Street*, n° 57 *bis*, et jouissant de la plénitude de
« mes facultés, je dicte le présent testament :

« Je déclare qu'ayant acquis à Calcutta (Indes anglaises), dans
« un but d'études scientifiques, un coffre de laque contenant un
« corps humain en parfait état de conservation, j'ai reconnu dans
« ce corps la personne du fakir Çoukryana, lequel est endormi
« d'un sommeil cataleptique, et doit être rappelé à la vie dans le
« sanctuaire de Gondapour, le jour de la fête de Khâli, soit le
« 1er mai prochain.

« Désireux de tenter, sur ma propre personne, cette expérience
« hautement intéressante pour la solution de problèmes divers
« intéressant la biologie, la physiologie, la chimie organique et
« autres sciences, je pars à destination de l'Inde, emportant ledit
« coffre, avec l'intention d'y prendre place à mon tour, le jour
« indiqué de la fête de Khâli, pour y être endormi moi-même,
« par les moyens connus des prêtres indous, et jusqu'à ce jour
« restés impénétrables à la science.

« A cet effet, je m'embarquerai après-demain à New-York sur la
« *Laconia*.

« Mon intention est que, pendant toute la durée de cette expé-
« rience et en attendant le moment de mon réveil, la jouissance
« de tous les biens meubles et immeubles que je possède appar-
« tienne à ma fille, Deborah Tockson, sous la seule condition de

« conserver mes collections, instruments, et ma bibliothèque,
« dans leur état actuel, et sans nulle modification.

« Je désire aussi que ma fille continue à mon neveu, Edgar
« Pinsonnet, actuellement mon préparateur, pendant le même
« laps de temps, le traitement annuel de 2000 dollars, dont il
« jouissait près de moi, et cela quoi qu'il arrive, soit qu'il plaise à
« Deborah de demeurer fille, soit qu'elle se décide, au contraire,
« à choisir un mari et à fonder une famille, à laquelle j'adresse
« d'avance ma paternelle bénédiction. »

— Voilà qui est fait, dit le docteur lorsqu'il eut terminé sa
dictée. Ce soir, le délégué du Shérif, que j'ai eu soin de convo-
quer, viendra pour constater officiellement le dépôt de mes
volontés dans ce phonographe. Je ferai fonctionner l'appareil
devant lui. Il en dressera procès-verbal. Ce sera l'affaire de
quelques minutes. »

Et, tirant sa montre, il ajouta :

« Nous partons demain à huit heures du matin. Il est trois
heures. Il vous reste, Debbie, juste dix-sept heures avant notre
départ. Je pense que vous aurez amplement le temps nécessaire
pour faire vos préparatifs de voyage. Quant à Pinsonnet, je ne le
retiens pas aujourd'hui ; nous lui ferons demain nos adieux.

— Pardon, dit le jeune Français, je compte vous demander
une grâce : c'est de ne pas m'ordonner de vous accompagner à
la gare, et de quitter cette maison sans me contraindre d'assister
à votre départ.

— Comme vous voudrez, répondit Tockson. Mais pourquoi me
demandez-vous cela ?

— Pourquoi ? Pourquoi ?... fit Pinsonnet, non sans quelque embarras... parce que le moment de la séparation me sera trop pénible, et que je désire m'en épargner la douleur.

— Je vous croyais moins sensible. Il en sera comme vous le désirez. »

Tel fut le dernier mot de Tockson, et il sortit, laissant ensemble sa fille, toujours triste à mourir, et Pinsonnet qui jetait maintenant sur le coffre de laque un regard dont, chose singulière, l'expression était changée.

V

Pinsonnet avait son plan.

Il n'employa pas les quelques moments de tête-à-tête que la sortie de Tockson lui ménageait avec sa cousine à de vaines lamentations. Il s'efforça, au contraire, en quelques mots affectueux et rapides, de remonter le moral de la jeune fille si douloureusement affecté.

Il fallait qu'elle prît courage. L'aventure tournerait certainement mieux qu'elle ne pouvait l'espérer. Certes, toute l'histoire du fakir n'était, quoi qu'en pût dire M. Tockson, qu'une gigantesque fantaisie. La momie était morte et bien morte. Quant au papyrus, il avait été, sans nul doute, fabriqué pour les besoins de la cause par ce sacripant de Ralph Heggerton. C'était un tour de son métier, un expédient, amusant en somme, encore que peu délicat, inventé par ce mécréant pour aguicher le docteur et lui faire conserver, au poids de l'or, sa malencontreuse marchandise. Les savants ne sont-ils pas, en général, les plus crédules de tous les hommes? Dès lors, que pouvait-il arriver à Tockson? En admettant que le village de Gondapour existât réellement, ainsi qu'il l'avait affirmé, le docteur, en arrivant avec son coffre dans le sanctuaire de la

déesse, se ferait tout bonnement rire au nez. Il y avait beau jour
que l'Inde était aussi modernisée que New-York ou Chicago. Que
miss Deborah accompagnât son père, cela était le principal. Elle
serait là pour l'empêcher de commettre quelque folie dans le premier moment de sa désillusion, et pour le ramener en Amérique,
désabusé mais assagi.

Deborah reprit quelque courage en écoutant les rassurantes
déclarations du jeune homme, parsemées de ces irrésistibles drô-
leries dont les Français ont le secret. Elle essuya ses larmes et le
sourire reparut même sur ses lèvres charmantes. La courageuse
enfant n'était pas d'ailleurs de celles qu'une épreuve inattendue
peut abattre. Passé le premier moment de stupeur, elle reprenait
possession d'elle-même, et c'est d'un œil intrépide qu'elle envisa-
geait désormais toutes les éventualités.

Pourtant, elle eut un soupir.

« Ah! dit-elle, en serrant la main de Pinsonnet avec l'affection
certainement la plus tendre qu'elle lui eût jamais témoignée, quel
dommage que mon père ne vous permette point de nous accompagner, mon cher Edgar! Avec vous j'eusse été tout à fait rassurée.
Vous êtes vraiment un si brave et un si raisonnable garçon! »

Pinsonnet rougit de plaisir et, sans répondre, il baisa la jolie
main que sa cousine avait placée dans la sienne. Quand il releva
la tête, il avait les yeux brillants, et son front était comme barré
d'une espèce de ride verticale, s'allongeant entre ses deux sourcils.
Cette contraction légère était chez le jeune homme (un physiono-
miste l'eût deviné sans peine) le signe de la résolution.

Pendant le dîner qui suivit, contrairement à toutes les habitudes
des locataires de la *Gigantic House*, Tockson se montra, lui d'ordi-

naire si réservé, d'une exubérance débordante. Il semblait que
l'aventureuse tentative dans laquelle il allait s'embarquer eût
surexcité au plus haut point toutes les forces nerveuses de son
être. Au contraire, Pinsonnet, généralement loquace, se montra
silencieux et songeur. Quant à miss Deborah, elle éprouvait un

Pinsonnet baisa la main que sa cousine lui abandonna.

indéfinissable sentiment d'attente et d'étonnement devant l'attitude réservée de son cousin. Les femmes ont le sens subtil des
plus imperceptibles nuances psychologiques. Un instinct secret
semblait avertir la jeune fille qu'il se passait dans la cervelle du
préparateur quelque chose d'anormal.

Divers sujets furent successivement traités. Tockson expliqua
qu'il ferait dans la soirée même porter les bagages à la gare, pour

avoir le lendemain les coudées plus franches. Il y a loin de State-
Street au chantier de *Lake Shore and Michigan Southern Passenger
Station* (c'est le nom de l'embarcadère des trains à destination de
New-York). Un seul fiacre suffirait le lendemain à transporter à
cette gare le docteur, sa fille et le précieux colis, sur lequel il vou-
lait personnellement veiller.

Pour emporter le coffre de laque, Tockson expliqua qu'il avait
fait faire, et qu'on devait lui livrer le lendemain, à la première
heure, une enveloppe en toile goudronnée imperméable et d'ailleurs percée, de place en place, de trous destinés à laisser passer
de l'air.

« Qui sait, disait en effet le docteur, si l'air n'est pas indispensable à la conservation du corps de Çoukryana? Je le croirais
d'autant plus volontiers que j'ai remarqué, le long des parois
latérales du coffre, dissimulées sous les ornements, certaines
ouvertures, qui n'ont certes pas été aménagées par hasard. »

Comme le dîner tirait à sa fin, Pinsonnet rappela qu'il ne
devait point — cela avait été convenu — assister de sa personne
au départ du lendemain. Le moment était donc venu pour lui de
faire ses adieux à son oncle et à sa cousine, et de leur souhaiter
bon voyage.

Les adieux furent affectueux, mais brefs et exempts de toute
effusion dramatique. Tockson, à la réflexion, comprenait à
merveille que son neveu voulût éviter de se séparer de lui au
milieu du brouhaha d'un départ. Un vigoureux *shakehand* fut
échangé entre le savant et Pinsonnet et ce fut tout. C'est ainsi que
les choses se passent chez les Anglo-Saxons, ces étonnants migra-
teurs, préparés dès l'enfance à quitter, sans murmurer, leur

foyer et leur famille pour courir à l'autre bout du monde, avec un simple *Good bye* pour tout viatique.

Miss Deborah, cependant, ne vit pas sans quelque désappointement son cousin renoncer à l'accompagner, le lendemain, jusqu'au seuil du *Pulman's car*, où elle devait prendre place. Elle n'en fit rien paraître, mais peut-être éprouva-t-elle comme un léger serrement de cœur.

« A bientôt, fit Pinsonnet, car je compte vous revoir d'ici peu et plus tôt peut-être que vous ne le pensez vous-même.

— Quand il plaira à Dieu, répondit Deborah. »

Et chacun regagna sa chambre, pour y trouver un repos bien nécessaire, après les émotions de cette terrible journée.

Pourtant Pinsonnet ne dormit pas.

A quoi songea-t-il durant cette nuit d'insomnie? Ah! si miss Deborah avait pu lire les pensées qui s'agitaient dans sa tête, elle n'aurait plus douté de l'attachement de son cousin! Peut-être même eût-elle été effrayée de la résolution qu'elle eût pu lire sous ce front, toujours barré par une idée fixe et enfiévré par l'attente.

A quatre heures du matin, tout était silencieux dans la *Gigantic House*. Pinsonnet sauta à bas de son lit, et, évitant de faire le moindre bruit, se mit à s'habiller rapidement.

Il se vêtit d'un solide costume de voyage, se chaussa de bottines fortes mais souples, dont la semelle déjà brisée par l'usage pouvait glisser sur le parquet, sans éveiller l'attention par des craquements insolites.

Enfin, il prit dans un tiroir de son secrétaire un revolver de petit calibre, qu'il prit le soin d'examiner avant de l'introduire

5

dans la poche de son veston. Le mécanisme jouait dans la perfection; le barillet contenait six cartouches. Pinsonnet ne jugea pas utile d'en emporter davantage. Un homme résolu peut faire le tour du monde avec six cartouches dans son revolver.

Ses courts préparatifs enfin terminés, Pinsonnet fit glisser la porte de sa chambre dans sa rainure, et, l'ayant refermée, il se dirigea, toujours avec les mêmes précautions, vers le cabinet du docteur.

C'était une feinte, en effet — et nos lecteurs l'ont sans doute deviné déjà — que le désir par lui exprimé la veille de ne point être présent au départ de sa cousine. Il n'avait fait cette demande que pour se ménager, au dernier moment, une solitude complète, dont il saurait tirer parti.

Au risque de sa vie, il n'eût pas voulu que Deborah partît sans lui. Qui sait à quels dangers elle allait se trouver exposée dans l'Inde, sous la seule protection d'un fou? car, — Pinsonnet n'en pouvait douter, hélas! — la raison du docteur Tockson avait certainement sombré dans les études excentriques auxquelles il avait eu le tort de s'adonner. Coûte que coûte, il fallait donc partir avec elle.

Mais comment faire! De les rejoindre à quelques heures d'intervalle, et par l'un des trains suivants, de manière à prendre place sur le même paquebot, il n'y fallait pas songer, étant donnés le caractère et l'intraitable entêtement du docteur.

Retrouvant son neveu embarqué malgré sa défense sur le même bâtiment, Tockson en éprouverait, cela était certain, une épouvantable colère. Aussitôt arrivé à Liverpool, il lui intimerait l'ordre de les laisser seuls, et tout serait à recommencer.

D'autre part, le parti qui consistait à prendre un autre paquebot et à ne retrouver les fugitifs que dans l'Inde apparaissait comme trop chanceux.

De cette façon, en effet, on risquait de perdre les traces du docteur. La nature de l'épreuve qu'il allait tenter n'exigeait-elle pas qu'il évitât d'éveiller l'attention des autorités anglaises, peu soucieuses évidemment de prêter la main, sur un territoire de la Couronne, à l'exercice des sports macabres pratiqués par les Nirvânistes?

En somme, il fallait trouver le moyen de voyager avec Tockson dans le même train et sur le même bateau que Tockson, et sans que Tockson pût s'en douter.

Ce moyen, Pinsonnet l'avait trouvé!

Aussitôt entré dans le cabinet-laboratoire, plongé dans une obscurité profonde, il se dirigea vers le *Private Museum*, dont la porte était restée grande ouverte depuis les révélations du savant.

Tous les appareils étaient à leur place habituelle. Seulement, le coffre de laque, étendu à terre, au milieu de la pièce, attendait l'arrivée de l'enveloppe spéciale que Tockson avait commandée pour l'emporter. C'était un spectacle impressionnant et presque terrible que ce sarcophage noirâtre, s'allongeant comme un cercueil, dans cette salle endormie. Pourtant Pinsonnet n'eut pas un frisson.

Il se dirigea vers le coffre; d'un mouvement brusque, il l'ouvrit, et se retrouva face à face avec le fakir.

Il y a toujours, dans le contact de la mort, quelque chose d'auguste et de terrifiant. Pinsonnet ne put se défendre, parvenu à cet instant de sa besogne, d'un moment d'hésitation. Il demeura quelques secondes, silencieux et rêveur, à contempler ce visage hiératique, ce corps momifié et desséché par l'ascèse d'abord et par la mort ensuite. Mais les impressions lugubres ne pouvaient avoir une longue prise sur son esprit hardi et fortifié par une décision inébranlable. Après quelques secondes seulement de rêverie, il se remit résolument à l'œuvre.

Soulevant délicatement la momie, sur sa couche capitonnée, il la tira du coffre et l'étendit sur le tapis.

Puis il se releva et essuya son front où perlaient quelques gouttes de sueur. Malgré tout, c'était une terrible chose qu'il avait faite là, une profanation presque. Et puis, la momie qu'il avait soulevée dans ses bras était plus lourde qu'il n'eût pu croire, étant donné son état complet de dessiccation.

« Du courage, murmura-t-il, et cherchons un endroit où cacher cet affreux magot, avant de le remplacer. »

Son plan, en effet, était bien simple. Puisque Tockson ne voulait, outre sa fille, emmener que Çoukryana, eh bien, c'est lui, Pinsonnet, qui serait Çoukryana!

Il suffisait pour cela d'enlever la momie et de se mettre à sa place. Il voyagerait dans le coffre fermé. Les exemples ne sont pas rares, de voyageurs excentriques ou même de simples fumistes qui ont employé ce moyen de voyager dans une caisse, pour le plus grand préjudice des entrepreneurs de transport et le plus grand ébahissement de la police des deux mondes.

Il fallait atteindre l'Inde, avec Tockson, sans que celui-ci pût s'en douter, et la perspective de passer un mois dans cette boîte n'avait rien de réjouissant.

Certes, une fois en route, il trouverait bien le moyen, durant les traversées, de se faufiler hors de son coffre pendant les longues heures de la nuit.

Par bonheur, nous avons entendu Tockson le constater, ce logement incommode était aménagé de manière à ne point priver d'air celui qui l'habiterait.

Restait la question de nourriture.

A cela encore Pinsonnet avait pensé.

Aussitôt après avoir vidé le coffre et déposé le fakir sur le tapis du *Private Museum*, il ouvrit divers cartons et tiroirs du cabinet de Tockson, avec la décision d'un homme habitué à manier les richesses de ce laboratoire sans rival, et en connaissant de longue date toutes les ressources sur le bout du doigt.

Il prit un certain nombre de tablettes de formes et de couleurs diverses, et il en bourra ses poches.

De ces tablettes, les unes étaient des extraits de viande et de sucs nutritifs, composés par le Docteur, nourritures substantielles et concentrées, sous le plus minime volume; avec cela, on pourrait tant bien que mal se soutenir pendant plusieurs jours.

D'autres tablettes contenaient des doses de ce fameux et puissant narcotique dont nous avons entendu le Docteur vanter les propriétés. Ce narcotique, Pinsonnet l'avait manipulé, expérimenté lui-même. Il savait que, selon la dose d'emploi, il procurait à volonté un sommeil ininterrompu de plusieurs jours, d'une semaine entière même, au besoin, sans que ce traitement offrît de danger sérieux, surtout pour un tempérament aussi jeune et aussi vigoureux que le sien.

Ainsi lesté, Pinsonnet se sentit plein de confiance, et, s'en remettant à la bonne étoile qui luit au ciel pour les audacieux et les amoureux (Pinsonnet ne se croyait-il qu'audacieux?) il envisagea sans frayeur, avec gaieté même, la perspective du long voyage qu'il allait entreprendre, dans la plus fausse des positions.

« Il n'y a que trois classes de voyageurs sur les transatlantiques, se dit-il. Eh bien, j'en invente une quatrième. Ce sera la moins chère de toutes. »

Et remis en belle humeur, ce fut en sifflotant qu'il ferma les tiroirs contenant l'argent et les titres du Docteur, qu'il mit, en un mot, tout en ordre dans le laboratoire confié à sa garde, et dont il allait abandonner le soin à la Fortune.

En faisant ces préparatifs, il ne s'était pas aperçu que l'heure avançait rapidement. Les stores toujours baissés du laboratoire ne lui avaient pas permis de constater le lever du jour.

Tout à coup, une sonnerie électrique retentit à son oreille.

Il regarda un tableau appendu au mur. C'était la sonnerie destinée à avertir qu'un visiteur prenait place dans l'ascenseur spécial communiquant avec le laboratoire, qui venait de se faire entendre.

Il jeta les yeux sur l'horloge. Elle marquait sept heures. Et le train partait à huit!

Il n'y avait pas de doute : c'était l'ouvrier chargé d'emballer le coffre dans son enveloppe de toile qui arrivait, sans doute avec Tockson lui-même. Encore une minute à peine, et Pinsonnet allait être surpris.

Il se précipita sur la momie et la souleva de terre dans ses bras. Où la mettre?

Une idée subite lui traversa l'esprit : Dans la cabine à électrocution!... L'ouvrir, y introduire le fakir et refermer la porte fut l'affaire de quelques secondes.

Puis Pinsonnet, d'une main fébrile, chercha le bouton destiné

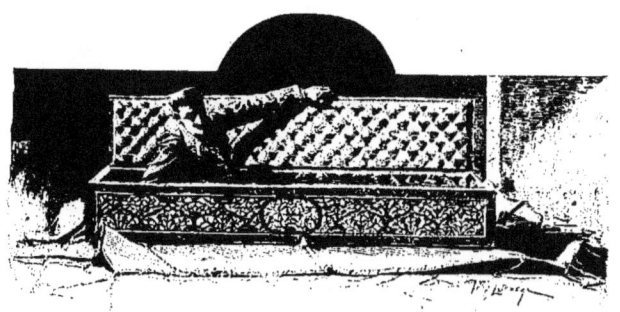

Pinsonnet s'étend tout de son long dans le coffre.

à éteindre les lampes électriques. Son trouble était si grand qu'il en pressa plusieurs avant d'atteindre le bon.

Enfin c'est fait. Le laboratoire et le *Private Museum* sont replongés dans l'obscurité. Pinsonnet vole au coffre de laque. Il s'y étend tout de son long et referme sur lui le couvercle.

Il était temps!

A la même minute, la porte s'ouvrait, et, accompagné de deux ouvriers porteurs d'une longue gaine d'étoffe grise, le docteur Tockson entrait.

DEUXIÈME PARTIE

EN ROUTE

I

OÙ L'ON ASSISTE UNE FOIS DE PLUS A LA FAILLITE DE LA SCIENCE

Le laboratoire de M. Tockson est vide.

Les voyageurs viennent de prendre place dans la voiture qui les emporte tous les trois, le savant avec sa fille, et Pinsonnet dans son coffre.

La grande salle, maintenant éclairée par le jour cru d'une magnifique matinée d'hiver, semble froide et muette comme l'intérieur d'un tombeau.

Il n'y a pas plus de dix minutes que M. Tockson, après avoir rapidement enveloppé le coffre dans sa gaine, est sorti avec les porteurs chargés du précieux colis.

Tout à coup.... Est-ce un rêve? Oui..., un rêve horrible, en vérité !

La porte de la cabine d'électrocution s'ouvre avec lenteur.... Derrière la porte ouverte apparaît une figure..., une figure !... Est-ce bien une figure d'ici-bas?

Blême sous son fard, squelette osseux, flottant dans ses bandelettes de momie, c'est le fakir ! c'est Çoukryana !...

. . . .

Vivant !

. . . .

Que se produit-il donc ? Quel souffle de cauchemar a passé dans
cette salle austère, vouée aux terrifiantes recherches du docteur
Tockson.

Oui, il n'y a pas de doute ! c'est bien le fakir. C'est bien son
corps fantastique, sa face de supplicié aux pommettes peintes, son
front démesuré sous les orfèvreries de la tiare. Mais maintenant
les yeux ne sont plus fermés. Un prodige les a ouverts. Et ils
brillent, ils étincellent comme un brasier, sous les sourcils que
fronce une contraction douloureuse.

Et ce spectre remue, il avance, risque un pied hors de la
cabine, risque deux pieds. Le voici maintenant au milieu du
laboratoire.

C'est qu'un fait extraordinaire s'était produit, un phénomène
inouï, extravagant, insensé, tel que la science n'en enregistre pas
deux dans un siècle !

Nous avons dit que Pinsonnet, pressé de dissimuler le corps
du fakir, l'avait rapidement introduit dans la cabine d'électrocution.

Nous l'avons vu ensuite chercher hâtivement à éteindre les
lampes qui éclairaient la pièce, poussant ou tournant dans son
trouble et son impatience plusieurs des boutons ou leviers
électriques qui tapissaient le mur, près du bureau de
M. Tockson.

Or, l'un d'eux était le commutateur destiné à ouvrir le courant électrique de la cabine à électrocution.

L'accumulateur avait joué docilement sous la pression de Pinsonnet. Une commotion formidable s'était produite dans la cabine, et c'était Çoukryana, occupant réellement la place du condamné hypothétique, c'était Çoukryana qui l'avait reçue.

Vingt courants électriques — de quoi tuer un éléphant — avaient traversé le corps du fakir.

Le papyrus n'avait pas menti : Çoukryana n'était pas mort. Il était plongé dans ce sommeil mystérieux et terrible, dans cette demi-mort où les fakirs de l'Inde se jettent à volonté. Il était dans cet état depuis sept années. Jamais, à la vérité, phénomène de ce genre n'avait été enregistré dans le domaine du fakirisme. Les essais les plus longs de léthargie hypnotique qu'il ait été donné à la science de constater ne dépassent point une année. Tel est notamment celui dont le lieutenant Osborne a été le témoin véridique et s'est fait l'intéressant narrateur. Mais, quand on pénètre dans ce monde de l'Impossible, qui oserait dire devant quelles limites la nature devra s'arrêter ?

Si M. Tockson ne s'était pas trompé relativement à l'histoire du fakir, en revanche, ses prévisions concernant l'emploi de sa cabine venaient d'être singulièrement renversées.

D'après ses calculs, les courants électriques des accumulateurs, traversant le corps d'un vivant, devaient infailliblement y porter la mort. Et voilà que, rencontrant le squelette d'un demi-mort, ils en avaient fait un vivant !

Le choc avait été rude, et Çoukryana, lentement réveillé par l'action persistante des décharges, avait dû supporter d'indicibles souffrances, tant ses membres paraissaient tordus et déformés.

A peine sorti de sa torpeur, dans la nuit de la cabine, la première sensation qu'il avait éprouvée avait été celle d'une étrange chaleur, d'une sorte de flamme qui parcourait impétueusement ses veines.

Puis il avait senti des piqûres dans tous ses membres, et comme un fourmillement de mille pointes d'acier lui traversant la chair.

Puis il avait éprouvé une brûlure localisée au bord du nez et des oreilles.

Puis plus rien..., rien qu'une impression de plénitude et de bien-être inouï, la sensation d'être un corps dégagé de toute pesanteur, qui nagerait dans des vagues d'éther, dans un torrent de délices.

Le jour alors s'était fait dans le cerveau du fakir. Sa mémoire, subitement annihilée au moment des cérémonies de sa mise en sommeil, se retrouva tout à coup intacte et prête à fonctionner, comme un mouvement d'horlogerie arrêté à une heure dite, et qui, remonté avec les précautions convenables, recommencerait à marcher.

Il était donc réveillé! Il se sentait vivre! Son épreuve était terminée. Khâli, la bonne déesse, avait protégé, secouru, son serviteur. Il avait maintenant la clef des divins mystères. Et un orgueil immense, une joie démesurée, envahissaient son cerveau encore vide d'images et d'impressions.

Mais où était-il? Dans le temple, sans doute. Pourquoi donc les fidèles ne s'empressaient-ils pas autour de lui pour acclamer leur héros, leur saint, leur grand prêtre?

Il étendit la main et la heurta contre une paroi solide, celle de la cabine à électrocution. Il tâta et rencontra le bouton de la porte. Il le tourna et la porte s'ouvrit.

Le jour frappa ses orbites et lui arracha un cri de douleur. Il lui semblait qu'une lame de feu pénétrait dans son œil, déshabitué de la clarté du soleil. Mais cette douleur se calma vite : il put regarder, promener autour de lui ses yeux effarés.

Était-ce une hallucination ?

Dans quel lieu étrange l'avait-on donc transporté ? Aucun des objets familiers à sa vue ne frappait ses regards.

Il s'était endormi dans le sanctuaire embaumé de la déesse, parmi les vastes colonnades retentissant des chants sacrés, muré vivant dans son coffre précieux, entouré de toute une foule en prière, et il se réveillait seul, assis dans un étroit cabanon de cuir et de bois, au milieu d'une salle inconnue et déserte, meublée d'objets étranges, dont la forme le frappait de stupeur, et dont la destination lui était complètement inconnue.

Marchant et tournant dans le laboratoire, il était arrivé près d'une glace. Un de ses regards la rencontra et il se reconnut.

Dans quel état ! avec quelle figure de cadavre ! Pourtant il reconnaissait les bandelettes sacrées dans lesquelles son corps se retrouvait enveloppé. Les mêmes émaux, les mêmes ors, brillaient toujours sur sa tiare. Dans son regard illuminé d'une lueur farouche son âme se reflétait bien tout entière, l'âme de Çoukryana, l'apôtre fanatique d'une religion de sang et de mort !

Qu'importait d'ailleurs son horrible maigreur ! Il se sentait bien vivant, vigoureux presque (tant l'effroyable décharge électrique qu'il avait subie avait galvanisé tout son être). Son sang circulait dans ses veines ; son pouls (il le tâta) battait à intervalles réguliers quoique sensiblement précipités. Il commençait même à ressentir les premiers tiraillements de la faim.

Il se regarda de plus près, et constata que sa peau était brûlée aux oreilles et sous les narines. La mince couche de cire qui avait bouché ces orifices était fondue.

Il comprit alors — sans s'expliquer d'ailleurs cet effet de l'électricité — la forte brûlure qui avait été, à son réveil, l'une de ses premières sensations.

Peu à peu ses idées se coordonnaient ; il raisonnait. Évidemment quelque chose d'inattendu s'était passé. Sans qu'il pût deviner ni comment, ni pourquoi, il se trouvait transporté hors du sanctuaire où il devait se réveiller. Et une angoisse le traversait : son épreuve n'aurait-elle pas été accomplie selon les rites nécessaires ? Le pontificat, le trésor de Khâli, allaient-ils donc lui échapper ?

Mais où donc était-il ? Était-ce dans l'Inde ? Comment donc le ciel, qu'il apercevait par le vitrage, était-il si gris, l'atmosphère si froide ? D'ailleurs il entendait monter jusqu'à lui le bourdonnement d'une grande ville. Il voulut regarder au dehors, mais le laboratoire ne prenait jour que par une baie s'ouvrant très haut et qu'il ne pouvait atteindre.

Il aperçut une porte dans le mur et la trouva fermée.

Alors il se mit à ouvrir les tiroirs et les cartons, à fouiller nerveusement dans tous les coins, à la recherche d'un indice qui lui apprît où il était, d'un point lumineux qui vînt éclairer les ténèbres où il sentait sa raison chanceler.

Il trouva force papiers, force notes, des flacons, d'innombrables instruments de laboratoire. Dans un tiroir, il ramassa plusieurs poignées de petits paquets étiquetés — à si pleines mains, qu'il faillit les laisser tomber à terre. Il frémit en lisant ensuite sur l'étiquette :

CARTOUCHES DE TOCKSONITE OU EXPLOSIF TOCKSON
Dose pour le soulèvement de 2000 mètres cubes.
Éviter tout choc, de crainte d'explosion.

Çà et là, sa main rencontrait des boutons qu'il pressait, des manivelles qu'il tournait.

Sa stupéfaction était grande de voir alors une flamme s'allumer ou disparaître dans les lampes, d'entendre des sonneries retentir dans tous les coins de la pièce, de lire des inscriptions surgissant dans des tableaux placés à la hauteur de son œil.

Mais subitement il resta cloué sur place et comme pétrifié. Il avait pressé un bouton et une voix se faisait entendre à côté de lui, paraissant sortir d'une boîte d'acajou verni, fermée à sa partie supérieure par une glace, à travers laquelle il voyait distinctement tourner un cylindre de cuivre.

Il percevait, il comprenait les paroles qui sortaient de cette matière inerte ! Les mots appartenaient à la langue anglaise. Avec quelle attention il écouta cette voix miraculeuse !

Cette voix, c'était celle du phonographe auquel M. Tockson avait dicté son testament.

Celui qui eût pu observer cette scène, caché dans un coin de la salle, eût alors assisté à un spectacle terrible.

Çoukryana, les yeux hagards, les mains tremblantes, la barbe

et les sourcils hérissés, écoutait éperdu cette parole révélatrice.
Il comprenait tout !

Ainsi, on l'avait enlevé du temple, porté à des milliers de lieues
de l'Inde. Un profane avait soulevé le voile du mystère redoutable. Et il était parti emportant le coffre sacré, méditant de
nouvelles profanations, résolu à s'introduire dans le sanctuaire,
dans ce lieu ineffable auquel il n'osait penser, lui, Çoukryana,
qu'avec une terreur religieuse ! Il allait souiller de sa présence
immonde le seuil de la déesse, s'emparer de son trésor, renverser
ses autels peut-être ! Ah ! mille morts eussent été préférables au
supplice d'entendre de pareilles infamies, sans pouvoir les empêcher.

Et pourtant les dieux se laisseraient-ils faire ? Khâli, médiatrice
toute-puissante de la divine Trimourti indienne, laisserait-elle
s'accomplir d'aussi abominables forfaits ? Non, sans doute, puisque les dieux avaient permis que, réveillé par un premier prodige
inexplicable, et informé du plan infernal des infidèles par un
second miracle, — cette voix sortie des entrailles de la matière,
— leur serviteur Çoukryana fût mis à même de les défendre, ou
tout au moins de les venger.

Il était à Chicago ; il connaissait l'itinéraire des bandits, des
ravisseurs du coffre sacré. Il fallait se lancer à leur poursuite !

Comment, avec quels vêtements, avec quel argent ? Les dieux
protecteurs y pourvoiraient sans doute. Mais, avant tout, il fallait
sortir de ce lieu maudit.

Et toutes les portes étaient fermées !

Alors Çoukryana fut pris d'une rage folle. Il se précipita sur les
papiers du docteur Toçkson et les déchira. Il mit en miettes les

appareils, renversa les tiroirs, fit sauter les serrures, saccagea les
cartons, sema à la volée les pièces d'or et les bank-notes ! Il semblait qu'une folie démoniaque se fût emparée de lui et secouât
jusqu'aux fibres les plus intimes son corps de convulsionnaire.
Le sol était jonché de papier et de verre, de débris de toute espèce.
Les meubles du cabinet renversés et brisés tendaient lamentable-

Alors Çoukryana, pris d'une rage folle, brisa tous les meubles.

ment leurs pieds fracassés. Les fauteuils éventrés laissaient, par
de larges entailles, s'échapper leur crin ou leurs ressorts, les
tabourets lancés par le bras vigoureux du fakir volaient dans l'air
au hasard, et allaient s'écraser contre les murs !

Tout à coup il poussa un cri de triomphe. Dans la sarabande
échevelée à laquelle il se livrait, un coup frappé sur un bouton
dissimulé dans la tenture avait fait s'ouvrir une porte. C'était celle
d'un cabinet attenant au laboratoire de Tockson. Dans cette pièce,
le docteur avait placé, avec des vêtements de rechange, tout

6

l'attirail nécessaire à une toilette complète. Le cabinet communi-
quait par une porte avec un escalier de service, desservant tous les
étages de la Gigantic House, et par l'autre — celle qui venait de
s'ouvrir — avec le cabinet du savant.

L'ouverture de cette issue apaisa subitement la colère du fakir.
Il comprit qu'avec un peu de réflexion et de patience il trouverait
aisément les moyens de sortir de sa prison. Et il mit le pied sur le
seuil inespéré de cette porte, tout frémissant encore, mais déjà
plus calme, et roulant dans sa tête mille projets confus de vengeance et d'ambition.

UNE TRAVERSÉE MOUVEMENTÉE

Les progrès de la navigation moderne ont tellement raccourci les distances, qu'il ne faut aujourd'hui pas plus de cinq à six jours pour la traversée de New-York à Liverpool, surtout lorsqu'on l'effectue sur la *Laconia*, l'un des plus rapides entre les « lévriers de mer » de la Compagnie Cunard.

En général, cette semaine de navigation s'écoule rapide et légère, grâce à l'organisation hautement confortable des paquebots transatlantiques. Avec leurs cabines luxueuses, leur salle à manger de deux cents couverts, leurs salons de conversation et de musique, leurs fumoirs et leurs boudoirs, on a comparé ces splendides bâtiments à des hôtels flottants, et nulle comparaison n'est plus exacte. On y danse, on y joue, on y flirte, on y trouve le moyen, les dames de changer de toilette trois fois par journée, et les gentlemen de se livrer aux délices du baccara ou du *poker*.

Malheureusement, M. Tockson et sa fille ne furent guère favorisés par le temps. A peine la *Laconia* avait-elle doublé, en filant le long de Bedloë's Island, le majestueux Phare-Statue qui garde

l'entrée de l'Hudson, qu'une violente bourrasque s'éleva sur la
mer et accompagna le paquebot pendant la plus grande partie
de la traversée.

Une tempête n'offre pas en elle-même un danger bien redoutable pour les géants de la navigation moderne. Leur masse est si
énorme, leur poids si formidable, que l'Océan s'épuise en vains
efforts contre leurs flancs.

Mais, si la *Laconia* n'avait presque rien à craindre de l'orage,
l'entrain et l'animation des passagers avaient subi, on le com-
prendra sans peine, une irréparable atteinte.

Chacun s'enfermait dans sa cabine, fuyant la bise glaciale qui
ne cessait de souffler en tempête, le verglas qui fouettait au visage
les hommes de service et répandait sur le pont, sur les cordages
et sur les balustrades comme une couche de vernis épais et
glissant.

Tout au plus pouvait-on voir, de temps en temps, quelque passager plus hardi ou plus impatient que les autres, se traînant
jusqu'au cadre où s'inscrit quotidiennement le nombre de milles
parcourus, près d'une carte de l'Atlantique, piquée d'un petit
drapeau, qui indique la place précise du navire, sur l'immense
désert liquide.

Point de bals, point de concerts; point de réunions sur le
palier du premier étage, dans l'escalier monumental descendant
du *deck* (pont) vers la salle à manger. C'est sur ce palier meublé
d'un long sofa et d'un divan plus petit, et attenant d'une part à
la cabine du médecin, de l'autre à celle du commissaire, que le
beau monde des transatlantiques a coutume de se retrouver vers
les cinq heures, pour flirter nonchalamment en dégustant des

cok-tails. Mais cette fois l'élégante *Potinière* restait invariable-
ment déserte.

La salle à manger, en général si gaie et si vivante, avec ses
nombreux repas, où le champagne de France coule à flots pour
arroser les solides menus anglo-américains, la salle à manger
elle-même était presque abandonnée.

C'est que le mal de mer sévissait du haut en bas de la *Laconia*,
le mal de mer, épreuve à la fois effroyable et risible, qui terrasse
les plus forts et dont, cette fois, les plus endurcis voyageurs
n'étaient pas eux-mêmes exempts.

Quelques intrépides cependant faisaient bonne contenance et
répondaient régulièrement aux appels périodiques de la cloche du
stewart.

On les voyait s'asseoir, calmes et résolus, à leur place accoutu-
mée, clairsemés autour de la table immense, et attaquer sans
faiblesse les plats succulents, que des maîtres d'hôtel pâles et
défaits, mais raidis par la conscience du devoir, s'évertuaient à
leur servir.

Le petit déjeuner du matin, le déjeuner de dix heures, le lunch
d'une heure et demie, le dîner de sept heures et le thé du soir
les retrouvaient fidèles au poste. Ces braves semblaient mettre
leur point d'honneur à ne pas manquer une seule de ces séances
gastronomiques, copieuses autant que variées, que l'administration des transatlantiques a multipliées à plaisir, probablement
pour faire paraître plus courtes les longues heures de traversée.

Dans ce petit bataillon sacré, d'ailleurs éclairci de jour en jour,
deux passagers surtout pouvaient attirer l'attention.

L'un, toujours absorbé et méditatif, solide et franche figure de

Yankee, ornée de la barbiche classique, n'était autre que notre
vieille connaissance, Mr. J.-T.-A. Tockson.

L'air de la mer devait avoir creusé l'appétit du digne savant,
car il paraissait grandement apprécier la cuisine du bord. Les
hors-d'œuvre et les pièces de résistance, les viandes et les pois-
sons, sans oublier les desserts, les petits plats à la française,
soignés comme des œuvres d'art, et les ratatouilles américaines,
incendiées de poivre et de piment rouge, il faisait honneur à
tout avec un juste et raisonnable éclectisme, toujours lent et
réfléchi d'ailleurs, dégustant les morceaux comme Brillat-Savarin,
les mastiquant comme Gladstone et les arrosant comme Bassom-
pierre.

L'autre passager — un clergyman, à en juger par son costume, était affligé de la plus extraordinaire des physionomies.

On ne pouvait apprécier la structure de son corps, enfoui qu'il
était sous une épaisse carapace de redingotes, de pardessus, de
pèlerines et de plaids superposés. C'était évidemment un très
frileux personnage. Détail caractéristique, ses mains osseuses
restaient continuellement gantées, même à table. En France,
un pareil trait l'eût fait regarder de tous comme une bête
curieuse; mais les Américains ont trop l'habitude de toutes les
excentricités pour que les voisins de table du clergyman eussent
seulement fait mine de remarquer ce détail.

Quant à sa tête, on n'en apercevait guère que les deux pommettes, étrangement maigres et saillantes. Les yeux étaient entièrement abrités sous de larges lunettes, à verres bleus convexes.
Le front disparaissait sous une épaisse chevelure, tombant assez
bas, et qu'un observateur clairvoyant eût soupçonnée de n'être pas

naturelle, tant elle dessinait une ligne nette et dure autour du
visage. Une barbe fournie, mais de dimension moyenne, recouvrait le bas de la figure. Enfin un bandeau de soie noire, en
forme de mentonnière, cachait les deux oreilles, comme si notre
homme eût souffert d'une permanente rage de dents.

Si le clergyman descendait dans la salle à manger, à l'heure

Assis à la table vide, en face du docteur et de sa fille, le clergyman
ne cessait de les épier.

de chaque repas, avec une régularité de déclic, il eût été cependant singulièrement téméraire de voir en lui un fin gourmet.
Jamais plus petit mangeur n'avait dû s'asseoir à la table de la
Laconia. C'est à peine si, dans le courant du dîner, il touchait à
quelques plats de légumes. Végétarien convaincu, cela était
visible, il n'absorbait jamais une bouchée de viande, et paraissait
avoir en horreur le vin et les spiritueux.

Il s'asseyait à peu de distance de Tockson et semblait attentif à observer, à travers ses lunettes bleues, le savant américain, d'ailleurs trop occupé lui-même pour faire attention à son manège.

Mais si M. Tockson, distrait comme tous les savants, ne prenait pas garde aux agissements de son voisin, il n'en était pas de même de Deborah.

Dès le premier jour de la traversée, la jeune fille avait remarqué l'insistance que l'affreux clergyman semblait mettre à les épier, son père et elle; et, comme cette insistance n'avait fait que s'accroître par la suite, elle n'avait pas tardé à éprouver, chaque fois que l'heure des repas la mettait en présence du végétarien, une impression de malaise extrêmement désagréable.

C'était plus même que du malaise, — une répulsion presque physique, accompagnée d'une sensation douloureuse ressemblant un peu à un vertige.

Elle avait tenté de détourner de lui son attention, de se persuader qu'elle était dupe d'une illusion, mais sans pouvoir y réussir. Le regard du clergyman — ce regard, qu'elle devinait tyrannique derrière l'opacité des lunettes, la poursuivait comme une obsession....

Ce fut bien pis lorsqu'il lui arriva de rencontrer son persécuteur dans le couloir des cabines.

Un jour même, rentrant chez elle au milieu du jour, elle faillit se trouver mal en apercevant le clergyman au milieu de sa chambrette. Il était debout, le dos tourné à la porte, le regard attaché au coffre que Tockson avait placé sur la plus basse des trois couchettes de la cabine.

En entendant entrer miss Deborah, l'intrus se retourna, visiblement contrarié.

« Pardon, je m'étais trompé », dit-il, en frôlant légèrement miss Deborah, qui s'effaçait pour le laisser sortir.

Il avait un certain accent étranger. Pourquoi ces quelques paroles, si simples cependant, firent-elle frissonner la jeune fille — pourquoi son contact, ce frôlement imperceptible la remplit-il d'une inexprimable angoisse?

Deborah pensa à avertir son père — mais elle réfléchit, puis se décida à ne rien dire. Elle ne voulait point apporter un trouble nouveau dans un cerveau déjà surmené par les divagations que l'on sait.

Cependant, comme elle ne se sentait pas le courage de se retrouver à table en face du clergyman, elle déclara le soir à son père que le mauvais état de la mer avait fini par l'indisposer comme les autres passagers, et, sous ce prétexte, elle s'abstint de se rendre à la salle à manger.

Dès le premier soir, restée seule, en face d'une tasse de thé qu'elle s'était fait apporter par la femme de chambre, elle consulta la liste des passagers, que l'administration du paquebot remet, lors du départ, à chaque voyageur, imprimée sur un élégant programme.

Une seule personne figurait sur cette liste, avec la qualité de clergyman énoncée en regard de son nom. Cette personne était donc, sans erreur possible, l'homme à la mentonnière de soie.

Voici quelle était la mention laconique le concernant :

M. *Jeremiah Skidam*, *Vicar* (pasteur) *Cincinnati*.

Deborah ne connaissait personne du nom de Jeremiah Skidam. Elle n'avait jamais mis les pieds à Cincinnati. Le renseignement ne comportait ainsi pour elle aucune signification.

Quel était donc cet inconnu? Et pourquoi les poursuivait-il, elle et son père, de son obsédante attention?

Dès lors, elle évita non seulement de paraître aux repas, mais encore de se montrer sur le *deck* aux heures — assez rares d'ailleurs, étant donné l'affreux état de la mer — où les passagers avaient coutume de s'y trouver.

Elle ne voulait pas s'exposer à rencontrer le clergyman.

Elle passait donc la journée enfermée dans sa cabine, prêtant l'oreille aux mugissements continus de la *tornade*, frémissant parfois lorsque l'assaut furieux des lames contre les flancs du navire déterminait dans les plaques d'acier — fragile rempart, qui seul la séparait de l'onde — un craquement plus sinistre ou plus prolongé.

L'étroit hublot qui donnait un peu de jour à la cabine restait forcément clos toute la journée car, ouvert, il eût donné passage à des torrents d'eau.

A la lueur de la lampe toujours allumée, miss Deborah laissait couler les heures.

Elle avait d'ailleurs une occupation qui l'empêchait de les trouver trop longues.

La courageuse enfant avait emporté avec elle une grammaire et un manuel élémentaire du dialecte hindou le plus communément en usage dans le sud de l'Inde, c'est-à-dire du dialecte tamoul.

Depuis que Pinsonnet lui avait fait pressentir l'intention de son père de voyager dans l'Inde, elle avait acheté ces livres qu'elle s'était mise à piocher résolument. Et elle poursuivait ses études à bord de la *Laconia*.

Remarquablement douée pour les langues, comme la plupart de ses compatriotes, elle avait déjà réussi à s'assimiler quelques éléments de syntaxe, et à prononcer convenablement quelques phrases de conversation courante.

Ce travail pénible était peut-être superflu, car un grand nombre d'Hindous parlent couramment l'anglais; mais ne pouvait-il pas se produire tel ou tel incident imprévu qui la fît se féliciter d'avoir pris cette précaution?

Vers le soir seulement, à l'heure du dîner, elle allait respirer un peu d'air pur. A ce moment, le pont était toujours absolument désert.

La rafale fouettait à son visage des tourbillons de frimas; ses cheveux défrisés s'envolaient sous sa toque en mèches folles. Cependant elle persistait et s'attardait parfois de longues heures, bravant la tempête sous l'épais waterproof dont elle s'emmitouflait.

Elle préférait du reste ne rentrer dans sa cabine qu'une fois M. Tockson couché et endormi. Elle évitait, en effet, de causer avec son père, tant elle craignait de trahir le secret de ses appréhensions.

Ils étaient sinistres ces lambeaux de nuit passés sur le pont de ce navire, toujours emporté dans sa fuite tragique à travers les éléments déchaînés.

La grosse sirène du grand mât ne cessait de faire entendre ses mugissements lugubres. Il semblait que la *Laconia*, précipitée dans l'inconnu, par une force impitoyable, clamât au ciel par cette voix de bronze toute l'horreur de son épouvante!

Enfin la tempête s'apaisa. La mer reprit son calme. Les passagers et l'équipage purent espérer qu'ils franchiraient sans

encombre la faible distance qui séparait encore le navire de
Liverpool. On n'était plus en effet qu'à quelques milles des côtes
sud-ouest de l'Irlande, et, selon toutes les prévisions normales,
on n'allait pas tarder à naviguer en vue de la terre.

Mais un accident, assez léger, à la vérité, vint tout à coup
compliquer et allonger encore cette malencontreuse traversée.

La *Laconia*, sous l'action continue de la tempête, avait beaucoup fatigué. On s'aperçut d'abord qu'elle ne gouvernait plus
avec sa précision habituelle. Bientôt une avarie fut reconnue. Il
y avait rupture du point d'attache supérieur du gouvernail, à
quelques pouces au-dessous de la ligne de flottaison.

L'accident était de ceux qu'un paquebot supérieurement armé
et machiné comme la *Laconia* peut réparer sans difficulté avec
ses propres moyens. Il n'était donc pas nécessaire de recourir à
la remorque, toujours fort onéreuse, de quelque navire de
rencontre. Deux ou trois heures suffiraient pour remettre le
gouvernail en état. Seulement, comme la nuit tombait et que le
jour était indispensable pour le travail à effectuer, force était de
remettre au lendemain la réparation du navire.

Le commandant fit donc jeter les ancres, allumer les fanaux.
Sur son ordre, le petit youyou de service fut descendu à l'arrière
et mis à flot le plus près possible du gouvernail pour que, le
lendemain, dès le petit matin, et sans perdre une seconde, les
scaphandriers du bord pussent commencer leur besogne.

III

La nuit était tombée et les passagers avaient, les uns après les autres, regagné leur cabine pour profiter des quelques heures de calme qui leur étaient octroyées, après une si longue insomnie.

L'équipage lui-même avait reçu l'ordre de regagner en masse les entreponts. Le navire, tenant solidement sur ses amarres, le commandant pouvait ménager son personnel, déjà à peu près sur les dents. La vigie de service devait suffire à assurer, durant la nuit, la sécurité du paquebot.

Il n'y avait donc personne sur le pont.

Seuls, deux matelots, éclairés par la lueur d'une lanterne, étaient occupés à achever l'installation de la pompe à air placée en haut de l'échelle reliant le youyou au promenoir. Ils s'assuraient qu'elle était en bon état de fonctionnement et ferait, le lendemain, son service, lors de l'immersion des scaphandriers.

Les deux mécaniciens, la pipe à la bouche, inspectaient avec un soin méticuleux — l'un éclairant l'autre avec la lanterne, toutes les parties de l'appareil.

« Le corps est bon, fit l'un des deux hommes. Il n'y a plus qu'à

visser le tuyau de transmission. Allons, Tit Joë, un coup de main.
Passe-moi la tête du serpent. »

Tit Joë, un colosse roux, à l'air bestial, aux dents noircies par
la chique, déposa sa lanterne et aida son camarade à adapter au
corps de pompe le long tuyau de caoutchouc annelé dont l'autre
bout devait se visser sur le casque du scaphandrier.

Leur besogne terminée, tous deux se relevaient pour regagner
leur couchette, lorsqu'ils aperçurent un troisième personnage
qui semblait les écouter sans qu'ils y eussent pris garde.

Ce silencieux auditeur, c'était le *clergyman*, dont nous avons
fait connaître les bizarres allures. Enveloppé dans sa longue
redingote noire, dont il avait retroussé le collet, — quoique la
température se fût sensiblement relevée depuis vingt-quatre
heures, — il portait toujours ses lunettes bleues et ses éternels
gants noirs. Muet et immobile, il fixait un regard inquisiteur
sur les deux mécaniciens tout interloqués.

« Qui vive! fit Tit Joë, en élevant sa lanterne à la hauteur du
visage de l'inconnu. Brr... murmura-t-il, après l'avoir examiné à
la lumière, la vilaine figure que voilà!

— Pardon, fit l'autre matelot, peut-on savoir ce que désire
Votre Honneur?

— Je désire, répondit Mr. Jérémie Skidam, vous faire gagner
mille dollars à chacun. Êtes-vous disposés à les accepter?

— Si nous y sommes disposés! s'exclama Tit Joë, le géant
roux. Je vous crois! Allongez-les un peu, pour voir, n'est-ce pas,
Kennedy? »

Le matelot qu'il interpellait par ce nom de Kennedy — une
inquiétante figure de fouine, suant le vice et l'ivrognerie par tous

les pores, — ne répondit pas, mais il poussa un petit ricanement
d'intelligence que l'on pouvait prendre à bon droit pour un signe
d'adhésion.

Mr. Jérémie Skidam regarda longuement ses deux interlocuteurs,
comme s'il eût voulu lire dans leur âme. Ce qu'il y lut, en dépit
de l'obscurité de la nuit, fut sans doute satisfaisant, — car il
reprit, d'un ton dégagé :

« Vous aurez les deux mille dollars dans une heure, si vous
consentez à faire ce que je vous demande, — une chose d'ailleurs très simple et qui ne présente, vous allez le voir, aucune
difficulté. »

Comme en vertu d'un accord tacite les trois personnages
s'étaient rapprochés les uns des autres, de manière à pouvoir
s'entendre sans élever la voix. Pour qui les eût aperçus à distance,
ils ne formaient plus maintenant qu'une seule masse compacte et
noire dans la nuit.

« Vous voyez, poursuivit le pasteur, le canot que vous venez de
descendre. Ce que je vous demande, c'est simplement d'y placer
une paire de rames et de me laisser partir dedans.

— Partir avec le canot! interrompit Tit Joë. Où voulez-vous
donc aller?

— Ça c'est l'affaire de Son Honneur, répliqua vivement Kennedy. Et, du moment que Son Honneur paye d'avance, ses affaires
ne nous regardent pas. Je ferai seulement remarquer à Votre
Honneur, continua-t-il, en s'adressant cette fois à Jérémie Skidam,
que la mer est encore forte, et que le courant pousse à la côte.
Votre Honneur se chargera sans doute de souquer, car nous ne
pourrions, Tit Joë et moi, nous engager à le conduire.

— C'est entendu, répondit le clergyman, je m'embarque seul et je ramerai seul. Vous n'avez plus d'objections? »

Les deux mécaniciens parurent se consulter du regard. Ils se dirent quelques mots à l'oreille, puis Kennedy prit la parole.

« La chose peut se faire, dit-il, la nuit est noire comme un four, et la vigie ne vous distinguerait pas une chaloupe d'un phoque, à deux brasses devant elle. Qu'on découvre demain votre départ, cela nous est égal, la chose ayant pu se faire sans que nous y ayons prêté la main. Nous allons envelopper les rames d'étoupe, pour que la vigie ne les entende point battre l'eau. Et, demain, on croira que le youyou, mal attaché, est parti à la dérive. »

Puis, il ajouta obséquieusement :

« Votre Honneur n'a qu'à nous dire à quelle heure nous devons descendre les rames et le drisser lui-même jusqu'en bas. Nous sommes aux ordres de Son Honneur... toutefois après le versement des deux mille dollars.

— Merci, dit Jérémie Skidam, mais j'ai encore autre chose à vous demander. »

En disant ces mots, il se rapprocha des deux matelots, de manière que leurs oreilles touchassent presque à sa bouche. Et ce fut avec des précautions infinies qu'il leur souffla, plutôt qu'il ne prononça, des explications qu'ils écoutèrent d'un air profondément étonné.

« Pour ça, non, grogna Tit Joë, quand le clergyman eut terminé. C'est une trop grosse affaire, et nous refusons, n'est-ce pas, Kennedy? »

Kennedy ne daigna pas répondre à son grossier camarade.

« Ce que vous demandez peut être examiné, fit-il, en s'adressant à M. Skidam. Je ferai seulement remarquer à Votre Honneur, que c'est une seconde affaire, indépendante de la première, terriblement dangereuse pour ceux qui, la faisant, risqueront d'être pincés, et qui, en conséquence, doit se payer à part.

— Je paierai, fit le clergyman. Combien vous faut-il ?

— Quatre mille dollars de plus », répondit vivement Kennedy.

Et voyant que Skidam n'avait pas sourcillé, il ajouta :

« Pour chacun.

— Soit, vous les aurez. »

Et, joignant l'action à la parole, Skidam tira de son portefeuille une liasse de bank-notes qu'il déposa entre les mains de Kennedy.

Celui-ci, à la lueur de la lanterne tenue par Tit Joë, les compta et les recompta avec soin. Puis il les fit disparaître prestement dans sa poche.

Il reprit :

« Seulement, voilà l'affaire : vous dites que le gentleman des premières est profondément endormi dans sa cabine. Mais il y a sa fille. La demoiselle est-elle endormie aussi ?

— Non, répliqua Jérémie Skidam, mais, à cette heure, elle vient tous les soirs se promener sur le pont. Tenez, justement la voici. »

C'était en effet le moment où miss Deborah avait coutume de venir respirer quelques instants l'air de la mer. Elle passa, enveloppée dans une robe de flanelle blanche qui la faisait ressembler à quelque apparition aérienne.

L'ombre épaisse l'empêcha d'apercevoir le trio de [gredins qu'elle préoccupait si fort à ce moment même.

Elle passa, sifflottant entre ses dents.

7

Qu'on ne s'étonne pas d'un détail si en désaccord avec les habitudes françaises. Chez les Américains, l'art de siffler jouit d'une étonnante faveur, dans la plus haute société, et les plus charmantes jeunes filles le pratiquent, au point d'y devenir d'une jolie force.

L'air que miss Deborah sifflait était un air français. Elle l'avait appris de Pinsonnet.

Arrivée au promenoir, elle s'accouda sur la balustrade et en face du flot sombre qui bruissait à ses pieds, demeura toute songeuse, la joue appuyée sur sa fine main ouverte.

« Voilà le moment d'agir, dit Jérémie Skidam.

— Laissez-moi au moins le temps de rallumer ma pipe », grommela Tit-Joë.

Et il tira de sa poche un briquet d'amadou qu'il se disposa à battre pour se procurer du feu.

« Veux-tu cacher cela », lui souffla tout bas Kennedy, c'est vraiment le moment de faire des étincelles!

Il lui arracha des mains le briquet. Mais Jérémie Skidam étendit la main vers l'instrument et le saisit.

« Voilà une bonne mèche, dit-il, en examinant l'amadou. Combien de temps cela peut-il mettre à se consumer entièrement?

— Une heure, Votre Honneur, dit Tit Joë.

— Donnez-moi votre briquet, conclut Jérémie Skidam, ce sera un dollar de plus pour vous.

— A votre service, fit en ricanant le colosse.

— Allons, interrompit Kennedy, assez causé. Viens avec moi, Tit Joë, descendons chercher l'objet. »

Puis il ajouta d'un ton interrogatif en s'adressant à Skidam, à qui il désigna du doigt miss Deborah :

« Et... la demoiselle?

— Oh! celle-là, répondit le clergyman, avec un accent sinistre, ce sera pour le dernier moment.... Et c'est moi qui m'en charge.

— A votre aise, fit Kennedy d'un ton d'indifférence.... Vous avez payé d'avance.... Et puis, du moment que c'est une affaire d'amour.... »

Les deux matelots, marchant avec précaution, s'éloignèrent alors et disparurent par l'escalier conduisant aux cabines de *première classe.*

A peine avaient-ils disparu, que M. Jérémie Skidam s'élança par une autre issue vers la machinerie occupant le centre du paquebot.

Le navire reposant sur ses ancres, le vaste local occupé par les machines était, cette nuit, absolument abandonné. Quelques lampes électriques, placées de loin en loin, éclairaient assez mal les sombres détours de ce dédale.

Le clergyman marcha droit vers la chaufferie. Ouvrant doucement sa porte de tôle, il s'assura qu'elle était déserte. Alors il avisa le cadran du loch tachymétrique, instrument servant à accuser la vitesse et placé à peu près au milieu du paquebot. Sous le cadran est ajustée une petite boîte de cuivre qui renferme l'extrémité du dévidoir aboutissant au loch.

Skidam ouvrit cette boîte, et y introduisit une poignée de petits paquets étroitement ficelés ensemble, qu'il tira de sa poche.

Entre le faisceau de ces petits paquets, il plaça l'extrémité de la mèche d'amadou, empruntée au briquet de Tit Joë.

Puis, après avoir allumé la mèche, il remonta sur le pont.

La nuit était plus épaisse que jamais. Mais M. Jérémie Skidam semblait partager avec les tigres, les jaguars et autres félins, la faculté de voir clairement dans les ténèbres, et d'un coup d'œil, il put s'assurer que miss Deborah était toujours à sa place, plongée dans sa rêverie.

Au même moment, Kennedy et Tit Joë remontaient silencieusement. Ils portaient un objet long, de la dimension d'un cercueil, enveloppé dans une toile grise.

« Voilà le colis, dit Tit Joë, en arrivant près de M. Jérémie Skidam. Le gentleman dormait comme une cruche. Il n'a rien entendu, et n'a pas soufflé.

— C'est bien, fit le clergyman, ajustez bien l'échelle et descendez l'objet dans le canot avec la paire de rames. »

Les deux matelots obéirent.

Tandis qu'ils exécutaient la manœuvre ordonnée, M. Skidam, longeant la balustrade du promenoir, s'approcha doucement de Deborah.

Quand il ne fut plus qu'à quelques pas d'elle, il s'étendit à terre, et se mit à ramper sans bruit.

Son long corps s'allongeait sur le plancher. Il avançait par courtes ondulations, et sans faire plus de bruit qu'un serpent dans les hautes herbes.

Arrivé derrière la jeune fille, il se dressa d'un bond et, avant qu'elle eût eu le temps de pousser un cri, il lui assujettit sur la bouche un foulard de soie formant bâillon.

Puis, avec une agilité et une vigueur extraordinaires chez un homme d'une apparence aussi malingre, il saisit la jeune fille

A l'aide d'une échelle de corde, le clergyman descendit, chargé de Deborah.

dans ses bras et l'emporta vers le point où l'attendaient ses deux complices.

Une échelle de corde, à échelons de bois, était solidement fixée à la balustrade. M. Jérémie Skidam, à l'aide de cette échelle, descendit en un clin d'œil, chargé de son fardeau qu'il déposa dans le fond du canot.

Détachant alors l'amarre, et saisissant les rames, il s'enfonça dans la nuit!

« Bon voyage! » murmura Tit Joë.

Puis, se tournant vers Kennedy, il ajouta :

« C'est égal, pour un clergyman, c'est un drôle de clergyman! »

. . . .

Trois quarts d'heure s'écoulent. Le canot, faisant force de rames, s'éloigne de plus en plus du paquebot.

Tout à coup, un éclair immense déchire le ciel.

Puis le bruit d'une explosion formidable se fait entendre.

C'est la *Laconia* qui vient de sauter!

IV

Le clergyman avait de loin contemplé son œuvre avec un sourire de cruelle satisfaction. L'horrible spectacle du paquebot fendu en deux par l'explosion et s'enfonçant lentement dans l'océan qu'il couvrait de ses débris devait être pour ses yeux mornes quelque chose de singulièrement délectable. Cependant il en détacha ses regards pour les reporter avec une farouche expression de haine vers la silhouette de miss Deborah gisant au fond du youyou, la tête appuyée contre le coffre de laque.

La jeune fille s'était évanouie entre les bras de son ravisseur. Maintenant elle reprenait peu à peu ses sens. Elle s'agitait légèrement, et ses yeux grands ouverts réflétaient la stupeur où son âme était plongée. Elle se retrouvait dans un frêle canot balancé sur la mer déserte ; à l'horizon livide l'aube du jour naissait, éclairant la farouche figure du clergyman, debout à la barre du gouvernail, droit et rigide sous sa lévite noire.

Miss Deborah fit un effort violent pour vaincre sa terreur. Elle arracha l'écharpe de soie qui comprimait sa bouche. Elle se souleva et jeta les yeux autour d'elle. Elle vit alors que le canot, sous l'action des courants, se dirigeait rapidement vers une côte rougeâtre, toute hérissée de rochers aigus. Quant à son mystérieux compagnon, il demeurait toujours silencieux et immobile, se bornant à maintenir l'embarcation dans le sens du flot qui l'emportait au rivage. Et il contemplait sa victime avec un sourire de triomphe, errant sur ses lèvres minces.

« Mon père ! tel fut le premier cri de miss Deborah, au secours ! Mon père, où êtes-vous ? »

Le clergyman, sans dire un mot, étendit la main et, du doigt, indiqua la profondeur de l'océan.

« Mon père ! Mort !... Perdu à tout jamais ! Ah ! cela n'est pas possible ! cherchons, monsieur. Sauvons-le ! Par pitié !... »

Mais devant le silence méprisant du clergyman, la jeune fille se rappela brusquement son enlèvement. Elle reconnut Jérémie Skidam. Elle se vit au pouvoir de l'être sinistre qui semblait la persécuter depuis le début de la traversée.... Et une exclamation jaillit de ses lèvres :

« Qui êtes-vous donc ? Et que me voulez-vous ?

— Vous allez le savoir », répondit enfin l'inconnu, d'une voix lente et grave.

Puis après un court silence :

« Vous me croyez Américain et prêtre de votre Dieu. Je ne suis ni l'un, ni l'autre. Les dieux que je sers sont plus puissants que le vôtre. Mon nom est Çoukryana et je suis saint devant Khâli, reine de la mort ! »

Deborah releva la tête et, en proie à un indicible étonnement, contempla le visage impénétrable de son ravisseur. Ce nom qu'il venait de prononcer, ce nom maudit, elle ne le connaissait que trop. Il était donc vrai, et les affirmations de son père n'étaient que trop exactes, le fakir, aperçu à Chicago, n'était qu'endormi dans son coffre de laque. Il s'était réveillé! Quand? Comment? Par quel prodige?...

En phrases hachées, Çoukryana parlait. Il disait sa fantastique odyssée, comment, réveillé soudain à Chicago dans le laboratoire de Tockson, par une force inconnue et magique sans doute, il avait entendu — par quel miracle? — le testament du savant qui l'avait mis au courant de son incroyable aventure; il racontait comment, s'étant approprié les vêtements et les dollars du docteur Tockson, il s'était orienté dans l'immense cité, avait opéré sa complète transformation en clergyman et était arrivé à temps pour s'embarquer, lui aussi, sur la *Laconia*.

Ces révélations plongeaient miss Deborah dans un effroi qui grandissait de minute en minute. Pourtant elle se raidit et d'une voix qui tremblait un peu, elle demanda :

« Mais enfin, monsieur, que prétendez-vous faire de moi?

— Le sanctuaire de Khâli a été profané par les tiens. Siva au front terrible attend sa vengeance. J'ai déjà immolé ton père et tous les païens de la *Laconia*. Mais ce n'est pas assez encore. Pour que l'expiation soit complète, il faut une plus pure victime, sacrifiée selon nos rites. Cette victime ce sera toi; ton pâle sang d'étrangère apaisera la colère de nos dieux!...

Et les yeux de l'Hindou lançaient des éclairs, la férocité se lisait sur son visage devenu hideux, tandis qu'il semblait déjà, de ses longs bras de squelette, vouloir entraîner sa proie dans la mort.

Deborah se vit seule, abandonnée, sans secours possible. Sa résolution fut vite prise; mieux valait en finir tout de suite que de subir l'horrible destinée promise. D'un élan, elle se souleva, les bras tendus vers la mer et voulut se précipiter par-dessus le bordage.

« Père, s'écria-t-elle, attendez-moi, me voi.... »

Elle n'acheva pas. Une main nerveuse la retenait au-dessus du gouffre. En vain, elle luttait de toutes ses forces, son ennemi la serrait à l'étouffer contre sa poitrine haletante. Elle sentait son souffle brûlant dans ses cheveux.... L'embarcation, privée de direction, dérivait en tournoyant ; l'eau y embarquait de toutes parts et les lames qui l'attaquaient par le travers menaçaient de l'engloutir. Çoukryana vit le danger. Contenant d'une main la pauvre enfant éperdue, de l'autre il tenta de soulever le couvercle du cercueil de laque prêt sans doute à l'y enfermer.

Soudain, il jeta un cri de stupéfaction et de rage !

Sous une poussée intérieure, le lourd couvercle s'était comme de lui-même brusquement ouvert. Du coffre, un homme se dressa. Deux poings vigoureux s'abattirent sur le crâne de l'Hindou qui chancela, lâchant la jeune fille, et roula au fond du canot.

Miss Deborah délivrée eut une clameur de joyeux étonnement :

« Edgar ! Mon cousin ! »

Mais Pinsonnet, car c'était bien lui, ne répondit pas. Avant que le fakir eût eu le temps de se reconnaître il l'avait saisi, et, le soulevant comme un paquet inerte au-dessus de sa tête, il le précipita dans les flots.

. . . .

La mer se refermait à peine sur le corps de Çoukryana que déjà Pinsonnet s'était emparé des rames et les maniait avec vigueur. En deux coups, il fit virer l'embarcation et la remit dans le sens

Pinsonnet surgit brusquement du coffre et précipita le fakir dans les flots.

de la lame. Le danger était conjuré. Pourtant la situation restait inquiétante. Une ligne blanchâtre s'allongeait à perte de vue au pied de la haute muraille sombre vers laquelle le courant emportait l'embarcation. C'étaient des brisants formant un rempart d'écume entre la terre ferme et le léger canot. Pourrait-on les franchir et ne risquait-on pas, auparavant, de toucher la pointe traîtresse des roches basses qui parsémaient ce rivage inhospitalier? Mais miss Deborah, stupéfaite et ravie à la fois, pressait son cousin de questions.

« Vous! dit-elle, vous ici!

— Moi-même, ma cousine, pour vous servir, comme vous voyez, répondit le brave garçon. Je me suis heureusement réveillé à temps pour vous arracher des griffes de ce vieux moricaud. Mais qui aurait jamais pu supposer qu'il serait revenu de l'autre monde, où il était si bien, et que toute cette histoire de pagode et de sommeil fakirique — une histoire à dormir debout, n'est-ce pas, cousine? — était rigoureusement exacte?

— Cher Edgar, reprit Deborah, je vous dois la vie. Merci, donnez-moi votre main.

— Si cela ne vous contrarie pas trop, cousine Debbie, j'aimerais autant vous embrasser tout simplement sur les deux joues, à la mode de Normandie.

— De grand cœur, dit-elle, et elle tendit ses joues pâlies sur lesquelles le jeune homme mit deux gros baisers. Mais songeant aussitôt à son père, elle se reprit à sangloter et s'abandonna gémissante sur l'épaule de son cousin.

« Pauvre Debbie!... Je sais.... J'ai tout entendu, dit doucement Edgar, très ému lui-même. J'aimais votre père comme s'il eût été

le mien. Si vous le voulez, vous serez une sœur pour moi, nous ne
nous quitterons plus désormais.... »

Elle ne répondait que par des pleurs; mais cependant, un peu
réconfortée par ces paroles affectueuses et cédant à une curiosité
bien naturelle, elle interrogea de nouveau Pinsonnet. Les éton-
nantes explications qu'elle avait reçues du fakir pendant leur
rapide et tragique colloque, lui faisaient deviner sans peine la
substitution hardie que son cousin avait dû effectuer avant leur
départ. Mais comment le courageux garçon qui avait tant osé et
tant risqué pour la suivre avait-il pu rester une semaine entière
enfermé dans cet étroit sarcophage? Comment en était-il sorti
juste à point pour l'arracher au spectre féroce dont elle allait
devenir la proie? Pinsonnet, tout en maniant les avirons, mit rapidement sa cousine au courant de son aventure. Il lui dit comment,
pour n'avoir pas à sortir, avant longtemps, de sa carapace d'em-
prunt, il avait eu l'idée de se lester d'une bonne provision de
produits chimiques tirés du laboratoire de son oncle, tablettes
nutritives, doses renforcées de narcotique, du fameux narcotique Tockson! C'est grâce à un emploi immodéré de cette dernière
préparation qu'il avait pu se plonger, pour toute la durée de la
traversée, dans un sommeil léthargique éminemment propre à
ses desseins.

« Mais, demanda la jeune fille, comment vous êtes-vous réveillé?
Réveillé au bout de six jours?

— C'était pour obtenir six ou sept jours de sommeil environ,
répondit Pinsonnet, que j'avais en effet mesuré ma dose. Il y a une
ou deux heures peut-être, ma léthargie s'est peu à peu dissipée.
J'ai repris une vague conscience de moi-même. Mes idées n'étaient

pas encore très nettes et j'éprouvai d'abord une frayeur atroce. Je
me crus enterré vivant! Mais le souvenir me revint bientôt et je
calmai ces ridicules appréhensions. Ma prison de laque était
secouée d'une façon insolite. Un air plus vif m'arrivait par les
trous ménagés dans les parois du coffre. Je tentai un effort pour
m'arracher à mon immobilité!... Impossible!... Ma maudite
drogue me paralysait encore. J'entendais tout ce qui se passait
autour de moi, le bruit de la mer et du vent, puis vos plaintes
désespérées, les menaces de Çoukryana!... Je comprenais, je
devinais tout : le réveil du fakir, la destruction du paquebot!...
Et je ne pouvais ni faire un geste, ni pousser un cri!... C'était
infernal!... Enfin mon cœur battit plus fort et mon sang se
réchauffa. Mes muscles commençaient à m'obéir, c'était le réveil
total. Je fis un violent effort et...

— Écoutez!... interrompit miss Deborah, n'avez-vous rien
entendu, Edgar? On dirait un cri, un appel....

— Quelque goéland, sans doute », répondit Pinsonnet.

Mais, en examinant la mer, la jeune fille s'aperçut que les
vagues portaient dans la direction de la chaloupe des épaves,
débris informes produits par l'explosion du paquebot.

« Mais voyez donc, Edgar, fit-elle après quelques instants
d'hésitation. Ne voyez-vous pas un homme qui se tient cram-
ponné à cet objet flottant? Un naufragé de la *Laconia* sans doute.
Mon père peut-être!... »

Et une lueur d'espoir brillait dans ses yeux qui interrogeaient
avidement les flots. L'épave, balancée au caprice des lames,
paraissait et disparaissait tour à tour, mais elle devenait de plus
en plus distincte, et déjà Pinsonnet ramait vigoureusement à sa

8

rencontre. Il y eut quelques minutes d'angoisse. D'un geste fébrile miss Deborah indiquait à son cousin la direction à suivre et, penchée en avant, semblait vouloir, de son désir ardent, supprimer la distance. Soudain elle eut un cri de joie suprême :

« Mon père! c'est mon père! Edgar! Vite! plus vite!... »

Sans même se retourner pour s'assurer si sa cousine n'était pas le jouet d'une illusion, Pinsonnet fit un violent appel à son énergie musculaire qu'un jeûne prolongé n'avait pas trop affaiblie.

« Courage, père, nous voici! criait Deborah. »

L'embarcation volait sur la crête des vagues. Au bout de quelques minutes mortellement longues, elle touchait l'épave, et Pinsonnet lâchait les rames. Se penchant sur le bordage, il happa vigoureusement au passage un corps ruisselant et presque inanimé qui s'affaissa sur la claire-voie.

M. Tockson, car c'était lui en effet, reprit bientôt ses sens sous les baisers de sa fille et les massages habiles de son neveu. On devine quelle fut alors son émotion. Mais sa joie se compliqua bientôt d'un ahurissement véritable provoqué par la vue de Pinsonnet. Il réclama avant tout des explications et son préparateur, tout penaud, dut lui faire les aveux les plus complets.

En apprenant, entre autres faits extraordinaires, que Pinsonnet avait noyé Jérémie Skidam, lequel n'était autre que Çoukryana réveillé et évadé de son cercueil, Tockson fut anéanti.... La mort de son fakir rendait son grand projet plus difficile encore à réaliser. Çoukryana, seul, connaissait sans doute le moyen de provoquer ce sommeil cataleptique, image prolongée de la mort, que toute sa science à lui, Tockson, n'était jamais parvenue à produire.

Mais quelque désir qu'eût l'irascible docteur de lancer verte-
ment son neveu pour sa désobéissance, il comprit que le moment
où Pinsonnet venait de sauver la vie de sa fille et la sienne, serait
mal choisi, et il eut la force de contenir l'expression de son
mécontentement.

Restait, cependant, un point obscur, lequel, on l'a vu, l'était
également pour Pinsonnet. Comment Çoukryana s'était-il réveillé
tout seul à Chicago sans le secours des rites et des agents inconnus
employés par les Nirvanistes? Voilà ce qu'il ne pouvait comprendre. Il y avait là une énigme dont le fakir avait emporté le
mot dans les froids abîmes de l'océan.

On le voit, à mesure que M. Tockson reprenait peu à peu possession de lui-même, son idée fixe, un instant dérangée par les
incroyables événements dont il avait été la victime, se réinstallait
en maîtresse dans son cerveau obstiné.

Au moment de la catastrophe de la *Laconia*, réveillé par le choc
et le fracas de l'explosion qui avait disloqué le puissant paquebot,
il n'avait eu que le temps de passer en hâte quelques vêtements.
Porté, on ne sait comment, sur le pont au milieu de la foule
hurlante des passagers affolés, il s'était aperçu avec désespoir que
sa fille n'était pas à ses côtés. Il s'était obstiné à la chercher et à
l'appeler, parcourant en tous sens, avec de grands cris, les débris
du navire qui s'enfonçait rapidement dans les flots. A un moment
il avait coulé, puis, revenant à la surface au bout de quelques
minutes, une planche flottante s'étant trouvée à sa portée,
l'instinct de la conservation l'avait fait s'y accrocher désespérément. Tout cela s'était accompli si vite que c'est à peine si, sa
vie sauvée et sa fille retrouvée, il gardait le souvenir de l'épou-

vantable drame. Une seule pensée le préoccupait. Reprendre et
mener jusqu'au bout sa hasardeuse expédition.

Or, si le fakir était perdu, le coffre de laque était retrouvé,
faible avantage pourtant, et qui compensait mal l'irréparable
perte de Çoukryana. Restait le papyrus dont l'incomplète traduction lui avait donné tant de mal.

M. Tockson, pensant tout à coup à ce document, porta d'un
geste fébrile sa main à la poche intérieure de son vêtement encore
ruisselant d'eau salée. O bonheur! le papyrus y était encore.
Seulement le bain prolongé que venait de subir cette mince
feuille végétale l'avait naturellement fort humectée. Aussi le
docteur la tirant avec précaution de sa poche, la déroula et
l'exposa au soleil afin de la faire sécher.

Le jour, en effet, s'était maintenant complètement levé. Le
soleil frappait le canot de ses rayons obliques et envoyait une
lumière aveuglante sur la ligne de plus en plus rapprochée des
brisants.

« Enfin! demanda Pinsonnet non sans inquiétude, où sommes-
nous? Et quelle est cette côte vers laquelle nous dérivons?

— C'est la côte d'Irlande, fit Tockson. Elle est dans ces parages,
avoisinant le canal Saint-Georges, hérissée de rochers qui en
rendent l'accès difficile et, de plus, elle se trouve fort peu habitée.
Çoukryana devait s'être enquis de cette particularité, et il espérait
sans doute en profiter pour continuer impunément sa route, en
se faisant passer pour un naufragé de la *Laconia*, après avoir
accompli, en mer, l'assassinat qu'il méditait.

— Le fait est, dit Pinsonnet, que nous n'aborderons pas sans
peine.

— Il faut atterrir cependant, conclut le docteur. Nous aviserons ensuite aux moyens de poursuivre notre voyage pour gagner l'Hindoustan sans nouveau retard. »

A ces mots, qui traduisaient l'implacable résolution du savant, Deborah et son cousin échangèrent un regard de découragement. Il y eut quelques instants d'un pénible silence. Enfin Pinsonnet allait se hasarder à formuler quelques timides objections lorsque la jeune fille poussa une exclamation de surprise.

« C'est extraordinaire! voyez donc, père!... »

Et, du doigt, elle désignait le papyrus déployé dont les rayons du soleil avaient absorbé l'humidité.

« Que veut dire ceci? fit Tockson, on dirait des caractères qui apparaissent.

— Mais oui, ma foi! s'écria Pinsonnet. Et, d'étonnement, il lâcha la barre du gouvernail qu'il avait prise bien malgré lui pour obéir à son oncle et diriger la chaloupe vers la haute falaise menaçante sur laquelle des lames énormes se brisaient avec fracas, l'escaladant presque de leurs embruns.

— Mais alors, s'exclama Tockson, c'était donc l'action de la chaleur succédant à une immersion prolongée dans un bain de chlorure de sodium qui seule pouvait faire ressortir l'écriture secrète complétant le texte! Voilà un réactif chimique tellement simple que je n'avais pas songé à l'employer.... Mais voyez, continua-t-il au comble de la joie, les caractères sont distincts maintenant, ils appartiennent bien au dialecte pâli, comme le reste du document, et je vais enfin savoir.... »

Avidement penché sur le papyrus, il le dévorait des yeux, et toutes ses facultés se concentraient sur le texte mystérieux.

Intéressés malgré eux, les deux jeunes gens se taisaient, attendant
que le savant eût terminé sa difficile traduction.

Enfin M. Tockson releva la tête. Il était transfiguré par le
bonheur que lui causait son heureuse découverte.

Il ne regrettait plus les terribles épreuves traversées, puisqu'il
leur devait de connaître enfin complètement ce secret qu'il avait
tant de fois tenté en vain de pénétrer.

Tenant d'une main le papyrus, et, de l'autre, suivant du doigt
les quelques lignes qui venaient d'apparaître d'une façon si
inattendue, M. Tockson traduisit à voix haute :

« *A la douzième heure, qu'avec des prières mon corps chétif soit
débarrassé du lien qui le retient dans la mort, et sous les Signes
sacrés des croyants, Dourga, déesse d'Amour et Vichnou, Consolateur,
feront souffler leur Esprit sur moi.*

« *Oui, je revivrai.*

« *Et le suc du Lotus divin, contenu dans le flacon de jade, gardé
par ton nom ô Parvati, reine de Beauté, au pied de ta statue auguste,
sera versé par moi dans la coupe d'ivoire.*

« *Bienheureux l'Élu qui, l'ayant vidée, prendra ma place dans
ce tombeau, seuil de Vérité.* »

Le savant achevait à peine d'articuler lentement ces derniers
mots qu'un choc violent précipita les uns sur les autres les trois
passagers du canot. Abandonnée à elle-même pendant un court
instant par suite de la distraction de Pinsonnet, l'embarcation
avait été entraînée au milieu des brisants et venait de toucher
brusquement sur une roche aiguë. Un flot d'écume mêlé d'algues

et de sable frappa les infortunés au visage, les suffoquant et les
aveuglant à la fois, pendant que, sous eux, et avant qu'ils eussent
pu se relever, la barque éventrée s'emplissait avec rapidité et
s'enfonçait dans un tourbillon liquide....

Ils poussèrent ensemble un cri d'épouvante.

Le soleil brillait toujours au ciel impassible, éclairant cette
scène tragique de sa lumière un peu pâle d'astre septentrional.

Ils poussèrent ensemble un cri d'épouvante auquel répondit
seule la grande voix mugissante de l'océan !

TROISIÈME PARTIE

AU SEUIL DU MYSTÈRE

I

REPRÉSENTATION POPULAIRE A PRIX RÉDUITS

Le 30 avril 1895, la menace d'un orage, en train de se former à l'est, dans la direction de la chaîne des Ghâts orientales, pesait de tout son poids étouffant sur la petite ville indienne de Nidjigul.

Nidjigul est située en plein Maïssour, à une vingtaine de milles environ de Bengalore, dans une région sauvage et rocheuse, qui forme à peu près la ligne de faîte entre le bassin de la Cavéry au sud et celui de la Pennaïr au nord. Chose rare dans ces parages, une épaisse forêt s'étend aux portes de la ville, qu'elle sépare au nord du district de Ballapour et, à l'ouest, de la cité plus populeuse d'Oscotah. Mais cette forêt, loin de constituer pour le district de Nidjigul, que son voisinage doit certainement avoir pour effet d'assainir, le privilège et la séduction que l'on pourrait croire, cette forêt mystérieuse et quasi impénétrable, avec le fouillis de ses lianes et la traîtrise de ses fourrés habités par les serpents et les guêpards, semble inspirer, à vingt lieues à la ronde, une

superstitieuse terreur. Des légendes courent au loin sur ce qui se
passe derrière le rempart de sa sombre verdure. Ce ne sont pas
seulement les fauves qui l'habitent, mais, mille fois plus redoutables encore, les esprits malfaisants, les *Rackchaza* qui errent la
nuit par milliers dans les lieux maudits par Siva, le dieu terrible,
toujours en quête de victimes humaines à torturer. Leurs ailes de
vampires velues et gluantes frôleraient le voyageur assez audacieux pour s'aventurer, la nuit, sous le dôme des arbres sacrés;
leur bouche avide se collerait aux veines du téméraire pour
aspirer lentement tout son sang; leurs griffes laboureraient son
visage et ses membres. Aussi l'Hindou n'évite pas seulement les
abords de la forêt formidable; il craint de tourner vers elle ses
regards; il redoute même d'y penser.

Pourtant Nidjigul, siège d'un marché assez important, dans ce
district où les centres de population sont rares, n'en attire pas
moins, à certains jours, un assez fort contingent d'allants et
venants. Il y avait donc le 30 avril une véritable affluence dans la
cour et sous les arcades de l'unique *bungalow.*

Le bungalow de Nidjigul, comme toutes les hôtelleries du
même genre, consiste en un bâtiment rectangulaire sans étage,
entouré d'une *varangue* ou colonnade à piliers massifs. Tout le
long de ces colonnes s'entrelace le feuillage des convolvulus à
fleurs pourpres, et autres plantes grimpantes qui en masquent
l'aveuglante blancheur. Dans les intervalles s'abaissent des nattes
en paille tressée, tenant lieu de stores et qui défendent l'intérieur
des arcades contre la réverbération du soleil. Derrière cet abri,
les hôtes passagers du bungalow peuvent consacrer aux douceurs
de la sieste les heures les plus pénibles de la journée, et attendre

les approches de la nuit, pour reprendre leur marche sous un soleil amorti déjà par les fraîcheurs du jour finissant.

Il était environ neuf heures du matin, et la journée s'annonçait déjà étouffante de chaleur. Aussi n'attendait-on plus guère de voyageurs dans le bungalow. Tous ceux que leurs affaires appelaient à Nidjigul devaient avoir eu soin de se mettre en marche, de manière à atteindre de bonne heure le but de leur voyage.

Sous les arcades de la varangue, un certain nombre de raïots (paysans) étaient déjà couchés à terre dans leurs vêtements blancs, formant de place en place des groupes pittoresques, et par l'exotisme des draperies, et par le caractère accentué des figures. Ces paysans appartenaient — la place qu'ils occupaient dans le bungalow en était la preuve — à la catégorie des gens de caste, *brahmanes* et *Kchatryas*, reconnaissables aux cordons sacrés qu'ils portent sur l'épaule gauche, les brahmanes au nombre de quatre, et les Kchatryas au nombre de trois. Nul autre que les membres des deux ou trois premières castes n'oserait, en effet, s'établir sous le portique, c'est-à-dire sur l'emplacement d'honneur de l'habitation. Et encore, ces privilégiés observaient-ils entre eux de rigoureuses distances, les brahmanes ayant soin de laisser un intervalle de trois pas au moins entre la natte sur laquelle ils s'étendaient et celle des Kchatryas ou Vaisyas, gens de castes encore honorables, mais sensiblement inférieures.

Quant aux gens hors castes, ils étaient entassés loin de l'enceinte du bungalow — le rituel exigeant une distance d'au moins trente-quatre pas entre eux et les derniers des gens de caste — sous un vaste hangar, fort malpropre attenant aux écuries.

Là, dans une répugnante promiscuité, grouillait la foule des

inférieurs, des hommes sans aveu, « le rebut du rebut », comme
disent les brahmanes. C'étaient des pariahs, reconnaissables
moins à la misère de leurs haillons, qu'à leur tête sans turban, à
peine protégée contre les ardeurs du jour par un chiffon de toile
disposé en triangle, avec les bouts noués sous le menton. Avec
eux, des *Tchendalahs*, êtres encore plus impurs, à qui incombent
dans les villages toutes les besognes ignominieuses. Pour ces
êtres immondes, opprobre de la création, il n'y a ni droits, ni vie
sociale. On peut les battre et les tuer sans péril, comme sans
remords, et l'ignominie qui les accable ne finit même point avec
leur vie, car il n'y a point pour eux de sépulture, et « leur cimetière, disent les livres saints, est le ventre des chacals ».
Quelques montagnards *Todas* enfin, espèces de sauvages, au type
dravidien accusé, vêtus de peaux de bêtes, et coiffés de leur seule
tignasse, étrangement crépue, complétaient avec les Pariahs et
les Tchendalahs la population du hangar.

Le scandale fut donc grand parmi les privilégiés de la varangue,
lorsqu'on vit un mendiant, appartenant évidemment à la classe
des pariahs s'apprêter à franchir, d'un pas délibéré, le seuil de
l'hôtellerie.

Ce pariah eut aisément posé devant un photographe pour l'un
de ces types effrayants de faméliques, recueillis dans l'Indoustan
à l'époque des grandes famines et que l'Europe entière n'a pu
contempler sans épouvante. Décharné comme un squelette, monté
sur des jambes héronnières démesurément gonflées à la protubé-
rance des genoux, il n'avait pour tout costume qu'un mince
langouti de tissu végétal, sous lequel se dessinait l'affreuse saillie
rentrante de son abdomen évidé.

Il était arrivé le matin, avec une bande de pèlerins, aussi pauvres et aussi déguenillés que lui, tous voyageant avec leur rosaire en bois de *tulasi*, et porteurs, pour tout bagage, d'une petite jarre de cuivre leur servant à mettre l'eau.

Mais, au lieu de se retirer humblement, avec ses compagnons de route, dans le misérable hangar où reposaient ses pareils, le mendiant avait été se rafraîchir, sans vergogne, à la fontaine qui coulait dans une auge de pierre, à l'entrée de l'hôtellerie, premier et grave sujet de scandale, les pariahs, comme les lépreux de notre moyen âge, n'ayant pas le droit de souiller de leur contact impur l'eau des fontaines communes.

Et maintenant, sans souci des grognements que cet acte d'audace avait soulevés parmi les gens de caste, il avait osé dépasser les distances rituelles et se glisser sous le portique, au milieu des brahmanes et des Kchatryas.

Cette fois, la mesure était comble. Des protestations furieuses se firent entendre. Quelques Hindous accroupis se levèrent et accoururent vers l'intrus, le bâton levé. D'autres l'interpellèrent violemment, et le tumulte se fit tel que le *Kitmudgar* lui-même apparut dans l'encadrement de la porte.

Le Kitmudgar, c'est-à-dire le patron de l'hôtellerie, était un fort gaillard, taillé en hercule, de mine cruelle et sournoise. En quelques mots, il fut mis au courant de la scène et tourna vers le mendiant un visage enflammé par la colère.

« Chien, dit-il, de quel droit quittes-tu ta litière pour venir troubler le sommeil de ceux que tu n'as pas le droit de flétrir de tes regards?

— Parce que je veux entrer dans le bungalow, répondit simplement le pariah.

— Qu'y veux-tu faire?

— J'y cherche quelqu'un.

— Et ce quelqu'un?

— C'est toi....

— Moi! » fit le Kitmudgar avec une surprise méprisante. Et,
fronçant les sourcils, il levait la main sur le pariah, d'un geste
plein de violence, lorsque celui-ci, immobile et dédaigneux sous
la menace, s'approcha rapidement de son oreille et prononça ces
paroles :

« *Ankayal Kannamaya!* »

Les deux mots que le pariah venait de prononcer à voix basse
produisirent sur le Kitmudgar un effet magique. L'expression de
son visage se modifia subitement, et, laissant retomber son poing
levé, il se rapprocha de son interlocuteur.

« D'où viens-tu? lui murmura-t-il à l'oreille.

— Du Nirvâna, répondit le pariah.

— Où vas-tu?

— Au Nirvâna.

— Que réclames-tu de moi?

— Rien, en ce moment. Mais, je veux que, ce soir, tu me four-
nisses les moyens de gagner la demeure de Khâli, seule maîtresse
du Visible et de l'Invisible.

— Il sera fait comme tu le veux. »

Et se tournant vers la foule encore houleuse et menaçante des
Hindous, le Kitmudgar s'écria d'une voix forte :

« Laissez cet homme en paix. L'esprit de Ganesa l'habite.

C'est un fou. Il ne mérite pas notre colère : qu'il aille où l'Esprit
le pousse ! »

Le grondement d'une irritation déjà moins violente, mais
tenace encore répondit à ses paroles. D'un coup d'œil, le
Kitmudgar apprécia la situation, et il souffla ces mots à l'oreille
du pariah :

« Pour apaiser tout à fait ces brutes, il faut que tu leur fasses
voir quelques prestiges de ton art. Tu dois posséder les secrets de
la science des *Goussaïn*, car tu es toi-même un Goussaïn, je le vois
à ton chapelet.

Ce nom de *Goussaïn* désigne les mendiants religieux, demi-sal-
timbanques, demi-sorciers, qui parcourent l'Inde, en se livrant
tout à la fois à des jongleries dignes des plus habiles escamoteurs,
et à de noires pratiques de magie.

« Lorsqu'ils seront endormis, continua le Kitmudgar, tu vien-
dras me trouver sous le mandapam du bungalow, et tu me diras ce
que tu désires, avant de te mettre en route vers le sanctuaire.
Adieu. »

Et il s'éloigna, non sans avoir échangé une seconde fois avec
son mystérieux protégé la formule sacramentelle :

« *Ankayal Kannamaya.* »

C'était un bon conseil qu'il venait de donner au pariah. La
population de l'Hindoustan est follement éprise des tours d'esca-
motage et des jongleries de toutes sortes, dans lesquelles excellent
les fakirs. Et le pouvoir formidable de ces espèces de moines mendiants tient moins peut-être à l'ascétisme farouche de leur existence et à leur sombre fanatisme, qu'à leur prestigieuse adresse,
mille fois supérieure à celle des Hermann et des Robert Houdin.

Le pariah, sans perdre une seconde, mit donc le conseil à profit.

Avec une prestesse de singe, il étendit à ses pieds sur la terre battue, un de ses haillons, en guise de tapis; il tira de sa ceinture deux roseaux de dimension moyenne, taillés et percés en forme de flûte, ainsi que divers autres ustensiles qu'il plaça symétriquement à terre devant lui.

Dès qu'on lui eût vu commencer ces préparatifs sommaires, un revirement subit s'opéra dans la foule. Un murmure de satisfaction courut à travers les groupes. Les plus rapprochés des Hindous s'écartèrent respectueusement, de manière à former autour de lui un cercle attentif et sympathique; les yeux de tous étincelèrent de curiosité.

« C'est un Goussaïn, se répétaient les Hindous de proche en proche. Il va commencer ses prestiges. »

Alors se déroula sous le hangar toute une série de prestidigitation des plus extraordinaires.

Le pèlerin-pariah commença par jongler avec un certain nombre de petites boules de cuivre. Mais il passa bientôt à des exercices plus compliqués.

On le vit casser des œufs, dont il tira successivement des pièces de monnaie, des grains de blé, des chapelets et jusqu'à de petits serpents tout frétillants, qui s'échappaient de l'œuf, couverts de blanc et de jaune, comme s'ils y avaient longtemps séjourné.

Ensuite, prodige plus grand encore, le prestidigitateur saisit une graine, la mit en terre dans un petit pot, en marmottant à demi-voix quelques formules de *mentram* (prières védiques). Au bout de quelques minutes, le grain avait germé, et l'on voyait suc cessivement sortir de terre les tiges et les feuilles d'un arbuste. Quelques instants encore, et le spectateur stupéfait avait sous les yeux une plante complète de plus d'un pied de hauteur.

La foule contemplait ce spectacle avec un ébahissement qui confinait à l'admiration; son opinion sur le pariah était entièrement retournée. Évidemment c'était un Goussaïn, un magicien de première force. Comment donc ne s'en était-on pas aperçu plus tôt, rien qu'à l'aspect misérable de son corps, objet manifeste des plus méritoires macérations, rien qu'aux larges rayures blanches, tracées à la chaux sur son front et sur son nez, le long de ses bras et de son cou?

Mais l'admiration se transforma en enthousiasme lorsqu'on vit le Goussaïn se lever, et aller prendre dans un coin un petit panier étroit, que personne n'avait remarqué jusque-là et qu'il plaça devant lui.

Le panier n'était pas encore ouvert que tous devinaient déjà ce qui allait en sortir. C'étaient des *cobras capellos*, les serpents redoutables à la morsure mortelle, que seuls les plus parfaits Goussaïn savent manier avec aisance et en parfaite sécurité.

En même temps qu'il était allé chercher le panier à serpents, l'escamoteur avait eu soin de cueillir le long d'un pilier, autour duquel elles allongeaient la parure verte de leur feuillage, quelques tiges flexibles d'aristoloche. Ces plantes, telle est du moins l'opinion courante chez les charmeurs de serpents, possèdent la vertu singulière de rendre invulnérable quiconque sait convenablement s'en servir.

Ainsi armé, le pariah ouvrit le panier. Des têtes hideuses et noires en sortirent aussitôt.

9

Quelques-unes dardaient leurs langues fourchues, d'autres sifflaient horriblement.

Le pariah commença par agiter rythmiquement autour des têtes qui émergeaient du panier, les longues tiges d'aristoloche dont il avait eu la précaution de se munir. Il en promena les larges feuilles le long des corps annelés qui se glissaient au dehors dans une souple ondulation.

Puis quand les serpents, déjà énervés par ces sortes de passes magnétiques, se furent répandus sur le tapis, il saisit sa double flûte et se mit à jouer un air bizarre, plein de modulations insolites et de notes suraiguës.

Les serpents paraissaient fascinés par cette barbare musique.

Ils avaient cessé de se tordre sur le sol et, immobiles, restaient à demi dressés devant l'artiste, la tête haute, l'œil fixe, dans une attitude pâmée.

Le pariah jeta alors ses deux flûtes et saisit hardiment les serpents un à un. Il les fit passer dans ses mains, les massa tout le long du corps, de ses doigts osseux, les enroula autour de ses bras et de son cou, mordit leur queue et même leur langue, et alla jusqu'à faire entrer dans sa bouche ouverte leurs têtes noirâtres et aplaties.

Ce sont là les tours habituels des jongleurs de l'Inde, au moins des plus habiles. Et qu'on ne croie pas qu'ils rendent les reptiles inoffensifs par l'ablation préalable de leurs crochets venimeux. Ils connaissent seulement, avec une précision admirable, les mœurs et le tempérament des serpents. Ils savent avec quelle lenteur et quelle timidité ils se meuvent, surtout lorsqu'ils sont paralysés par la digestion ; ils savent les attouchements et les passes légères, au moyen desquelles il est facile de les magnétiser. De là, leur témérité folle en apparence, mais en réalité parfaitement mesurée et logique.

Les basses classes de l'Hindoustan ne sont pas au courant des procédés fort simples à l'aide desquels on obtient ces résultats :

Le serpent paraissait fasciné par cette barbare musique.

c'est non seulement à l'habileté des charmeurs, mais plus encore, aux mérites de leur dévotion qu'elles attribuent, de confiance, leur invulnérabilité. Une formidable acclamation s'éleva donc sous le hangar, lorsque le pariah, après les exercices que nous venons de décrire, jugeant sans doute que le spectacle avait assez duré, reposa les serpents à terre, et se mit à les réintégrer successivement dans le petit panier de jonc qui leur servait de domicile. Sans que le pariah eût rien demandé, les pièces

de cuivre, d'un penny et d'un demi-penny commencèrent à voler
dans l'air et à s'abattre autour de lui. En une seconde le tapis
s'en trouva jonché. Il y avait là, devant lui, une somme ronde-
lette, une petite fortune pour la pauvreté d'un Goussaïn.

En même temps la foule s'empressait autour du pariah. Évidemment il cachait sous ses haillons un sorcier redoutable ou
tout au moins un saint homme, doué auprès des divinités de
l'Olympe hindou, du mystique Brahma, comme du doux Vichnou
ou du sanguinaire Siva, d'un large pouvoir d'intercession.

Aussi étaient-ce surtout les éclopés et les malades qui se
pressaient, se bousculaient autour du jongleur, les boiteux marchant à l'aide d'une béquille, les culs-de-jatte se traînant sur
les moignons flétris de leurs courtes jambes, les aveugles, con-
duits à la main par des enfants nus comme des vers, et bronzés
comme des statuettes.

Avec eux des pénitents, grands pécheurs sans doute, à en
juger par la dureté des épreuves qu'ils s'étaient imposées, —
ceux-ci ayant fait vœu de ne pas ouvrir la main droite durant
tout le temps du pèlerinage, de telle sorte que les ongles de
leurs doigts avaient poussé démesurément, et s'enfonçaient
dans leur chair, — ceux-là portant autour du cou un lourd
collier de fer rouillé en forme de carcan, tout hérissé de place
en place de plumes et d'amulettes.

Ils espéraient, en touchant seulement le Goussaïn, obtenir
plus aisément des dieux, les uns la remise de leurs fautes, les
autres la guérison de leurs maux.

Mais le Goussaïn ne se prêta pas à ces témoignages d'ido-
lâtrie. Il ne prit même pas le temps de ramasser les pièces

Le kitmudgar saisit le bras de Sita.

de monnaie qui s'entassaient à ses pieds. Depuis quelques
moments, son attention était évidemment distraite, et ses yeux
se portaient sans cesse au dehors, avec une expression d'intense
curiosité. C'était pour cela sans doute qu'il avait si brusquement
interrompu ses exercices, au moment le plus palpitant; c'est
pour cela encore qu'il bouscula d'un geste brutal les dévots qui
se pressaient autour de lui et, sans rien répondre à leurs paroles
de tendresse et de respect, s'élança hors du hangar.

Qu'avait-il donc aperçu?

Tout en procédant avec une virtuosité incroyable aux tours
variés que nous venons de décrire, l'escamoteur sacré n'avait
point cessé d'observer attentivement tout ce qui pouvait se
passer à l'entour du bungalow.

A un moment donné, il avait vu pénétrer dans l'hôtellerie une
femme enveloppée, du haut en bas, dans un immense voile
épais, qui dissimulait complètement ses traits et son costume.

Au bout de quelques instants, cette femme et le Kitmudgar
étaient sortis tous deux. Ils causaient avec animation, bien qu'à
voix basse, et le visage du Kitmudgar paraissait enflammé par la
colère. Quant à la femme, son attitude était celle de la suppli-
cation. Ses mains jointes semblaient implorer la pitié; ses bras
se tordaient comme dans une crise de désespoir.

Le Kitmudgar ne se souciait pas sans doute que le public fût
mis au courant de ses affaires, car il saisit brusquement le bras
de la suppliante, et, lui faisant signe de se taire, l'entraîna
d'un autre côté du bungalow.

C'était la partie qui regardait les étables et les écuries : nul
voyageur n'y pénétrait, et elle restait en tout temps assez déserte

pour qu'on pût, sans redouter d'indiscrétion, y échanger les
plus secrètes confidences.

A peine la nouvelle venue avait-elle disparu avec son guide
derrière l'angle du bâtiment voisin, que le pariah, se glissant
hors du hangar, se précipitait sur leurs traces. Il les suivit à
peu de distance, et arriva derrière eux dans une espèce de cour
intérieure, écartée et silencieuse.

Là, le **Kitmudgar** s'arrêta et lâcha le bras de sa compagne.
Puis il se campa en face d'elle, d'un air furieux et menaçant,
dans l'attitude d'un homme qui réclame impérieusement une
explication.

La femme, pleurant à chaudes larmes, après avoir promené
ses yeux autour de la cour, pour s'assurer que nul serviteur
ne pouvait l'entendre, se mit à parler.

Ni l'un ni l'autre des deux interlocuteurs n'avait remarqué
qu'un homme, — le pariah, — blotti derrière une colonne, était
placé à deux pas de distance, et de manière à ne pas perdre un
mot de leur conversation.

II

UNE SCÈNE DE FAMILLE

Le Kitmudgar, que nous n'avons pas encore suffisamment présenté à nos lecteurs, s'appelait Kabir. Fils d'un soldat anglais et d'une femme hindoue, il appartenait à la race des métis ou Eurasiens.

Les métis ne sont pas nombreux dans l'Inde, car les races juxtaposées qui y vivent ne se pénètrent ni ne se mélangent. Ce pays si fécond et si riche n'est pour les Anglais rapaces qu'une terre d'exploitation. Depuis plus d'un siècle qu'ils y règnent en maîtres, ils n'ont rien tenté pour se rapprocher des populations qu'ils gouvernent, et leur morgue ne supporte même pas l'idée d'un croisement entre le sang des oppresseurs et celui des opprimés.

Une inépuisable rengaine, chère aux économistes solennels et hauts sur cravate, consiste à proclamer les Anglais le peuple colonisateur par excellence. Or, l'histoire et la situation actuelle de l'Hindoustan prouvent précisément le contraire.

Depuis les exploits historiques des Clive, des Cornwallis et des Warren Hastings, les Anglais n'ont su, en effet ni peupler, ni fertiliser l'Inde. Cinquante mille des leurs seulement y sont

fixés, en dehors des soldats et des marins, et sur ce chiffre si
minime, lorsqu'on l'oppose aux 250 millions d'habitants que
nourrit la Péninsule, un trente-deuxième seulement exerce une
profession manuelle. L'Inde, cette vaste région, d'une si admirable fertilité qu'elle pourrait servir de grenier d'abondance au
monde entier, reste, avec un quart au moins de sa superficie
entièrement en friche, dans une situation inférieure, au point
de vue agricole, à celle qu'elle avait, du temps des souverains
mogols de Delhi. Elle ne constitue en somme qu'une colonie
de fonctionnaires.

Ajoutez qu'il n'y a qu'un district dans la Péninsule où les Européens et les indigènes vivent dans une certaine mesure, sur un
pied de fraternelle intimité, — et ce pays c'est Pondichéry, la
dernière, — car autant vaut ne pas citer les autres, — des
possessions françaises de l'Hindoustan.

Les *Eurasiens* portent la peine des préjugés si tenaces au cœur
des Anglais. Méprisés de tous, ce sont, dans toute la force du
terme, les déclassés de l'Hindoustan.

C'est en vain qu'ils essaieraient de se faire une place dans la
société européenne. Le gouvernement colonial les dédaigne ou les
redoute; et dans les quelques rares emplois qu'il réserve à
l'élément indigène, le vice-roi préfère généralement aux Eurasiens les Parsis de Bombay, ou les Juifs de Cochin.

Repoussés et écartés de partout par les Anglais, suspects d'un
autre côté aux indigènes, les métis de l'Inde se réfugient donc
forcément dans les métiers les plus modestes et même parfois les
moins avouables; dans leurs rangs se recrutent les interprètes,
commissionnaires, débardeurs, cochers de fiacre qui pullulent

dans les ports où ils assaillent les voyageurs de leurs équivoques
offres de service. Dans les pays de l'intérieur, leur condition est
encore plus dure. Malgré le sang de civilisés qui coule dans leurs
veines, il semble qu'une sorte de fatalité les rejette, quoi qu'ils
fassent, du côté de la barbarie asiatique. Aussi fournissent-ils un
fort contingent aux associations de malfaiteurs et aux sociétés
secrètes, si nombreuses dans la Péninsule.

Kabir, plus heureux que beaucoup d'Eurasiens, avait eu la
chance d'obtenir du résident anglais, l'emploi — assez peu consi-
déré d'ailleurs dans l'opinion indigène — de Kitmudgar à Nidjigul.
Mais, si cette fonction jetait sur son existence un vernis extérieur
de régularité, la sauvagerie de ses instincts, et la haine profonde
que lui inspiraient contre l'humanité en général et les blancs en
particulier la fatalité de son origine et l'humiliation de sa
destinée, tout cela faisait de lui un dangereux coquin, qui cachait
certainement un mystère dans sa vie. Le jour seulement, il séjour-
nait à Nidjigul, dans l'oisiveté somnolente du bungalow. Dès la
tombée de la nuit, on l'eût en vain cherché dans son hôtellerie.
Nul n'eût pu dire de quel côté il avait porté ses pas, ni à quelle
louche et mystérieuse besogne il se consacrait jusqu'au matin.

La femme qu'il avait entraînée dans la cour intérieure du bungalow avait laissé retomber son voile et découvert des traits de la
plus rare beauté. Sa figure fine, à la pâleur mate et bistrée, ses
yeux brillants comme des diamants noirs enchâssés dans une na-
cre légèrement azurée, ses narines palpitantes et mobiles, sa bouche aux lèvres charnues, rouges comme un piment trop mûr, tout
faisait d'elle un type caractéristique et charmant de la race
mahratte la plus pure.

Les vêtements qui l'enveloppaient auraient paru, aux yeux d'un artiste, faits tout exprès, dans leur délicieux exotisme, pour rehausser le charme capiteux de son étrange beauté. La jeune femme avait la taille prise dans une petite jaquette à manches courtes (ou *choli*) ne descendant pas plus bas que la poitrine. Autour de sa ceinture s'enroulait un *sari* de mousseline souple dont l'extrémité était rejetée gracieusement sur l'épaule, avec des plis harmonieux rappelant la chlamyde de la Diane de Gabies. Ses jambes étaient couvertes d'un étroit pantalon de soie qui descendait jusqu'à de fines chevilles nues garnies de bracelets, jusqu'à des petits pieds délicats chaussés de légères sandales ornées, tout à l'entour, de minuscules clochettes.

Mais tout ce charmant attirail était couvert de poussière. Le fin visage de la jeune Hindoue semblait bouleversé. Des larmes avaient creusé ses yeux, rougi ses paupières, gonflé ses joues délicates.

Le Goussaïn, tapi derrière sa colonne, ne songeait guère d'ailleurs à admirer la nouvelle venue; un seul détail de son costume avait attiré son attention, le *fâli*, petite amulette d'or qu'elle portait attachée au cou par un mince cordon de métal.

Ce fâli, analogue à celui dont se parent les jeunes épousées, mais s'en distinguant par de légères différences visibles aux yeux des seuls initiés, indiquait que la jeune femme appartenait à la classe des *devadasi*, danseuses sacrées, espèces de vestales auxquelles certaines sectes de l'Inde confient la garde de leurs sanctuaires mystérieux. Dans ces sanctuaires, la prêtresse doit, sous peine de la vie, veiller sur l'idole, et le *fâli* qu'elle porte est le symbole de son mariage mystique avec le dieu redouté.

Le Goussaïn avait donc été immédiatement renseigné sur la

condition sociale de la femme qu'il épiait. Il n'en fut que plus avide de surprendre ses paroles.

« Kabir, mon frère, suppliait-elle, sauve-moi, je t'en conjure! »

Cette fois, rien ne manquait au signalement. La prêtresse était la sœur du Kitmudgar.

Cependant celui-ci ne paraissait nullement ému de cette imploration fraternelle et contemplait sa sœur d'un œil farouche.

« Enfin, s'écria-t-il d'une voix menaçante, dis-moi comment cela est arrivé.

— Je te l'ai dit. Hier, j'ai pénétré dans le sanctuaire pour tout préparer. Et alors seulement je me suis aperçue que le coffre était enlevé.

— Et pourquoi n'as-tu pas révélé le vol au grand prêtre, à Tirouvallouver?

— C'était la mort pour moi, si j'avais avoué mon crime.

— Alors pourquoi me l'apprends-tu à moi, Kabir?

— Parce que c'est cette nuit que tout va nécessairement se découvrir. C'est moi qui dois soulever le voile cachant l'entrée du sanctuaire. Que deviendrais-je lorsque tous apercevront qu'il est vide? Toute la nuit, je me suis débattue dans les larmes. Enfin, j'ai pensé à toi. »

Le métis écoutait sa sœur sans qu'un muscle de son visage tressaillît, sans qu'un éclair de pitié brillât dans ses prunelles. Enfin il dit :

« Écoute, Sita. Tu as trahi Khâli et son culte, tu as livré ou laissé prendre le coffre dont tu avais la garde, et tu t'adresses à moi pour te sauver! Tu t'imagines que je vais te soustraire au châtiment de tes crimes! Ne sais-tu donc pas à qui tu parles?

— Je sais, répondit doucement la devadasi, je sais que tu es mon frère ; je sais que le même sang coule dans mes veines, et j'ai pensé qu'au nom de ma mère qui était aussi la tienne tu ne refuserais pas de me venir en aide.

— Te venir en aide !... et comment cela ?.

— Ah ! le sais-je ?... En me cachant ici d'abord, car je sais bien que j'aurais beau fuir, où que je sois, la vengeance de notre secte me poursuivra et ne s'assouvira que dans mon sang. Mais toi qui es puissant et habile, tu pourrais me trouver un coin ignoré où je laisserais passer les heures, et plus tard me fournir peut-être d'autres vêtements, de l'argent, de quoi m'en aller loin..., bien loin..., de quoi fuir l'Inde et le poignard des justiciers. »

Kabir ne répondait pas. Il avait croisé les bras et se dressait devant sa sœur. Un feu sombre étincelait dans ses yeux. Après un long silence, il reprit.

« Sais-tu quel serment j'ai prêté lorsque, jeune encore, méprisé par tous les hommes et les haïssant tous, je me suis donné au Nirvâna et à Khâli, la bonne déesse, patronne et vengeresse des opprimés ?

— Hélas ! murmura la jeune fille.

— Ce serment que la déesse exige de ses adeptes, et qui seul peut leur donner l'accès de ses délicieux mystères, c'est de renoncer à tout ce qui, sur la terre, unit et retient le commun des hommes, de n'avoir plus ni amis, ni famille, ni dieux, quand l'exigera le service de la déesse, de lui immoler au besoin le sang de son sang et la chair de sa chair ! Ce serment je l'ai prêté, t'en souviens-tu ?...

— Hélas !

— Je l'ai prêté et je l'ai tenu. Toi aussi tu avais prêté un serment. Aujourd'hui j'apprends que par ta faute les mystères divins ont été violés, nos secrets terribles révélés à nos ennemis ! Car les Anglais auront ouvert le coffre ; ils y auront trouvé le saint qu'il renfermait ; bientôt, sans doute, nous verrons pénétrer dans nos retraites leurs soldats et leurs policiers ; nous aurons à subir leurs inquisitions, leurs interrogatoires, leurs supplices peut-être.... Et tu veux que je me fasse ton complice en te sauvant, que je prenne ma part de ta trahison et de ton infamie !...

— Je suis ta sœur !

— Je n'ai pas de sœur. C'est Khâli et sa secte qui ont été ma seule famille. Sans mes frères, les nirvânistes, je serais resté le métis écarté de toutes les castes par la souillure de mon origine, un être de rebut et d'opprobre. Mais eux, qui ne partagent point les superstitions imbéciles de la populace, eux qui ne connaissent ni castes, ni distinctions et pour qui tous les croyants de Khâli sont des frères dans l'union de leurs mystères, eux seuls m'ont accueilli, m'ont ouvert les bras et ont fait un homme de l'esclave que j'étais. Je te renie et je te maudis ! Je ne suis pas ton frère, mais ton juge. Puisque tu nous a trahis, je te condamne. Tu vas mourir. »

Et, portant vivement la main sous ses vêtements, il en tira un poignard à lame courte et forte qu'il leva d'un geste terrible.

« Grâce ! cria Sita éperdue, en se précipitant aux genoux de son frère. Grâce ! Kabir, aie pitié ! Ne me tue pas.

— Tu vas mourir, répétait le métis, farouche et cherchant la place où frapper.

— Non ! Je suis trop jeune, je ne veux pas mourir ! Grâce ! »

Et la malheureuse, échevelée, tendant les bras, se traînait à terre aux pieds de son bourreau, cherchant à embrasser ses genoux, puis cachait son visage entre ses mains, comme si elle eût voulu du moins ne pas voir le coup inévitable qu'elle se sentait impuissante à détourner.

Kabir la repoussait brutalement, sans pitié pour sa faiblesse. Cependant il s'arrêta et laissa retomber, sans frapper, son bras armé du poignard.

« Soit, dit-il, tu ne mourras pas de ma main. Au reste, le châtiment serait trop faible. Il resterait trop au-dessous de ton crime. C'est à Khâli qu'il appartient de se venger ; c'est sur son autel que tu dois expier tes trahisons ! »

Épuisée par la terreur, Sita s'était écroulée à terre comme une masse. Elle gisait immobile et haletante, la tête enfoncée dans ses bras repliés. Et la pauvre enfant était agitée d'un tremblement convulsif. Elle comprenait l'affreux sort que lui réservait la barbarie du métis ; elle ressentait, comme les affres des horribles supplices auxquels elle était destinée, tous les raffinements de cruauté qu'elle aurait à subir de la part des sanguinaires et implacables nirvânistes.

Elle s'abandonnait donc à la destinée, plus morte que vive déjà à la pensée du sort qui l'attendait, mais envahie tout entière par ce sombre fatalisme, fait moins de résignation que d'impuissance et de faiblesse, qui constitue le fond du caractère asiatique.

Le métis ne lui laissa d'ailleurs pas le temps de chercher encore à le fléchir. D'un mouvement rapide, il détacha sa ceinture de soie et l'enroula autour de la bouche de la malheureuse, à demi

« Grâce! cria Sita éperdue, en se précipitant aux genoux de son frère.

étouffée par l'épaisseur de ce bâillon. Et, la relevant d'un coup de pied, il la poussa rudement vers une étable donnant sur la cour. Il décrocha du mur une corde qu'il choisit souple et résistante, et s'en servit pour lier solidement les mains et les jambes de la devadasi.

Puis, quand il l'eut ainsi ligotée, il la saisit, l'enleva comme une plume et l'emporta vers une porte qui s'ouvrait basse et sombre, à l'extrémité de la cour. Cette porte fermait un petit réduit obscur, servant à déposer le fourrage. Le métis jeta sa sœur sur une botte de paille.

« Tu resteras ici jusqu'à la nuit, lui dit-il. Je viendrai alors te reprendre, et je te mènerai là où tu sais ce qui t'attend. »

Puis il sortit en assujettissant solidement la porte.... A peine avait-il quitté la cour du bungalow, qu'un homme surgissait de derrière une colonne, où il était resté blotti pendant toute la durée de cette scène.

C'était le jongleur. De sa cachette, il avait tout entendu. Il était radieux et un éclair de triomphe illuminait sa face.

« Tout est sauvé, pensa-t-il, Khâli m'a conduit par la main et mené au but! Voici qu'elle me livre les seuls êtres qui connaissent mon secret! »

Et il ajouta, en promenant autour de lui un regard sinistre qui semblait vouloir envelopper, dans les mêmes noires effluves, la devadasi prisonnière et le métis disparu :

« Ce soir, c'est moi qui serai au temple! D'ici là je trouverai bien le moyen de vous empêcher de m'y suivre. »

Un petit mur séparait, par derrière, la cour du bungalow de la campagne. Par-dessus le mur, on apercevait la cime de quelques

banians; il y avait là un fourré épais où un homme pouvait aisément se dissimuler à tous les regards.

Le jongleur avait aperçu ces arbres, et, d'un bond, il s'élança
avec l'élasticité d'un tigre sur le faîte du mur. Puis il se laissa
glisser sans bruit de l'autre côté, et, marchant avec d'infinies précautions, rasant la terre, il s'enfonça dans le fourré.

III

OU DEBORAH APPREND UNE CHOSE DONT ELLE DEVAIT SE DOUTER DEPUIS LONGTEMP

Il était écrit que ce jour-là devait, pour le bungalow, être la journée des surprises.

Le métis, en sortant de la cour intérieure où venait d'avoir lieu son colloque avec Sita, put constater qu'une vive animation régnait sous la colonnade qui entourait le bungalow, colonnade généralement si calme à cette heure où la chaleur devient accablante.

Les dormeurs avaient interrompu leur sieste, des groupes s'étaient formés çà et là; on causait, on gesticulait; quelques Hindous — les plus beaux parleurs de la troupe sans doute — paraissaient donner des explications à voix haute. Ils étendaient la main dans la direction de la grande rue, rue d'ailleurs unique de Nidjigul. Évidemment il se passait quelque chose d'insolite.

Kabir regarda à son tour du côté vers lequel se tournaient tous les yeux, et partagea aussitôt l'étonnement général.

Le soleil dardait dans l'atmosphère embrasée ses rayons les plus torrides, car il était environ onze heures. De mémoire d'homme, on n'avait pas vu un voyageur s'aventurer au dehors à pareille heure et dans une telle saison.

Or, une petite caravane débouchait à ce moment sur l'étroite esplanade où s'élevait le bungalow. Cette caravane se composait d'une quarantaine de *hamals* ou porteurs, chargés de bagages et de trois palanquins.

En tête, marchait, selon la coutume, un *musalchi* ou courrier, investi, le jour, de la mission de guider la caravane, et chargé, la nuit, d'éclairer la route au moyen d'une torche de résine qu'il porte à la main. C'est de cette façon primitive que l'on voyage encore dans l'Inde, là du moins où ne pénètre encore aucune ligne de chemin de fer.

Il n'y a pas, dans tout le pays, de classe plus intéressante que celle de ces *hamals*, infatigables portefaix, d'une honnêteté proverbiale, qui, malgré leur apparence débile, supportent sans faiblir les plus incroyables fatigues.

L'administration postale les fournit aux voyageurs dans des relais espacés de dix milles en dix milles. Ils se relayent, six par six, pour porter un palanquin, au moyen de longues perches, soutenant la caisse, et posées sur leurs épaules nues. Et ils cheminent, d'un pas régulier et rythmique, à raison de six kilomètres à l'heure, sans prendre d'autre nourriture qu'une livre de farine grossière, deux fois par jour, à midi et à huit heures.

L'aspect de ces malheureux *hamals*, arrivant à l'étape de Nidjigul, justifiait l'étonnement qu'avait ressenti la foule, lorsqu'une caravane avait été signalée. Ils ruisselaient de sueur, des pieds à la tête; les chairs de ceux qui supportaient le palanquin fumaient littéralement sous la cuisson du soleil. Leurs faces congestionnées se coloraient d'un ton de pourpre effaçant, par endroits, les teintes bronzées de leurs chairs.

Ils chantaient cependant en marchant. C'est là le procédé habituel des *hamals* pour tromper la fatigue et oublier le poids des fardeaux. L'un de ces pauvres diables entonne une mélopée, d'un mouvement le plus souvent dolent et mélancolique et les autres répondent en chœur. Rien ne saurait donner l'idée de la poésie pénétrante qui s'exhale parfois de ces cantilènes improvisées, imbues de la souffrance séculaire de toute une race. C'est l'âme martyre de l'Inde historique, de l'Inde pliée de longue date à tous les jougs, de l'Inde famélique et misérable, qui chante par la bouche du pauvre *hamal* courbé sous la pesanteur de son fardeau.

Les amateurs de *folklore* (poésie populaire) indien ont noté la musique et les paroles de quelques-unes de ces chansons de marche, avec répons, tantôt plaintifs et tantôt ironiques. L'improvisation des *hamals* de Nidjigul était assez originale pour mériter de prendre place dans un recueil de ce genre.

« Que portons-nous, chantait le choryphée. Est-ce un oiseau-mouche? »

Et le chœur de répondre :

« Non, non ce n'est pas un oiseau-mouche.

— Est-ce un colibri léger, léger.

— Non ce n'est pas un colibri léger, léger!

— C'est donc un lourd, lourd éléphant?

— Oui, c'est un lourd, lourd éléphant.

— Frère, laissons-le tomber.

— N'as-tu pas vu son long bâton, à pomme d'or?

— Je l'ai vu.

— Nous l'avons vu.

— Prenons garde, notre dos en souffrirait.

— Travaillons, travaillons. »

Juste comme il arrivaient au dernier couplet de ce petit poème, en vers naturellement très libres, les *hamals* étaient parvenus sur le seuil du bungalow. Sur un signe du *musalchi*, ils s'arrêtèrent et déposèrent leur palanquin.

Trois personnes en sortirent. C'étaient trois Européens, deux hommes et une jeune fille.

Aussitôt un cercle pressé se forma autour des arrivants. Chacun était impatient d'apercevoir les voyageurs assez insensés pour se mettre en route à l'heure la plus meurtrière du jour, sous la menace d'un orage qui pointait à l'horizon. Il fallait que ce fussent de bien grands personnages, prodigieusement puissants et riches, pour avoir pu déterminer un équipage de hamals à s'aventurer avec eux dans la fournaise des grandes routes. Mais Kabir, le métis, repoussa vigoureusement les curieux qui lui barraient la route, et s'approcha des nouveaux venus avec un air obséquieux.

« Vos seigneuries sont fatiguées sans doute, leur dit-il en excellent anglais. Elles vont trouver ici de quoi se reposer et se rafraîchir.

— Merci, *steward*, dit en entrant sous la varangue le plus âgé des Européens. Veuillez nous conduire à nos chambres. Nous désirons y faire une toilette d'eau fraîche et nous reposer quelques heures avant de nous remettre en route.

— Vos seigneuries partent donc ce soir?

— Ce soir même. Avez-vous des hamals?

— Non, répondit le kitmudgar, il n'y a pas de hamals à Nidjigul, car les blancs n'y viennent jamais en cette saison. Mais

il y a deux zébus dans mon étable, deux zébus qui marchent bien.
Et je pourrai les atteler au *palki-ghari* (char carré à deux roues)
pour conduire vos seigneuries où il leur plaira de se rendre.

— C'est bon, nous en reparlerons tout à l'heure, lorsque nous
serons reposés. »

Les trois voyageurs, que le kitmudgar s'empressa de conduire
dans les meilleures chambres du bungalow n'étaient autres — le
lecteur l'aura deviné sans peine — que M. Tockson, miss Deborah
et Pinsonnet.

Nous les avons quittés au moment où, réunis par une suite
d'événements providentiels, ils allaient brusquement atterrir sur
la côte désolée de l'Irlande.

Leur barque s'était brisée sur les rochers. Fort heureusement,
et par un miracle d'énergie, ils avaient pu, excellents nageurs
tous les trois, gagner la plage, puis un village de pêcheurs où ils
auraient pris un repos bien mérité si M. Tockson n'avait voulu
retourner immédiatement sur le rivage avec la moitié du village,
enrégimenté à prix d'or, afin d'organiser le sauvetage du coffre de
laque. Hâtons-nous d'ajouter que cette opération délicate avait
fort bien réussi.

M. Tockson, en effet, sourd aux avertissements de la Providence,
restait implacable, fermé à tous les conseils, à toutes les supplications. Il entendait, malgré tout, atteindre son but, la conquête du
sommeil fakirique, la possession du flacon de jade recéleur des
mystères de l'au-delà. Et Deborah ainsi que Pinsonnet avaient dû
courber la tête, trop heureux encore qu'il ne leur intimât pas
l'ordre de le laisser seul et de retourner à Chicago.

M. Tockson, son coffre sauvé, n'eut de cesse qu'il ne se fût fait

conduire à la plus proche station de chemin de fer. Et les naufragés ne s'arrêtèrent qu'à Londres, où ils firent, il est vrai, une
station d'un mois, nécessitée par la santé de miss Deborah que la
scène de la chaloupe avait, chose naturelle, assez gravement
altérée.

Pinsonnet aurait tout au moins voulu faire à la police britannique la déclaration des événements qui s'étaient passés à bord
de la *Laconia*; mais son oncle lui avait sévèrement intimé l'ordre
de garder le silence, tant il craignait que quelque indiscrétion
sur son projet ne lui en rendît impossible la complète réalisation.

La grande notoriété dont M. Tockson jouissait dans les deux
mondes lui avait ouvert, chez un banquier londonien, un crédit
illimité. Il s'était dérobé aux importunités des *interviewers* qui
s'attachaient, avec une ténacité digne d'un meilleur sort, aux
pas de l'un des plus marquants entre les survivants de la *Laconia*
et avait imperturbablement continué sa route.

De Londres à Calais, de Calais à Marseille, de Marseille à Pondichéry, et de Pondichéry à Bangalore, nos trois voyageurs,
toujours nantis du coffre de laque, ne firent littéralement que
sauter de wagon en paquebot et de paquebot en wagon.

Mais, à Bangalore il fallut choisir un autre mode de locomotion, car la ligne s'arrêtait là, et l'on ne pouvait atteindre
Nidjigul qu'avec les anciens moyens de transport, c'est-à-dire à
dos d'hommes ou dans un char à zébus.

M. Tockson avait opté pour le transport à dos d'hommes qu'on
lui avait signalé comme le plus rapide. D'après les croyances
hindoues en effet, les zébus sont des animaux sacrés et un conducteur compromettrait son salut éternel en se permettant de les

aiguillonner. Les Européens louèrent donc trois palanquins. Ce
moyen de voyager, un peu bien primitif, nous explique comment
Tockson arrivait à Nidjigul à cette heure insolite, mais juste à
temps pour pouvoir assister, dans la nuit, à la fête de l'initiation.

Une fois dans leurs chambres, les trois voyageurs se jetèrent
sur leur lit pour y prendre quelque repos. Nous disons mal : l'un
des trois ne fit pas usage de son lit; c'était Pinsonnet qui, depuis
son arrivée dans l'Inde, faisait, à chaque étape, déposer le coffre
de laque dans sa chambre et se couchait dedans afin d'y faire
son somme.

Un jour, miss Deborah l'avait plaisanté sur cette étrange
habitude.

« Que voulez-vous, cousine, lui répondit Pinsonnet, je ne dors
bien que là-dedans. On y est à l'abri des courants d'air et, avec
un capuchon de gaze, on y fait la nique aux moustiques. »

Puis, comme M. Tockson s'était écarté en souriant, il reprit
plus bas :

« Vous devez comprendre, Debbie, que j'ai toujours peur, le
matin, à notre réveil, d'apprendre le départ de votre aimable
père. De cette façon au moins, je suis sûr qu'il ne partira pas
sans nous prévenir; car il est assez clair qu'il ne voudrait pas
arriver à Gondapour privé de son bienheureux coffre. »

À Nidjigul donc, fidèle plus que jamais à ses habitudes, le
brave garçon n'avait pas voulu reposer dans un autre abri que
dans l'étroit laboratoire des expériences fakiriques.

Pinsonnet, d'ailleurs, ne dormait que d'un œil. De l'intérieur
de son coffre, il entendait sa cousine se tourner et se retourner
sur sa couche. Une mince cloison, n'atteignant même pas le

plafond, séparait seule leurs deux chambres. Parfois, la jeune
fille poussait un gros soupir qui faisait soupirer Pinsonnet. Quant
à M. Tockson, placé dans la troisième chambre, il dormait à
poings fermés, et l'on entendait, d'un bout à l'autre du bungalow
le souffle rythmé de sa respiration puissante.

« ... Que faire en un gîte à moins que l'on n'y songe? »

a dit le poète. Pinsonnet songeait donc, et, après une demi-heure
de cette occupation, il s'ennuya sans doute de songer tout seul,
car il frappa avec son doigt quelques coups discrets sur la cloison
qui le séparait de sa cousine. Un tic-tac pareil lui répondit aussitôt
de l'autre côte.

« Dormez-vous, Deborah? dit-il à demi-voix.

— Pas plus que vous, Edgar.

— En ce cas, voulez-vous que nous causions un peu? Voilà le
moment suprême arrivé, et il est bon de nous concerter, puisque
mon oncle s'est justement endormi comme s'il avait fait le pari
de nous ménager un tête-à-tête.

— Vous avez raison, Edgar, me voici. »

Et la jeune fille, sortant doucement de sa cellule, pénétra dans
celle de son cousin, sans l'ombre d'une hésitation.

Pinsonnet s'était levé et avait fermé le coffre. Sa cousine s'assit
sur ce banc improvisé, et lui, à côté d'elle, de manière à pouvoir
converser à voix basse sans redouter d'être entendus.

« Voici le grand moment arrivé, dit Pinsonnet, c'est ce soir
que tout va se décider. Il s'agit de prendre une résolution.

— Une résolution? interrogea Deborah. Et laquelle, mon cher
Edgar, parlez vite.

— Celle d'employer les grands moyens. Vous comprendrez, Deborah, que je ne vous ai pas accompagnés jusqu'ici, votre père et vous, que je n'ai pas passé huit jours dans cette boîte à violoncelle, avec des croquettes d'opium pour principale nourriture, que je n'ai pas risqué de faire explosion avec la *Laconia*, d'être dévoré dans l'Océan par les squales, — et ici par les moustiques, — pour assister en spectateur bénévole aux expérience de mon cher oncle. Je suis venu pour l'empêcher de faire, à vôtre préjudice, comme au sien, une irréparable sottise, et ce que j'ai résolu de faire, ma cousine, je le ferai.

— Et comment cela, mon ami?

— Rien de plus simple, chère Debbie. C'est ce soir que doit avoir lieu, chez messieurs les nirvânistes, la petite fête à laquelle s'invite votre père. C'est ce soir que doit se jouer entre l'ineffable Çoukryana, absent d'ailleurs et pour cause, l'euphonique Tirouvallouver, et le successeur à désigner du fakir, cette grande partie à trois — un véritable whist — où le docteur Tockson se propose de faire le mort. Si la nuit peut se passer sans qu'il ait atteint Gondapour, il n'y a plus rien à craindre. Tout péril est conjuré. Nous n'avons donc qu'à l'empêcher d'être ce soir à Gondapour, et nous n'aurons plus ensuite qu'à revenir paisiblement à Chicago, pour mettre un peu d'ordre dans notre laboratoire que son dernier occupant — le diable ait son âme, comme les crabes ont son corps! — doit, selon toute vraisemblance, avoir passablement dérangé.

— Empêcher mon père d'atteindre cette nuit Gondapour? Et comment cela?

— En m'opposant tout bonnement à ce qu'il sorte d'ici. Le docteur est obstiné, je le sais bien, — mais, moi, je suis volontaire en diable. Il est Américain, mais je suis Normand. Nous verrons qui aura la tête la plus dure. Je vous déclare donc, chère cousine, que lorsque votre excellent père annoncera ce soir son départ pour Gondapour, il verra se dresser en face de lui son serviteur Pinsonnet. Quand je devrais abattre à coups de revolver les zébus qui doivent le conduire, administrer une danse à ses hamals et à ses guides, voire même au digne hôtelier qui nous a reçus (un gaillard dont la tête ne me revient qu'à moitié) je le ferais sans hésiter. Si l'oncle crie, je crierai plus fort que lui, s'il me maudit, je lui rirai au nez, s'il veut me battre, je saurai bien parer ses coups et, finalement, il ne mettra pas les pieds hors de Nidjigul, quand même je devrais l'attacher. Voilà.

— Hélas! soupira la jeune fille, vous ne connaissez pas encore assez mon père. Si vous faisiez cela, ce serait entre vous deux une rupture éternelle. Et vous ne savez pas de quoi mon père serait capable contre l'homme qui prétendrait enchaîner sa liberté.

— Et que m'importe, répondit impétueusement Pinsonnet, ce qu'il pourrait dire ou faire! Je m'occupe bien de lui, en vérité. Dans tout cela, comprenez-vous, je ne vois que vous; je ne fais attention qu'à vous. Je ne veux pas que vous soyez malheureuse ni inquiète, je ne veux pas que vous pleuriez. Lorsque je pense à tout ce que mon oncle avec ses idées de l'autre monde, a déjà fait verser de larmes à ces deux yeux que je vois là, à vos yeux si tendres, si fins, si adorables, ah! il a beau être mon bienfaiteur, il me vient des envies de l'étrangler! »

Et Pinsonnet, éperdu, saisit dans un mouvement passionné, les deux petites mains de la jeune fille, qu'il couvrit de baisers et de larmes.

« Ah! poursuivit-il, vous n'avez donc pas vu, chère Debbie, ce qui se passe dans mon âme? Vous n'avez pas compris que, sur la terre, il n'y a plus pour moi qu'un seul être, et que cet être c'est vous; car je vous aime, je vous aime, Deborah, depuis que je vous ai connue. Je ne me le suis pas avoué tout d'abord, mais la clarté a bien fini par se faire dans mon cœur. Et je n'ai pas pu me taire plus longtemps! »

Deborah s'était levée, grave et pâle. Elle dégagea doucement ses mains de l'étreinte du jeune homme.

« Je ne puis vous entendre, fit-elle. C'est mal à vous, Edgar, de m'avoir parlé ainsi. J'étais si heureuse de me trouver auprès de vous. »

Et elle se dirigea vers la porte.

« Vous partez? bégaya Pinsonnet.

— Ma place n'est plus ici, après ce que vous venez de dire. Je vais rejoindre mon père. »

Elle sortit. Pinsonnet la suivit, violemment ému encore. A ce moment, M. Tockson se réveillait. Il sauta à bas de son lit et, se croyant seul, pénétra sous l'arcade, où il fit quelques pas.

Les deux jeunes gens étaient trop troublés pour l'aborder. Instinctivement, et comme par un accord tacite, ils se dissimulèrent tous deux dans l'ombre de la colonnade, mais sans perdre de vue le docteur. Un serviteur passait, M. Tockson le héla.

« Allez me chercher le steward », dit-il.

Deux minutes après, Kabir, le métis, était debout devant lui.

« Je vous ai fait appeler, dit M. Tockson, pour vous demander divers renseignements. Et d'abord pouvez-vous me fournir un guide pour me conduire, ce soir même, au sanctuaire des nirvânistes? »

Le kitmudgar ne sourcilla point.

« Les nirvânistes? fit-il d'un air d'ignorance, je ne sais pas qui vous voulez désigner par là. »

M. Tockson fut légèrement démonté par cette réponse. Néanmoins il crut devoir préciser.

« Les nirvânistes, j'entends par là les sectateurs du Nirvâna, les adorateurs de Khâli. Je sais que le sanctuaire de cette secte est à quelques milles de Nidjigul, et, dans ce sanctuaire, je veux pénétrer ce soir même.

— Je vous répète, reprit imperturbablement le métis, que j'ignore tout à fait quels sont les gens que vous appelez des nirvânistes.

— Et le sanctuaire de Gondapour, vous ne le connaissez pas non plus?

— Gondapour est une pagode abandonnée dont les ruines offrent peu d'intérêt d'ailleurs, et qui se trouve à peu près au milieu de la forêt voisine, à deux heures d'ici environ. Voilà tout ce que je peux vous dire. »

M. Tockson eut un geste de dépit. Évidemment son interlocuteur se dérobait. Mais s'il en savait plus long qu'il ne voulait en avoir l'air, le savant connaissait trop le caractère des Hindous, ce caractère façonné à la dissimulation et à la ruse par de longs siècles d'esclavage, pour espérer tirer de lui les éclaircissements qu'il désirait.

Derrière la colonne, Pinsonnet regardait miss Deborah, fort embarrassée encore et toute confuse lorsque leurs regards se rencontraient. Et son coup d'œil signifiait :

« Est-ce que les choses, par hasard, voudraient s'arranger toutes seules, et sans que nous nous en mêlions?...

— Enfin, reprit M. Tockson d'un ton impatienté, peu importe ce que vous savez ou ce que vous ne savez pas. Gondapour est près d'ici, c'est l'essentiel. Procurez-moi un guide et une voiture pour m'y conduire.

— Je le ferais très volontiers, répliqua le métis, mais je n'ai ni guides, ni voiture que je puisse mettre, aujourd'hui du moins, à votre disposition.

— Comment, vous n'avez pas de voiture! mais, vous m'avez dit vous-même, lorsque je suis arrivé, que vous disposiez d'un *palki-ghari*, et d'un attelage de deux zébus.

— Je me suis trompé, fit froidement le métis. J'oubliais que les zébus étaient allés aux champs dans la journée, et ils rentreront ce soir trop tard pour pouvoir se mettre en route.

— Et un guide?...

— Je n'en connais pas que je puisse recommander à votre seigneurie.

— Au moins, indiquez-moi le chemin qu'il faut prendre pour se rendre à Gondapour.

— Je l'ignore. Il y a peut-être cinquante ans que personne, dans le pays, n'a visité ces ruines. »

M. Tockson, fort dépité, frappait nerveusement le sol du bout de sa canne. Il était évident qu'il ne pourrait rien tirer de cet homme.

11

« Soit, dit-il. Je renonce à mon idée. Nous coucherons ici ce
soir. Je vais, en attendant, faire quelques emplettes. Avez-vous un
bazar ici ?

— En voici un à deux pas, fit le métis, en étendant la main
dans la direction de la rue.

— Merci. Vous pouvez vous retirer. »

Le métis salua et s'éloigna.

Aussitôt après son départ, M. Tockson se dirigea vers le bazar.
Deborah et Pinsonnet étaient restés sous le portique et suivaient
de l'œil ses allées et venues.

« Allons, fit Pinsonnet, avec bonne humeur, voilà le docteur
qui renonce de lui-même à ses idées biscornues, nous ne serons
pas forcés d'en venir aux grands moyens. »

Miss Deborah, sans répondre, hochait tristement la tête.

« Ce serait trop beau, dit-elle. Je n'ose l'espérer. Hélas ! mon
cousin, j'ai peur ; j'ai bien peur ! »

M. Tockson ne resta pas longtemps dans le bazar. Il y fit quelques emplettes, car il portait sous le bras, quand il en sortit, un
paquet d'un certain volume, avec lequel il entra dans le bungalow.

Puis il gagna sa chambre et s'y enferma.

Quant au métis, il s'était rendu, en proie à une vive agitation,
dans la cour intérieure où nous avons assisté déjà à son entrevue
avec la devadasi.

Le masque d'impassibilité qui couvrait son visage durant tout
son entretien avec M. Tockson était tombé, et sa figure portait
la trace d'un profond bouleversement.

« Tout est perdu, pensait-il. Cet étranger, cet Anglais qui
nous arrive dans une saison pareille !... Ce désir de se rendre

à Gondapour, ce soir même, le soir de la fête de Khâli....
Nous sommes découverts, la police est sur nos traces!... C'est
évident.... N'était-ce pas d'ailleurs inévitable, depuis l'enlèvement
du coffre?... »

Pourtant une pensée rassurante vint traverser son esprit.
La crise suprême ne pouvait pas éclater ce soir même. Le
voyageur suspect était presque seul. Il ne connaissait pas les
chemins du sanctuaire. En admettant même qu'un détache-
ment armé le suivît à quelque distance, jamais il ne pourrait
agir, dès la réunion du soir. Il avait donc, lui Kabir, le temps
d'avertir ses frères, de leur révéler le danger planant sur eux
tous, le temps aussi d'assouvir, avant la dispersion et la fuite
générale, leur commune vengeance sur la misérable qui les
avait trahis!

Mais le plus pressé était, dès la nuit tombante, d'avertir le grand-
prêtre et les fidèles à Gondapour.

« Si le pariah qui m'a dit ce matin le mot de passe était ici,
pensa-t-il, je l'enverrais là-bas, tandis que je resterais dans le
bungalow à veiller sur les étrangers. Mais où est-il? Je lui avais
dit de venir me retrouver, à l'heure de la sieste, et il n'a pas
reparu. Que peut-il faire?

« Allons, se dit-il enfin, prenant une résolution décisive, c'est
moi-même qui irai ce soir à Gondapour. Je partirai dès qu'il fera
nuit. En attendant, je veux éviter de parler à l'espion. Il pourrait
à la longue concevoir quelques soupçons. Je vais me cacher dans
l'écurie. »

Il se dirigea vers l'étable aux zébus; mais, avant d'y entrer, il
étendit le bras vers les bâtiments du bungalow où reposaient

les ennemis inattendus qui venaient de surgir sur sa route.
Une affreuse contraction tordait sa bouche, ridait son front.
Ses lèvres murmurèrent quelques paroles mystérieuses, une
formule terrible d'imprécation, capable d'attirer sur la tête de
ceux qu'elle allait atteindre, toute la rage furieuse des divinités
vengeresses!

IV

Le résultat négatif de l'entretien de M. Tockson avec le kitmudgar laissait quelque répit à Deborah et à Pinsonnet.

Les deux jeunes gens, d'un commun accord, rentrèrent donc dans le bungalow. Pinsonnet eût bien souhaité continuer la conversation avec sa cousine, mais celle-ci lui fit comprendre qu'elle désirait être seule. Et elle se retira dans sa chambre, en lui donnant rendez-vous — sauf nouvelle alerte — pour l'heure du souper, c'est-à-dire pour sept heures du soir.

Le pauvre garçon, resté seul, passa à errer sous les arcades du bungalow les deux plus tristes heures de sa vie. Il se reprochait amèrement d'avoir fait à sa cousine l'aveu de son amour. C'était cette inopportune déclaration, sans doute, qui avait éloigné de lui la jeune Américaine et qui le privait, en cet instant critique, du charme et de la douceur de sa compagnie. Et quel moment avait-il choisi pour lui parler avec un tel oubli du respect méticuleux dû à une jeune fille, à une parente! Celui où Deborah, accablée des plus cruels soucis, forcée par les circonstances de faire fonds sur son dévouement, se trouvait en quelque sorte à sa merci. Était-ce généreux? Était-ce loyal?

Du moins se promettait-il d'apporter dorénavant dans ses relations avec sa cousine, la plus circonspecte, la plus scrupuleuse réserve. Il finirait bien de la sorte par lui faire oublier la mauvaise impression que venait de lui causer sa démarche inconsidérée.

Cependant l'heure de la sieste était terminée. Les abords du bungalow commençaient à renaître à la vie. De pittoresques allées et venues sous les arcades et sous le hangar venaient distraire Pinsonnet, si nouvellement débarqué sur cette terre d'étrangeté et de merveille, dans cette Inde qu'il venait de traverser à toute vapeur, sans avoir eu le temps de la regarder.

Il fut tiré de sa contemplation par miss Deborah, qui surgit tout à coup devant lui, pâle et la figure bouleversée.

« Enfin, je vous trouve, lui dit la jeune fille en l'abordant. J'avais absolument besoin de vous.

— Qu'arrive-t-il donc?

— Mon père....

— Quoi? votre père? Que lui est-il advenu? Parlez.

— Il a disparu! »

Pinsonnet ne fit qu'un bond vers le bungalow. La disparition du docteur était un fait très grave. Et le jeune homme se reprochait mentalement comme une négligence les quelques instants de rêverie morose qu'il venait de s'accorder.

En quelques mots brefs, entrecoupés, Deborah lui racontait qu'ayant eu à parler au docteur, elle était entrée dans sa chambre, et qu'elle avait trouvé la chambre vide. Elle avait cherché son père sous les arcades, sous le hangar, mais vainement. Elle avait fait demander le kitmudgar pour avoir de lui quelque nouvelle. Le kitmudgar était resté introuvable.

Le premier soin de Pinsonnet, en arrivant dans le bungalow, fut de se précipiter dans sa propre chambre. Il poussa un soupir de soulagement en constatant que le coffre de laque était toujours à sa place, dans sa gaine de grosse toile grise.

« Ceci est rassurant, dit-il à sa cousine. Si le docteur était parti à la recherche de ses nirvânistes, il eût certainement emporté le coffre. »

Puis il se mit, avec Deborah, à appeler partout, à chercher M. Tockson dans tous les coins et recoins du bungalow.

Mais ils fouillèrent en vain l'habitation, ils mandèrent en vain le métis, toujours éclipsé; ils interrogèrent sans fruit tous les serviteurs. Personne n'avait aperçu M. Tockson. Était-il donc parti?

Non, car tous ses bagages étaient restés à l'hôtellerie. Rien ne paraissait bouleversé dans sa chambre. Son casque de liège, ses gants et sa canne étaient posés sur une chaise.

Tout à coup, en entrant pour la vingtième fois peut-être dans la chambre qu'avait occupée le docteur, Pinsonnet aperçut sur la table un objet qu'il n'avait pas encore remarqué. C'était une enveloppe.

Il la saisit rapidement et regarda l'adresse : elle portait le nom de miss Deborah Tockson.

Il la tendit à sa cousine, qui l'ouvrit avec une hâte fébrile et, toute tremblante, en tira une lettre qu'elle se mit à lire à haute voix.

« Chère Deborah,

« Cette lettre vous portera les adieux de votre père.... »

Dès cette première phrase, la jeune fille violemment émue dut s'asseoir sur le fauteuil d'osier que Pinsonnet s'empressa d'avancer derrière elle. Les lettres se brouillaient devant ses yeux. Il lui était impossible de poursuivre sa lecture, et elle dut passer la feuille à son cousin, en le priant de continuer.

« C'est pour moi une vive douleur, poursuivait M. Tockson, d'être contraint de me séparer de vous, sans vous presser sur mon cœur. Mais j'ai voulu vous épargner, et m'épargner à moi-même le trouble et l'amollissement des adieux.

« Pardonnez-moi donc, ma chère fille, la brusquerie de mon départ. Que Pinsonnet me la pardonne pareillement. Je n'ai pas été sans m'apercevoir que le cher garçon espérait, jusqu'au dernier moment, mettre obstacle à mon expérience. Le soin qu'il apportait à ne point se dessaisir du coffre de laque me révélait suffisamment ses intentions. Qu'il se rassure; le coffre ne lui sera point enlevé. En définitive, il n'est pas absolument nécessaire à la réalisation de mon projet....

« Pour l'accomplissement de ma tâche, le papyrus indicateur que je porte sur moi me suffit. »

« Vieux fou », murmura Pinsonnet entre ses dents. Et il continua sa lecture.

« Je pars donc seul à la recherche du sanctuaire de Gondapour. La dernière conversation que j'ai eue avec le maître de cette hôtellerie m'a convaincu que de nombreux obstacles se dresseraient devant moi si je prétendais parvenir jusqu'au temple, sous mes vêtements d'occidental. J'ai donc acheté au bazar de cette ville un costume complet d'indigène, et je m'en suis revêtu.

C'est sous ces habits que je vais tenter l'épreuve destinée à immortaliser mon nom. »

« Ceci nous explique, dit Pinsonnet, en s'interrompant un instant, comment nous avons trouvé tous ses habits dans sa chambre. »

Il reprit.

« Je vous demande, ma chère fille, de m'attendre deux jours, sous la garde de Pinsonnet, dans le bungalow où je vous laisse. Si, passé ce délai, vous ne m'avez pas vu reparaître, vous partirez aussitôt pour l'Amérique.

« Le 30 avril 1902, jour de la fête de Khâli, vous aurez à vous retrouver dans le sanctuaire de Gondapour, afin de surveiller l'opération de mon réveil, qui devra être effectuée selon les rites ordinaires, et avec les procédés empiriques usités par la secte du Nirvâna.

« Sûr d'avance que vous respecterez mes volontés, je vous laisse, ma chère Deborah, toutes les tendresses de

« Votre père,

« J.-T.-A. Tockson.

« Nidjigul, 50 avril 1895, 5 heures du soir. »

Cette lettre avait produit sur les deux jeunes gens l'effet d'un coup de massue. Ils restèrent quelques minutes atterrés, ne sachant que faire, que dire et que penser.

Deborah, accablée d'une immense douleur, se sentait comme orpheline. Son père était perdu, bien perdu.... Elle ne pleurait pas, mais ses yeux secs et fixes, toute l'attitude abandonnée de sa personne révélaient, mieux qu'un flot de larmes, l'irrémédiable découragement qui, cette fois, avait fini par avoir raison de sa ferme vaillance et de sa jeune volonté.

Pinsonnet cependant eut un mot sublime.

« Tout n'est pas perdu », dit-il.

Et comme Deborah le regardait d'un œil interrogateur, quoique vide d'espérance, il ajouta :

« Votre père est parti à cinq heures. Il en est six. Il y a encore moyen d'arriver au temple avant lui. »

Miss Deborah le regardait toujours.

« L'avance qu'a prise votre père est amplement compensée par son ignorance totale du véritable chemin conduisant à Goudapour. Je sais bien que, ce chemin, il finira toujours par le découvrir, étant donnée la persistance qu'il met à toutes choses, mais ce ne sera qu'après bien des détours, bien des tâtonnements. Nous, au contraire, nous allons nous rendre à Gondapour directement et par le chemin le plus court. »

Cette fois, Deborah l'interrompit.

« Vous connaissez donc le chemin? dit-elle.

— Non, répondit Pinsonnet, mais nous allons chercher quelqu'un qui le connaisse, le kitmudgar, par exemple, et quand nous l'aurons trouvé, ce quelqu'un, je le forcerai de me conduire.

— Et comment?

— Avec ceci. »

Et Pinsonnet tira de sa poche son revolver, son revolver qui contenait toujours les six cartouches emportées de Chicago.

« Je suis résolu à tout, dit-il, pour secourir votre père. Mettons-nous donc sans tarder en quête d'un guide. Et tout d'abord, il faut trouver le kitmudgar. Je suis absolument sûr que cet homme est dans le secret des mystères de Gondapour, et c'est lui qui nous fournira les indications nécessaires. »

Les deux jeunes gens se remirent donc à fouiller une deuxième

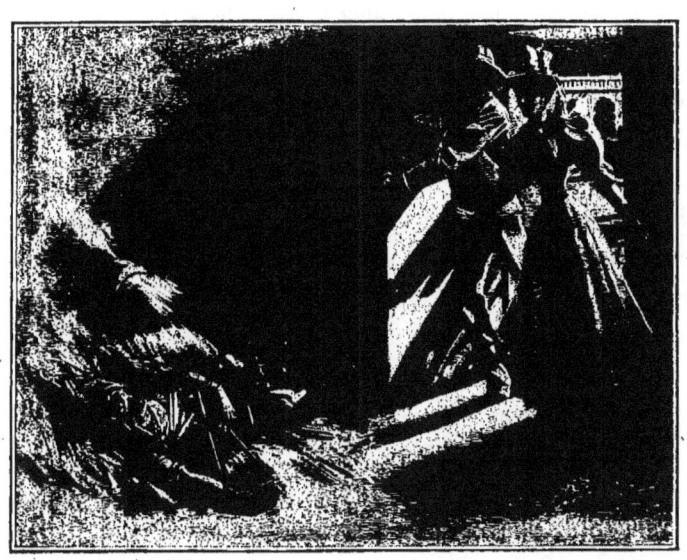

Pinsonnet se précipita, avec sa cousine, au secours de la prisonnière.

fois le bungalow. Ils pénétrèrent successivement dans toutes les chambres, firent le tour de l'habitation.

« Cet homme est introuvable, disait Deborah. Nous avons cherché partout.

— Excepté ici, répondit Pinsonnet, qui venait de découvrir, dissimulée derrière une natte, une petite porte donnant sur la cour intérieure. Voyons encore de ce côté. »

Ils pénétrèrent dans la cour.

A peine y mettaient-ils le pied que Pinsonnet s'arrêta, l'oreille tendue.

On entendait des gémissements étouffés, quelque chose comme la plainte d'un enfant à demi-étranglé.

« Entendez-vous, dit-il, Deborah?

— Oui, il y a quelqu'un qui appelle. C'est de ce côté. »

Et ils s'élancèrent vers la petite porte derrière laquelle le métis avait enfermé Sita.

« Au secours! au secours! criait la malheureuse. Par pitié, délivrez-moi! »

Pinsonnet et la jeune fille poussèrent la porte. Elle était fermée à clef. Pinsonnet ne put que se pencher à la hauteur de la serrure et jeter ces mots de l'autre côté.

« Que voulez-vous? La porte est fermée. Pouvez-vous l'ouvrir du dedans?

— Je suis enfermée, attachée, menacée de mort, répondit Sita, cette fois en anglais. Sauvez-moi. »

Pinsonnet, devant cet appel pressant, n'hésita pas. Il imprima à la porte une forte secousse et, comme elle résistait encore, d'un robuste coup d'épaule, il l'enfonça.

Sita était étendue sur le sol, les vêtements en désordre, la figure congestionnée par l'écharpe qu'elle avait pu faire glisser de sa bouche en se frottant la tête contre la paille, mais qui lui comprimait le cou. Elle n'avait pu détacher ni ses mains ni ses pieds, toujours étroitement serrés par la corde de Kabir.

Pinsonnet et Deborah se précipitèrent au secours de la malheureuse. Défaire ou couper ses liens, la débarrasser de son bâillon,

la relever et la tirer du taudis où elle était prisonnière, tout
cela fut l'affaire de quelques instants.

Sita, revenue à la lumière, ne savait quels termes employer

Sita s'évanouit entre les bras de ses sauveurs.

pour remercier ses sauveurs. Avec la gracieuse vivacité des femmes
de son pays, elle leur saisit les mains et les plaça sur son cœur
d'abord et sur ses lèvres ensuite. Puis, cédant tout ensemble aux
affres des sombres terreurs qui l'avaient torturée pendant sa cap-
tivité et à la joie de sa délivrance, elle s'évanouit.

V

Pinsonnet n'avait eu que le temps d'avancer les bras pour empê-cher Sita de tomber à la renverse. Il la posa délicatement à terre, le dos accoté au mur.

« Voilà ce qui s'appelle une tuile, disait-il en tapotant dans les mains de la jeune fille, pour la faire revenir à elle. Être pressés comme nous le sommes, chercher un guide, et tomber sur une Hindoue, en train d'avoir ses nerfs. Ces choses-là n'arrivent qu'à nous.

— C'est égal, reprit Deborah, nous ne pouvons pas laisser ainsi cette infortunée. »

Et, se penchant sur la devadasi, elle lui souleva la tête, puis elle prit à sa ceinture un petit flacon de poche, contenant des sels anglais, et elle les lui fit respirer.

Par bonheur, il y avait de l'eau dans la cour, une rigole qui alimentait l'abreuvoir destiné aux animaux de l'étable. Pinsonnet mouilla l'extrémité de son mouchoir, et en frotta les tempes de la prisonnière qui, sous la double action de l'eau fraîche et des sels de Deborah, ne tarda pas à reprendre connaissance.

Son visage était encore contracté de terreur.... Mais elle aperçut ses sauveurs et leur sourit.

« Merci, merci! » leur dit-elle encore.

Et une seconde fois, elle voulut saisir, pour les baiser, leurs mains secourables.

Aidée de Deborah et de Pinsonnet, elle se releva et respira longuement.

« Je suis sauvée, dit-elle, sauvée!... si vous ne m'abandonnez pas.

— Sauvée de quoi? répliqua Pinsonnet. Tout ce qui se passe dans cette maison est extraordinaire. Et pouvez-vous nous dire — rapidement, car je suis pressé — comment il se fait que nous vous ayons trouvée, à peu près étranglée et enfermée dans ce trou noir? »

Sita poussa un profond soupir :

« Sachez seulement, dit-elle, que je vous dois la vie.... Je vous expliquerai tout... mais plus tard.... D'abord, je vous en conjure, emmenez-moi d'ici... loin, bien loin de ce pays maudit.

— Vous emmener! s'exclama Pinsonnet, c'est impossible! Un devoir impérieux me réclame, et je ne puis me charger d'une femme à protéger.

— Alors, je suis perdue... perdue! »

Et l'horrible angoisse reparut sur le visage de Sita. Un tremblement convulsif agita ses membres délicats.

A ce moment, Deborah intervint, émue d'une pitié profonde devant ce visible désespoir.

« Au moins, fit-elle avec bonté, dites-nous qui vous êtes. Quel est votre nom, votre famille?

— Je m'appelle Sita, répondit la devadasi.

— Et vous habitez? »

Sita parut hésiter à répondre. Enfin, comme faisant un effort sur elle-même, elle murmura :

« A Gondapour, dans la pagode de Khâli.

— A Gondapour ! »

Cette exclamation partit simultanément de la poitrine de Deborah et de Pinsonnet. Par quelle providentielle coïncidence le hasard mettait-il sur leurs pas le guide qu'ils avaient vainement cherché ?

Pinsonnet se hâta de prendre la parole.

« La chose tombe à merveille. C'est justement à Gondapour que m'appelle le pressant devoir dont je vous parlais tout à l'heure. Et puisque vous avez habité près de ce sanctuaire, vous allez me rendre le service de m'y conduire aussitôt.

— Vous conduire à Gondapour ! Jamais. »

Et la devadasi leva les mains au ciel dans un geste de terreur éperdue.

« Et pourquoi cela ?

— Parce que si je reparaissais dans ce lieu terrible, ce serait pour y subir un sort effroyable, des tortures dont, vous autres étrangers, vous n'avez même point l'idée. Retourner à Gondapour ! J'aime mieux que vous me rendiez, ici même, le service de me poignarder.

— Je ne comprends pas grand'chose à tout cela, fit Pinsonnet. Mais, si vous ne voulez pas m'accompagner, du moins indiquez-moi le chemin. Vous vous rendrez ensuite où bon vous semblera, puisque vous voilà libre...; à moins que vous ne préfériez rester ici, en compagnie de cette jeune fille, qui va m'attendre au bungalow.... »

12

Et il désignait sa cousine.

Miss Deborah l'interrompit.

« Rester ici, tandis que vous irez risquer votre vie à Gondapour! dit-elle. Non, non! Edgar, je vous accompagnerai, je
l'exige.

— Mais, cousine, je ne puis y consentir. Le péril....

— Peu m'importe le péril. Ma place d'ailleurs est près de mon
père. Nous le délivrerons ensemble où nous succomberons avec
lui. Ma résolution est inébranlable. N'essayez point de la
modifier.

— Cependant....

— J'ai dit. Je vous en prie, Edgar, si vous m'aimez.... »

Elle rougit, en prononçant ces derniers mots.... Pinsonnet lui
lança un regard plein de tendresse.

« Ce sera comme vous voudrez, dit-il; vous êtes une courageuse fille, Deborah. Au surplus, je ne suis pas fâché de vous
emmener. Je n'eusse pas aimé vous laisser seule dans une maison
comme celle-ci, une maison où l'on trouve dans les coins sombres
des femmes à moitié étranglées. Nous partirons donc ensemble et
nous tenterons la même fortune. »

Puis s'adressant à Sita :

« Vous voyez que vous n'aurez absolument qu'à nous montrer
le chemin.

— Hélas! soupira Sita, en se tordant les mains, si vous me
laissez dans cette maison fatale, c'est comme si vous me signi-
fiiez mon arrêt de mort.... Seuls, des Européens pourraient
me protéger, m'arracher à ce lieu de tortures..., tandis que si je
reste au milieu de ces Hindous, avant même qu'un autre jour ait

lui, je serai assassinée..... Ils me poignarderont... ou m'étrangle-
ront.... Ah! je vous en supplie..., ne me laissez pas périr ainsi! »

Et elle fit mine de se jeter à leurs pieds.

« L'heure s'avance, répondit Pinsonnet, la relevant d'un signe.
Et il faut partir. Que faire?

« Écoutez, dit-il, après un instant de réflexion, je vais vous
proposer un pacte. Nous sommes tous les deux, cette jeune fille
et moi, engagés dans une terrible aventure qui peut nous coûter
la vie. Vous, de votre côté, vous n'avez d'espoir qu'en nous pour
vous protéger et vous arracher à la mort. Voulez-vous courir les
mêmes chances que nous, celle d'être sauvée avec nous, si nous
sommes sauvés, ou de périr avec nous, si nous périssons?

— Et comment cela? demanda Sita.

— Vous allez nous conduire à la pagode de Gondapour....
Rassurez-vous, vous n'y entrerez point avec nous. Dès l'abord du
temple, vous nous quitterez, et nous y pénétrerons seuls.... Vous
nous attendrez au dehors. Si la besogne que nous allons tenter
là-bas réussit, nous vous retrouverons en sortant, et, sur ma
parole de Français, nous vous emmenons loin de ce pays maudit.
Si vous ne nous voyez pas reparaître.... »

Il s'arrêta un instant et jeta un regard sur Deborah, dont le
visage ferme et grave ne trahissait aucune terreur.

« Hélas! » murmura-t-il, avec un soupir....

Puis, il reprit :

« Si vous ne nous voyez pas reparaître, c'est que nous aurons
succombé. Vous vous retrouverez alors dans la même situation
que maintenant. Et vous n'aurez qu'à pourvoir à votre propre
sûreté. Est-ce dit? Acceptez-vous?

La devadasi tremblait toujours. Pourtant elle dit :

« Je préfère tout à la mort certaine qui m'attend, si vous m'abandonnez. J'accepte....

— Partons donc, dit Deborah, nous n'avons que trop tardé. »

Mais Pinsonnet l'arrêta encore.

« Un instant, dit-il ; nous ne pouvons point partir à pied. »

Et, s'adressant à la devadasi :

« Y a-t-il, conduisant à la pagode, des chemins praticables pour un *palki-ghari* ?

— Oui, répondit Sita, du moins lorsqu'on connaît bien la forêt.

— Nous allons donc atteler au palki-ghari, dont le kitmudgar avait parlé à mon oncle, les zébus qu'il a cachés, et dont voici certainement l'écurie. Un attelage m'est nécessaire, car nous n'avons pas que nos personnes à transporter à Gondapour.

— Et quoi donc ? interrogea Deborah.

— Le coffre de laque, cousinette, plus un certain nombre de minces bagages, dont je me suis muni en route à tout événement, et dont je vous expliquerai là-bas la destination. Attendez-moi un instant, je reviens aussitôt.

Et il s'éloigna par la porte de la cour donnant sur le bungalow.

Il revint au bout de quelques secondes, portant sur sa tête le coffre de laque et, à la main, un paquet soigneusement enveloppé.

« Voilà notre affaire, dit-il ; nous n'avons plus maintenant qu'à atteler les zébus. J'ai pensé qu'il était inutile de confier cette besogne à d'autres. Je vais m'en acquitter moi-même, avec votre permission. »

La porte de l'étable était fermée. Pinsonnet, en le constatant, eut un sourire.

« C'était à prévoir, fit-il. Décidément, c'est un fameux cachottier que cet excellent kitmudgar. Allons, il va falloir faire de cette porte ce que nous avons fait de l'autre. »

Et, prenant son élan, il allait se lancer pour l'enfoncer d'un coup d'épaule, lorsqu'elle s'ouvrit d'elle-même et le métis apparut.

Caché dans un angle obscur de l'étable, il y était resté de longues heures, attendant avec impatience la tombée du soir, qui devait lui permettre de s'évader, et d'aller donner l'alarme chez ses frères les Nirvânistes.

A un moment donné, à travers la porte, il avait perçu du bruit, des pas, des éclats de voix.

C'était Deborah et Pinsonnet qui entraient dans la cour, enfonçaient la porte du réduit à fourrage, délivraient la devadasi.

Kabir n'avait pu se rendre un compte exact de tous ces détails. Il devinait seulement qu'il se passait, à deux pas de lui, quelque chose d'extraordinaire, et ses terreurs en augmentaient.

Sans doute, on était à sa recherche, et, pour le découvrir, on fouillait la maison, dans ses moindres recoins.

Pourtant, il eut l'idée de coller son oreille à la porte et d'écouter.

Tout de suite, il reconnut la voix de Sita.

Décidément, la fatalité s'en mêlait. Sita délivrée, c'était sa condamnation, et la perte irrémédiable de toute la secte, nécessairement dénoncée.

Et l'on s'approchait de la porte, on essayait de l'ouvrir!...

Alors, ses instincts de bête fauve prenant le dessus, une rage effroyable l'envahit. Puisqu'il était découvert, traqué dans son repaire, comme un animal sauvage, autant valait faire face à l'ennemi, vendre chèrement sa vie et sa liberté, finir dans un combat, et tenter, au moins, avant de disparaître, d'étancher sa soif de vengeance dans le sang des étrangers.

Il tira de sa manche son long *kandjar*, à la lame forte et acérée, arme redoutable qu'il maniait avec une dextérité sans égale.

Et, ouvrant lui-même la porte de sa retraite, il se rua à l'extérieur.

Sita et Deborah poussèrent un cri, celle-ci de surprise, et l'autre de terreur.

Prompt comme la foudre, Pinsonnet s'était jeté au-devant du métis.

Il était sans armes, n'ayant pas eu le temps d'atteindre son revolver. Kabir, mesurant la scène d'un coup d'œil, eut un sourire de triomphe. Deux femmes et un homme désarmé devant lui! Il serra plus fortement dans sa main nerveuse le manche de son poignard, et s'élança sur Pinsonnet.

C'est là que ce dernier l'attendait.

Sautant d'un pas en arrière avec une prestigieuse souplesse, il évita le choc de son adversaire et, en même temps, familier de longue date avec tous les secrets de la boxe parisienne, il lui détacha, en pleine poitrine, un gigantesque coup de pied!

Souvent, à l'*Athletic-Club* de Chicago, ses émules américains avaient raillé cette variété de boxe, cet art de la *savate* qu'ils affectaient de mépriser, comme empreint d'une vulgarité légèrement populacière. Et voilà que la *savate* prenait une triomphale revanche.

Kabir chancela sous le coup inattendu et poussa un rugissement de rage.

Mais avant qu'il eût eu le temps de se remettre, un second coup

Pinsonnet bâillonna et ligotta le métis désarmé.

de pied, asséné avec la même foudroyante prestesse, l'atteignait au front et l'étendait sur le sol.

En un clin d'œil, Pinsonnet l'eut désarmé.

« Tu as ton compte, lui dit-il, en le maîtrisant sous son genou vainqueur. Cela t'apprendra à faire peur aux femmes, espèce de vilain croquemitaine. »

Sita, plus morte que vive, s'était retirée à l'autre extrémité de

la cour, comme si elle craignait toujours de voir son frère
l'assaillir.

« Vous pouvez approcher, lui cria Pinsonnet ; il n'y a plus de
danger. Mais ayez donc la bonté de nous apprendre ce que faisait,
derrière cette porte, ce singulier aubergiste. Ou je me trompe fort,
ou il devait y préparer quelque sombre canaillerie.

— C'est mon frère, répondit Sita ; c'est lui qui m'avait enfermée dans l'étable afin de m'entraîner ce soir, pour y périr, dans
le temple de Gondapour.

— Eh bien ! dit Pinsonnet, nous pouvons nous vanter d'être
arrivés au bon moment. Voilà donc comment se comportent
messieurs les Nirvânistes. L'échantillon est charmant. Il promet.
J'ai bien envie, avant de partir, de lui faire faire connaissance
avec le poignard qu'il nous destinait.... »

Deborah ne le laissa pas achever. Elle étendit les mains d'un
geste implorateur.

« Oui, je comprends, reprit le jeune homme. Vous désirez,
cousine, que je fasse grâce à ce gredin. Soit ! mais je vais, du
moins, le mettre dans l'impossibilité de nous nuire... pendant
quelque temps. Sita, veuillez avoir l'obligeance de me passer les
cordes et l'écharpe dont cet excellent frère s'était servi pour vous
attacher. Elles vont lui servir à son tour.... Ça ne sortira pas de
la famille. »

Et, recevant des mains de la devadasi les liens qu'il réclamait
il eut en un clin d'œil solidement bâillonné et ligotté le métis.
Puis, il le porta dans la prison qui avait recélé Sita, le jeta sur la
même botte de paille, et referma tant bien que mal la porte en la
replaçant sur ses gonds.

« Et maintenant, il n'est que temps de partir. Il fait nuit. Messieurs les voyageurs pour Gondapour, en voiture ! »

Le métis, prévoyant qu'il en pourrait avoir besoin, avait eu dans l'écurie la précaution de harnacher d'avance les deux zébus. Il n'y avait plus qu'à les mettre à la voiture. Ce fut l'affaire d'un instant.

Un *palki-ghari* est une voiture carrée à deux ou trois places, portée sur deux roues et surmontée, soit d'un tendelet de coutil, soit d'un petit toit conique en bois ouvragé, supporté par quatre colonnettes, entre lesquelles on fait mouvoir des rideaux d'étoffe. Sur le devant, il y a, en outre, la place d'un conducteur.

Les deux femmes s'installèrent dans l'intérieur de la voiture avec le paquet de Pinsonnet et le coffre de laque. Quant à Pinsonnet, il saisit un aiguillon et prit, sans hésiter, la place du conducteur.

Comme ils sortaient du bungalow et s'engageaient dans la grande rue absolument déserte de Nidjigul, un éclair rapide, suivi de plusieurs autres, zébra les ténèbres du ciel.

« Voici l'orage, dit Pinsonnet. Il y a assez longtemps qu'il s'annonçait. Raison de plus pour nous hâter. »

Et il larda d'un fort coup d'aiguillon la croupe de ses deux zébus.

Les animaux n'étaient pas habitués à ce genre d'avertissement, car nous avons dit de quels ménagements superstitieux l'espèce bovine est l'objet chez les Hindous. Ils n'en furent que plus sensibles à l'excitation, et allongèrent le pas, de manière à démontrer qu'ils pourraient fort bien, au besoin, faire à la rapidité des hamals une sérieuse concurrence.

Sita, penchée derrière Pinsonnet, lui indiquait la route à suivre.

Le chemin n'était d'ailleurs pas compliqué, au moins pour le début. Il n'y avait qu'à suivre tout droit la route traversant Nidjigul et s'enfonçant vers le nord, dans la direction de Sera et Mudgerry.

Cette route, rameau détaché du *Grand Trunk road*, large et bonne voie qui fait communiquer Calcutta avec Madras, et se dirige de là vers les centres de population les plus importants de la péninsule, desservant notamment Condjeveram, Bengalore et Seringapatam, cette route, assez bien entretenue, offrait à l'attelage du *palki-ghari* une piste excellente pour ses débuts dans l'entraînement.

Car Pinsonnet continuait à activer, de toute la force de son aiguillon, la marche généralement beaucoup plus lente de ses deux zébus.

Il faisait nuit noire, mais les éclairs qui maintenant se succédaient, presque sans intervalle, illuminaient splendidement la route.

Mettant à profit l'aisance avec laquelle s'accomplissait cette partie du trajet, le jeune Français pria Sita de leur raconter, plus complètement qu'elle n'avait pu le faire encore, ses dangereuses aventures.

La devadasi s'exécuta de bonne grâce et dévoila toute son histoire, son enfance solitaire dans le temple, le rapt du coffre sacré, les transes mortelles dans lesquelles elle avait vécu depuis la découverte de ce rapt, enfin sa fuite et la manière dont Kabir l'avait reçue.

On s'imagine aisément la joie et la stupéfaction de miss Deborah
et de son cousin, en reconnaissant dans la compagne de leur
course aventureuse la propre prêtresse du temple, l'être qui
pouvait le plus utilement leur servir de guide en la circonstance.

Cependant, plus on avançait et plus la forêt, que traversait
la route, devenait obscure et touffue. Parvenus à un certain point,
Sita fit signe à Pinsonnet d'arrêter son attelage.

« Il faut couper par la forêt, » dit-elle.

Pinsonnet obéit sans mot dire et fit entrer son attelage dans le
fourré.

Chose bizarre au premier abord, les zébus ne parurent pas trop
effrayés par la direction qu'on leur imposait. Il était vraisemblable
que, étant données les habitudes de Kabir, ils avaient plus d'une
fois déjà dû se rendre à Gondapour. Il n'était pas étonnant dès
lors qu'ils fussent familiers avec l'étrangeté du chemin.

Sous la pleine forêt, l'entre-croisement touffu des branches,
chargées de lianes, enchevêtrées dans les multipliants, faisait
régner partout une opaque obscurité. La lueur des éclairs ne parvenait pas à percer l'épais rempart de la végétation. Seuls, les
roulements du tonnerre annonçaient que l'orage, loin de s'être
calmé, se déchaînait au contraire plus impétueux que jamais.

Pinsonnet, renonçant à conduire son attelage, résolut sagement
de s'en remettre à sa perspicacité. Et de fait, les zébus abandon-
nés à eux-mêmes n'en avancèrent que plus vite, vers le but qu'ils
devinaient.

Visiblement, l'orage leur inspirait, comme à tous les animaux,
une épouvante instinctive, et ils précipitaient leur marche,

sans avoir besoin d'y être incités par l'aiguillon du conducteur.

L'intensité des coups de tonnerre augmentait de minute en minute. Maintenant, il pleuvait. De larges gouttes avaient commencé par faire frissonner la verdure sur la tête des voyageurs. Puis, l'eau était tombée, torrentielle ; elle transperçait le dôme de feuillage, se précipitait en gouttières, larges comme des cataractes, sur le toit du *palki-ghari*.

Une forte senteur, un arome pénétrant s'exhalait maintenant de la terre mouillée, de la végétation violemment ranimée et débordante de sève, sous la poussée de ce déluge.

Pinsonnet, en quelques minutes, fut trempé jusqu'aux os. Mais le brave garçon ne songeait guère à lui-même : il se retourna seulement pour inviter les deux femmes à fermer avec soin les rideaux du *palki-ghari*.

« Ne vous occupez pas de moi, ajoutait-il. Je changerai de costume en arrivant. »

Avec quels vêtements, dans quel *lavatory* inconnu comptait-il opérer cette transformation, Deborah ne se l'expliquait guère. Mais Pinsonnet avait tant de ressources dans l'esprit, et, depuis le commencement du voyage, il avait accompli tant de tours de force, qu'avec lui, on pouvait s'attendre à tout.

« Et mon père qui reçoit cette averse sur le dos ! dit tristement la jeune fille.

— Bah ! répliqua en riant Pinsonnet, il se sera mis à l'abri sous quelque nopal, car il n'y a guère de chance — et nous devons nous en féliciter — qu'il ait pu trouver sa route dans le labyrinthe que nous traversons. »

Le *palki-ghari* s'enfonçait, en effet, conduit par les zébus, dans

un chemin de plus en plus extraordinaire. Tantôt il passait sur
des troncs d'arbres écroulés à terre, tantôt il s'enfonçait dans des
fondrières. D'autres fois, il traversait de véritables torrents, avec de
l'eau jusqu'au-dessus du moyeu des roues. Et les zébus marchaient
toujours, apeurés par les grondements si proches de la foudre,
entraînant la voiture au milieu d'une tempête de heurts et de
cahots.

« Nous approchons, dit enfin la devadasi. Voici là-bas la clairière où s'ouvre l'entrée du temple. »

En effet, derrière le rideau des arbres et l'épaisse ouate de la
pluie, on pouvait apercevoir comme une éclaircie, un rais de
lumière striant l'horizon par intervalles, au moment de chaque
éclair. Ainsi se révélait, indubitable, la proximité de la clairière
annoncée.

« Arrêtons-nous, reprit Sita, après quelques minutes. Il serait
imprudent de pousser plus loin. »

Pinsonnet fit aussitôt stopper son attelage.

Ils étaient parvenus à l'orée de la clairière. De l'abri que leur
offraient les dernières futaies de la forêt, ils pouvaient apercevoir, à 500 mètres de distance environ, une construction gigantesque, sur laquelle les éclairs projetaient, de temps en temps,
une lueur fantastique.

C'était une sorte de tour, d'une hauteur de 40 à 50 mètres
environ, plus étroite au sommet qu'à la base, et affectant la
forme d'une hotte renversée, mais d'une hotte titanique, de taille
à contenir la façade d'une cathédrale.

« C'est le *rajah-gopuram* de la pagode, » dit Sita.

On appelle *gopuram* les portes monumentales des temples

hindous, et le mot *rajah-gopuram* signifie porte royale ou principale. Bien que Pinsonnet eût aperçu déjà, au cours de son
rapide voyage, quelques échantillons de l'architecture religieuse
de l'Hindoustan, il demeura émerveillé par les proportions
colossales du *gopuram* qu'il avait devant les yeux. Le toit (dans
les constructions de ce genre il tient à lui seul à peu près
toute la hauteur du *gopuram*) ne devait pas compter moins de
seize à dix-sept étages et, malgré l'éloignement, les saillies de
lumière et les rentrants d'ombre que faisait apparaître la lueur
intermittente de l'orage, témoignaient que l'édifice devait
être, du haut en bas, semé et comme ciselé de merveilleuses
sculptures.

Derrière le *rajah-gopuram*, on devinait une masse énorme et
sombre, dont le profil seul se dessinait parfois sur le ciel.

« Voilà le temple, » dit Sita, en désignant cette masse noire.

A la compacité de ce cube de pierre, et aussi à la forme de
cratère qu'affectait l'emplacement où il s'élevait, Pinsonnet comprit qu'il se trouvait en présence d'un temple monolithe, comme
il y en a tant, et de si étranges, dans l'Hindoustan.

Jamais plus audacieuse conception architecturale ne s'est
réalisée sous le ciel. Pour construire un de ces édifices, en effet,
les anciens architectes hindous faisaient choix d'une montagne
de granit. Et cette montagne, creusée à l'intérieur, de manière à
former de vastes salles, sculptée comme une véritable dentelle
de pierre, ils arrivaient ainsi — après quels miracles de génie
et de patience — à la transformer en temple!

Mais Pinsonnet n'avait pas de temps à perdre en méditations
archéologiques.

« Est-ce par cette porte que nous allons entrer dans le temple? demanda-t-il à la prêtresse.

— Non. Cela serait impossible. Quoiqu'il ne soit pas encore l'heure de l'arrivée des initiés, les broussailles qui entourent le temple sont peuplées d'hommes, apostés là par les prêtres afin

Les zébus furent attachés à deux arbres robustes.

d'arrêter tous les arrivants, et de ne laisser pénétrer que ceux qui possèdent le mot de passe.

— Et ce mot de passe, quel est-il?

— *Ankayal Kannamaya.*

— Ce qui signifie?

— C'est un des noms de la déesse Kâli qui, vous le savez, n'est pas désignée dans l'Inde par moins de cinq cents noms différents. Mais celui-ci est inconnu des profanes, et il signifie : la déesse aux yeux de Kayal?

— Et qu'est-ce que le Kayal ?

— Un poisson qui pullule sur les côtes du Malabar et dans les eaux de Ceylan. Lorsque vous verrez l'image de la déesse, vous comprendrez ce surnom. Figurez-vous.... »

La devadasi n'acheva pas. Un frémissement la traversait toute, tant l'image qu'elle évoquait possédait sur son esprit une terrifiante vertu.

« Eh bien! insista Pinsonnet, puisque nous avons le mot de passe, qu'est-ce qui nous empêche d'entrer?

— Il vaut mieux vous introduire par la petite porte secrète du sanctuaire, dont je possède la clef, et qui s'ouvre sur les derrières du temple, à dix minutes d'ici.

— Vous avec raison, » dit Pinsonnet.

Et il fit, sur les indications de Sita, rentrer les zébus dans la forêt.

Au bout de dix minutes de marche, la devadasi l'arrêta de nouveau.

« Nous sommes arrivés, dit-elle. Descendons. »

Tous mirent pied à terre, et Pinsonnet entrava solidement les deux animaux, qu'il attacha à deux arbres robustes, afin de les retrouver en cas de besoin.

« Voici l'entrée, » fit Sita, en lui désignant une petite porte, s'ouvrant à l'extrémité d'une sorte de couloir de pierre qui, selon toute apparence, mettait en communication le temple et la forêt.

Cette construction, toute couverte de terre et de feuillage, pouvait aisément passer par un accident de terrain. La porte indiquée par Sita était, elle-même, à peu près dissimulée par une luxuriante végétation, de telle sorte qu'il fallait être absolument initié à tous les détours du temple, pour deviner cette issue.

« Vous ouvrirez la porte avec cette clef, expliqua la prêtresse,

en tendant au jeune homme une petite clef de métal qu'elle
tira de son sein. Vous suivrez la galerie qui s'ouvre devant
vous, et vous arriverez au sanctuaire. Là, vous serez en sûreté, —
pour quelque temps, du moins, — car le sanctuaire est séparé
du temple par une draperie que moi seule, d'après nos rites, j'ai
le droit de soulever. Je vous attendrai ici. Allez, et que Dieu vous
protège. »

Pinsonnet prit la clef que lui tendait la jeune femme.

« Merci pour votre clef, répondit-il. Mais, avant que je ne
m'en serve, il faut que je vous demande encore autre chose.
Écoutez-moi donc, Sita, et vous aussi, Deborah. Nous allons être
les acteurs d'un sombre drame ou d'une farce risible. Le rideau
n'est n'est pas encore levé. Procédons; en attendant, à la répé-
tition générale.

VI

Couché tout de son long au travers de l'herbe sèche et haute qui dépassait la hauteur de sa tête, le pariah escamoteur avait passé toute la journée dans la jungle où il s'était réfugié.

Inconscient des événements qui se succédaient, si proche de lui, derrière la blanche enceinte du bungalow, il attendait patiemment que la nuit épaissît ses ombres, pour sortir de sa retraite.

Plongé dans une immobilité absolue, les coudes appuyés au sol et le menton entre la paume de ses mains, l'œil perdu dans l'espace, il rêvait.

L'expression de dévotieuse humilité qu'il avait su imprimer à son visage, lorsqu'il circulait au milieu de la populace du hangar, cette expression, qui s'accordait alors à merveille avec ses loques haillonneuses de *Goussaïn* indigent, avait maintenant diparu. Son front s'était redressé. Ses yeux avaient rallumé leurs flammes naguère éteintes à dessein; sa bouche accusait, aux commissures des lèvres, un pli ferme et profond, indice de l'amertume et de la fierté de son âme.

Quelle redoutable personnalité se dissimulait donc sous le

masque de ce mendiant famélique? Nos lecteurs l'on deviné sans
peine. C'était le fakir, c'était Çoukryana.

Encore lui, et toujours vivant après tant d'épreuves!

Lorsque Pinsonnet l'avait, par-dessus le bordage du youyou,
précipité dans la mer, surpris par la foudroyante rapidité de cet
acte, Çoukryana avait commencé par s'enfoncer sous les vagues.

Se débattant d'une façon désespérée, et embarrassé dans ses
mouvements par ses étroits habits de clergyman, il avait avalé en
quelques secondes une ample ration d'eau salée.

Pourtant son extraordinaire sang-froid n'avait pas tardé à
reprendre le dessus, et, cessant de s'agiter à l'aventure — procédé
infaillible pour se noyer — il s'était mis à nager avec vigueur et
méthode, la tête émergeant hors de l'eau.

A une centaine de brasses, il put alors apercevoir le canot, d'où
l'on venait de le jeter à la mer, qui poursuivait sa marche, emportant loin de lui Pinsonnet et Deborah.

Le fakir poussa un cri de fureur étouffée et, accélérant ses
mouvements, se mit à faire des efforts désespérés pour atteindre
l'embarcation.

Il ne pouvait y avoir de salut pour lui que sur ce frêle asile, qui
mettait sa tache noire, minuscule et isolée, entre les deux immen-
sités de l'Océan et du ciel. Il ne l'atteindrait, il est vrai, que
pour y rencontrer un adversaire redoutable, mais tout ne valait-il
pas mieux que la submersion immédiate? Et d'ailleurs, Çoukryana,
averti maintenant, ne craignait pas la lutte. Il sentait, à travers
la poche intérieure de sa redingote, la lame d'un couteau qu'il
avait eu soin d'emporter dans sa fuite. La soudaineté de l'attaque
de Pinsonnet ne lui avait pas laissé le temps de faire usage de

cette arme. Mais avec quel inexprimable plaisir il l'enfoncerait maintenant dans la poitrine palpitante de ses deux ennemis!

Çoukryana était excellent nageur, et ses forces étaient décuplées par l'instinct de la conservation, joint au désir de la vengeance. Mais bien que le youyou ne filât point très vite, il avait cependant une avance considérable, et la vigueur du fakir s'épuisait vainement à tenter de le rejoindre.

Se raidissant contre les vagues avec une énergie farouche, Çoukyrana luttait désespérément, mais à chaque brasse nouvelle, il sentait que la distance augmentait encore entre lui et le but fugace qu'il s'obstinait à poursuivre.

Maintenant, il disparaissait à tout instant dans les larges ravins liquides, creusés derrière chaque lame nouvelle; il n'apercevait plus l'embarcation que par intervalles, lorsqu'il arrivait sur la crête d'une vague un peu plus haute que les autres.

Et la distance qui le séparait du but augmentait toujours!

Allait-il donc périr ainsi?

Malgré toute sa résignation fataliste, il se sentait le cœur mordu par une angoisse atroce. Une sueur froide se mêlait sur son front à l'écume salée de la mer. Ses muscles se détendaient, amollis par la terreur. Encore quelques minutes, et ils lui refuseraient leur service.

Soudain, il ressentit un choc brusque à la poitrine. Une lame venait de lui envoyer, en plein corps, une épave flottante, quelque débris de mât ou de bordage, sans doute. Et, de fait, cette épave était celle qui avait soutenu longtemps Tockson, et que le savant américain, recueilli dans le youyou, venait justement d'abandonner.

Çoukryana n'en savait point si long, mais il n'eut pas besoin de réfléchir pour se cramponner à cette pièce de bois, avec toute l'énergie du désespoir.

L'épave, qu'il étreignait de ses bras et de ses jambes crispés, roula sur elle-même, l'entraînant sous une vague.

. . . .

Quand il revint à lui, il était couché au fond d'une chaloupe, sur laquelle s'entassaient une vingtaine de personnes, trempées d'eau ou noires de fumée, et couvertes de vêtements en lambeaux.

Cette chaloupe était la seule pièce qui subsistât intacte de la *Laconia*, et ses vingt passagers, marins et voyageurs, étaient les seuls survivants de l'explosion.

Réfugiés, Dieu sait comment! lorsque l'accident s'était produit sur une portion du gaillard d'avant, qui s'était détachée du navire, et s'était soutenue au-dessus de l'eau, ils avaient, après une nuit atroce, aperçu à quelque vingt mètres, au milieu des débris de toute sorte qui surnageaient autour d'eux, une chaloupe paraissant entière, et exempte de graves avaries.

Deux des naufragés s'étaient dévoués et, se jetant résolument à la mer, étaient allés, au péril de leur vie, à la recherche de cette embarcation, qu'ils avaient été assez heureux pour ramener, avec mille efforts, auprès de leurs compagnons d'infortune.

Tous y avaient alors pris place et, après avoir vainement exploré les alentours, pour tâcher d'y recueillir quelques autres survivants du désastre, les naufragés s'étaient mis en route, pour tenter de gagner la côte.

C'est cette chaloupe qui, signalant enfin une épave, à laquelle un homme évanoui était accroché, avait recueilli le fakir, ou pour mieux dire le passager Jérémie Skidam, pasteur à Cincinnati.

Il faut croire que s'il y a un Dieu pour les braves gens, il en existe également un pour les autres, puisque Çoukryana venait d'être arraché à la mort par l'intervention efficace de quelques-unes de ses victimes.

Lorsque le faux Jérémie Skidam, réchauffé par des frictions vigoureuses et par une forte rasade de rhum, eut appris les événements que nous venons de raconter, il constata deux choses, à sa grande satisfaction.

La première, c'est que personne ne soupçonnait la cause véritable de l'explosion de la *Laconia*; la seconde, c'est que ni Mr. Tockson, ni Kennédy, ni Tit-Joë, ses deux complices, ne se trouvaient au nombre des passagers de la chaloupe.

On comprend pour quelles raisons diverses il devait également se féliciter de la disparition de ces trois hommes.

La chaloupe ne tarda pas à être recueillie par une des nombreuses embarcations qui, à la nouvelle du désastre de la *Laconia*, avaient quitté les ports voisins pour s'en revenir le long de la côte, à la recherche des épaves et des naufragés.

Soignés et ravitaillés dans les ports du littoral, les réfugiés furent dirigés aux frais de la compagnie Cunard sur les points qu'ils désignèrent.

M. Jérémie Skidam choisit la destination de Southampton.

Inutile de dire que, en sa qualité de pasteur, il fut dans les diverses villes qu'il traversa l'objet de soins tout particuliers. L'agence des Missions évangéliques (*London missionary*) se chargea de lui procurer un habillement complet, et de le munir d'une forte somme d'argent pour subvenir aux frais de son rapatriement.

Çoukryana, qui avait fréquenté les prédicants anglais de l'Inde, avait su s'assimiler leurs manières, leurs allures ecclésiastiques, il avait appris à nasiller à tout propos un ou deux versets de la Bible, et il n'en fallait pas plus pour attirer sur lui toute la bienveillance de l'Agence évangélique.

Tandis que Tockson et sa famille se reposaient à Londres, Çoukryana avait pris à Southampton la ligne de paquebots *Peninsular and Oriental* à destination de Bombay.

Et il était maintenant à Nidjigul. Il songeait.

Enfin, il touchait au moment suprême. Parvenu à une si faible distance du sanctuaire de Gondapour, quelques heures à peine le séparaient de la fête de l'initiation, du moment où, sans le rapt sacrilège dont il avait été l'objet, il aurait dû se réveiller dans sa gloire, au milieu des incantations des prêtres et des acclamations des fidèles.

Il aurait atteint alors le but visé pendant toute son existence d'épreuves et de macérations; le pouvoir suprême sur les deux millions de Nirvânistes répandus dans l'Inde, la possession du trésor de la déesse, inépuisable richesse entassée par les générations.

Les Nirvânistes! Dans cette Inde énorme et obscure, imprégnée de superstitions séculaires de l'humanité, véritable musée de toutes les religions du monde, la secte nirvâniste représente l'esprit révolutionnaire, en même temps que le retour aux plus anciennes traditions ancestrales.

On sait que le Brahmanisme, religion dominante dans la Péninsule, prescrit, au point de vue social, la distinction inéluctable des castes, système absurdement aristocratique, auquel l'Inde est redevable de sa faiblesse et de son asservissement. Mais, à l'ombre du Brahmanisme officiel, on rencontre un certain nombre de sectes dissidentes, de sociétés secrètes qui représentent des aspirations toutes contraires, vers un idéal de justice et d'égalité. Elles s'appuient sur les traditions plus ou moins confuses de l'antique âge d'or — de cette époque fortunée, vivante encore dans le souvenir des peuples — où nulle hiérarchie n'existait sur la terre, et où, selon la formule d'un livre védique, « tous les hommes étaient brahmanes ».

La secte du Nirvâna était l'une de ces sociétés secrètes.

Les croyances religieuses de ses adeptes présentaient un singulier mélange d'emprunts faits à certains dogmes du Brahmanisme et de vestiges de l'antique Bouddhisme, lequel a dominé dans l'Inde, comme dans le reste de l'Asie, pendant une dizaine de siècles, mais y a disparu totalement, au moins en apparence, vers le huitième siècle après Jésus-Christ.

On sait que la thèse fondamentale du Bouddhisme, thèse essentiellement pessimiste, consiste à placer l'idéal de l'humanité et le but suprême du monde dans l'anéantissement total ou Nirvâna.

Or, cette conception bouddhique se concilie à merveille avec le culte de la *Mort*, qui est l'un des caractères les plus saillants du polythéisme brahmanique.

Les Hindous n'adorent pas seulement la Mort, en la personne de *Yama*, le dieu de la décomposition, représenté sous la figure d'une vieille femme nue, d'une hideur repoussante ; ils la vénèrent aussi sous le nom de Siva, le dieu terrible et destructeur, et surtout de son incarnation féminine, Khâli, la déesse aux dix bras, en qui se personnifient à la fois l'Amour, la Mort et la Beauté.

Khâli, ou Parvati, ou Dourga (ce sont les trois noms les plus usuels de la déesse, qui en possède d'ailleurs environ cinq cents autres) se plaît aux sacrifices sanglants; elle aime à voir jaillir le sang à flots de la gorge des victimes humaines, et, à défaut d'assassinats religieux, tels que lui en offraient naguère les *Thugs* ou *P'aousigars*, les terribles étrangleurs-prêtres, voués par vocation à son service, rien ne saurait lui être plus agréable que les épreuves sanguinaires, infligeant à ses néophytes des souffrances raffinées, et les amenant, pour sa gloire, jusqu'aux confins de la mort.

De là, l'Initiation imposée à tout candidat à la charge de grand prêtre. De là, cette mise en sommeil septennaire, cet enterrement d'un vivant cloué dans un cercueil, cette léthargie si semblable à la mort, que Çoukryana avait acceptée pour se rendre digne des plus hautes fonctions sacerdotales, dans le temple de Khâli.

Sorti vivant de l'épreuve, il devait recevoir de la foule enthousiaste la tiare pontificale. Et sa puissance, d'autant plus redoutable qu'elle était occulte, s'étendrait par toute l'Inde, sur les colonies nirvânistes, disséminées çà et là dans l'immense Péninsule.

Ame aussi profondément ambitieuse que fanatique, dévorée d'un appétit insatiable de pouvoir et de domination, Çoukryana avait cru voir s'écrouler en une minute, au moment de son réveil prématuré, le rêve de toute sa vie.

Puis, il avait repris espoir. Et maintenant, ses dieux le favorisant sans doute, il touchait à la minute où tout allait pouvoir se réparer!

Sous un déguisement de Goussaïn, il avait parcouru les foules, s'était mêlé à tous les groupes populaires, se faisant reconnaître, à l'occasion, des adeptes du Nirvâna qu'il rencontrait sur sa route, au moyen de signes cabalistiques et des mots de passe usités entre eux.

Il avait ainsi pu se rendre compte, grâce à une enquête prudente, que rien n'avait transpiré, dans la secte, du sacrilège commis à Goudapour par un audacieux ravisseur.

Comment l'aurait-on pu soupçonner, en effet? Jusqu'au jour marqué de la fête de Khâli, le coffre de laque restait sous la surveillance exclusive de la devadasi préposée à sa garde. Seule, elle pouvait pénétrer, à l'exclusion même du grand prêtre en exercice, dans le dernier sanctuaire où était enfermé l'instrument sacré de l'Initiation. Et le hasard venait de lui faire acquérir la preuve que la devadasi, responsable de l'enlèvement, avait eu soin de ne le révéler à personne, avant de s'en ouvrir à son frère, seul dépositaire, jusqu'à présent, de son redoutable secret.

Deux personnes donc, en tout, connaissaient la situation, car Çoukryana ne comptait pas les Américains qu'il croyait avoir laissés en route. M. Tockson avait dû périr dans l'explosion de la *Laconia*. Sa fille et son neveu, perdus dans un frêle esquif, sur la côte perfide de l'Irlande, étaient certainement à cette heure ensevelis sous les flots, ou, s'ils avaient pu atteindre la terre, ils s'étaient empressés de regagner l'Amérique.

Aussi, tout un plan s'élaborait dans le cerveau fécond du fakir.

Il pouvait, connaissant les avenues secrètes du temple, prendre place avant la fête dans le sanctuaire où, par une simulation facile, il s'éveillerait ensuite à l'heure convenue, sous les incantations des prêtres.

Le coffre de laque s'était, il est vrai, perdu en route, mais il ne lui serait pas impossible d'imaginer quelque fable, de nature à fournir aux crédules Nirvânistes l'explication plausible de cette disparition, et du départ de la devadasi.

L'important était que lui, Çoukryana, dont l'identité ne pouvait être révoquée en doute, se trouvât dans le sanctuaire, au moment où Tirouvallouver y pénétrerait pour les cérémonies du réveil.

Mais pour cela, il fallait que nul témoin ne subsistât, qui pût, à un moment donné, révéler aux fidèles la supercherie qu'il combinait. Deux êtres étaient au courant de l'enlèvement du coffre. Ces deux êtres, il fallait les supprimer.

Ici encore, la protection des dieux se manifestait d'une manière évidente. La prêtresse parjure lui était livrée, pieds et poings liés, par son propre frère. Elle l'attendait dans le réduit sombre où le métis l'avait enfermée. Un coup de poignard, et elle emportait à jamais dans sa tombe le secret de l'enlèvement.

Quant au métis, il en savait trop long, lui aussi, pour que Çoukryana pût le laisser vivre sans imprudence. Sa mort serait le complément indispensable de celle de la devadasi. Après avoir frappé cette dernière, le fakir donc se blottirait dans l'ombre, en un coin du réduit où Kabir avait annoncé son intention de venir prendre sa sœur pour la conduire à Gondapour. Dès qu'il ouvrirait la porte, il s'élancerait sur lui et le frapperait en plein cœur, sans qu'il eût le temps de se défendre et même de reconnaître son agresseur.

Il ne resterait plus alors aucune trace du sacrilège.

La nuit était venue. L'orage se déclarait enfin. Les éclairs qui sillonnaient la nue et les grondements furieux du tonnerre semblaient associer la nature à la tempête de passions qui se déchaînait dans l'âme bouillonnante de Çoukryana.

Il se leva, résolu et sinistre. Le moment d'agir était venu.

Il franchit, toujours avec la même agilité, le petit mur qui séparait de la jungle la cour du *bungalow* et marcha, à pas légers, jusqu'à la porte, derrière laquelle il avait vu le métis précipiter Sita, chargée de liens. Là, il tira son couteau de sa ceinture et écouta.

Le bruit d'une respiration oppressée, entrecoupée parfois de gémissements sourds, parvenait jusqu'à lui. Il n'y avait pas de doute, la devadasi était toujours là.

Le fakir ne remarqua même point que la porte était arrachée et ne tenait plus sur ses gonds. Il la fit basculer d'un fort coup d'épaule... et il entra....

QUATRIÈME PARTIE

TEMPLE ET CAVERNES

I

La fête de Khâli est commencée!

La grande salle du temple de Gondapour, divisée en trois nefs par des colonnades parallèles, est peuplée de plusieurs centaines d'Hindous des deux sexes, couverts de leurs plus beaux habits.

Elle est gigantesque, cette salle, et ses vastes proportions égalent celles des plus célèbres temples de l'Hindoustan, celles des temples de Madoura, d'Ellora, d'Elephanta. L'ornementation en est à la fois pompeuse et barbare. Les murs, selon la coutume indienne, sont, du haut en bas, recouverts de sculptures bizarres, de hauts reliefs très saillants, reproduisant des images de végétaux et d'animaux fantastiques, des corps humains, voire même des scènes entières. Les colonnes aboutissent à des chapiteaux représentant des têtes d'éléphant d'une dimension insolite. Les fûts sont sculptés en forme de griffons ailés, de guerriers menaçants, de femmes au torse puissant et demi-nu.

Mais ce qui confère surtout à ces ornements divers une
luxueuse originalité, c'est qu'ils sont taillés, non dans la pierre,
comme on le voit ailleurs, mais dans des panneaux de bois de
santal, partout appliqués contre les murs et à l'entour des colonnes. Un emploi aussi prodigue de ce bois infiniment précieux
constitue une manifestation visible de la prodigieuse richesse du
sanctuaire, ce sanctuaire perdu dans une forêt déserte et tellement enseveli sous les ruines qu'il n'est pas même soupçonné
des touristes et des archéologues! La teinte foncée du bois —
teinte que renforce l'épais enduit de graisse et de beurre fondu
dont les sculptures ont été recouvertes par la dévotion des
fidèles — assombrit encore la salle, et lui donne un aspect
sinistre.

De place en place, dans des anneaux de bronze scellés aux
murs, sont fixées de longues torches résineuses, qui brûlent en
pétillant, et projettent vers le plafond de gros tourbillons d'une
fumée âcre. Ailleurs pendent des chaînes, supportant des lampadaires remplis d'huile de palme ou de coco. Le toit est percé au
centre d'un vaste trou carré, par où l'on peut apercevoir la voûte
du ciel, maintenant rasséréné, où brillent des étoiles. Cette
ouverture permet à la fumée de s'échapper librement. Mais, en
dépit de tout cet éclairage d'une somptuosité barbare, la salle
reste obscure, surtout dans les angles des nefs latérales, de ces
nefs où l'œil s'égare dans d'impressionnants coins d'ombre.

Les fidèles s'entassent dans les bas-côtés, laissant déserte la
grande nef centrale, de dimension à peu près double de celle
des nefs latérales. Ce long vaisseau est fermé, d'un côté, par une
porte massive, à deux grands vantaux de bronze, et il aboutit,

de l'autre, à une sorte de perron formé de sept marches de jaspe, conduisant à une assez large baie que ferme en ce moment un grand velum d'étoffe brochée soie et or. Au centre de ce vaste rectangle s'élève, à hauteur d'homme environ, un poteau de bois grossier, mal équarri et tout couturé de profondes entailles comme en peut produire le tranchant d'une hache insuffisamment aiguisée. Entre ce poteau et le perron de jaspe, un trépied s'élève, sur le sommet duquel danse une flamme bleuâtre, produite par quelque liquide combustible, d'une composition inconnue. Et un seul homme circule dans tout cet espace réservé. Cet homme, c'est le grand prêtre, c'est Tirouvallouver.

Grand et d'un port majestueux, avec une longue barbe blanche qui retombe en ondes soyeuses sur sa poitrine recouverte d'un ornement bizarre, une sorte de plaque émaillée et fleurie de pierres précieuses, en forme de pentagramme, Tirouvallouver, le dos tourné au velum, et faisant face aux fidèles, se dresse les bras levés dans une pose dominatrice.

Les derniers adeptes attendus viennent d'être introduits dans le temple, après le *tuilage* inquisiteur, auquel les ont soumis les espions disséminés autour de l'enceinte, dans la clairière sacrée. Et les mystères du Nirvâna vont se dérouler.

Ils doivent commencer par le sacrifice ordinaire. Le grand prêtre, armé d'un petit maillet recouvert de peau, en frappe un coup sur un gong de bronze. Et aussitôt, trois acolytes, se détachant de la foule, lui apportent un agneau noir, dont les pattes sont attachées, et la tête ceinte d'une large couronne de fleurs. C'est la victime propitiatoire offerte à l'idole.

Sur un vaste piédestal, adossé aux colonnes de la nef latérale

14

de gauche, une idole se dresse en effet, ou plutôt un groupe
d'idoles d'un aspect repoussant.

Ce sont trois figures de bois, d'une hauteur de trois mètres chacune, et teintes, l'une en noir, l'autre en blanc et la troisième
en jaune. Ces figures, grossièrement taillées, n'offrent avec la
face humaine qu'une ressemblance lointaine. Cependant, elles
représentent Khâli, entre ses deux frères, Djaggernât et Balarama. Les deux frères ont des bras qu'ils lèvent en l'air. La
sœur en est dépourvue. Leurs trois têtes monstrueuses sont per-
cées chacune de trois ouvertures représentant la bouche et les
yeux. La bouche, un grand trou en arc de cercle, avec le rebord
peint en rouge; les yeux, deux cavités entièrement rondes, par
lesquelles s'aperçoivent des cercles blancs avec, au centre, un
point noir figurant les prunelles. Les yeux, avec leur fixité hallu-
cinante, rappellent les yeux du Kayal, ce monstre marin qui
ravage les eaux indiennes, et l'on comprend en les apercevant
l'expression de terreur religieuse avec laquelle les Nirvânistes
évoquent, dans leur mot de passe, l'image de la déesse aux yeux
fixes, — *Ankayal Kannamaya!*

Tirouvallouver reçoit, des mains des acolytes, l'agneau trem-
blant destiné au sacrifice. Il l'égorge d'un coup rapide, puis
détache la couronne qui ceignait sa tête, et en jette les fleurs
toutes tachées de rouge dans la direction de la foule. Et les
Nirvânistes se précipitent, ils s'emparent de ces fleurs sanglantes
qu'ils se disputent comme des reliques sacrées.

Un second coup sur le gong. C'est le signal du festin sacré!

En un clin d'œil, des tables sont dressées dans toute l'étendue
du temple, et les fidèles y prennent place. Nulle hiérarchie entre

des convives, car on voit le riche brahmane s'asseoir fraternelle-
ment aux côtés de l'ignominieux tchandalah. Tous font honneur au repas. Chacun, sur la grande feuille de bananier qui
lui tient lieu d'assiette, entasse successivement les mets les plus
hétéroclites. Inutile de dire que les mains remplacent les cuil-
lers et les fourchettes, et que les dents seules servent à déchirer
les viandes. La sauce découle des doigts et de la barbe des convives. En même temps, on fait circuler, le long des tables, des
coupes pleines de vin de palmier, d'*arrack*, ou de *harpi*, boisson
extraite du suc d'une plante particulière au Dekkan et connue
pour provoquer chez les buveurs la plus dangereuse ivresse.
L'animation croît donc à mesure que le repas s'avance. Les
propos joyeux se croisent d'une table à l'autre. Des chansons
s'élèvent, et quand le repas se termine, au bout d'une heure,
après une dernière rasade, l'assistance offre un aspect de joyeuse
orgie, qui jure avec la hautaine et sinistre architecture du
temple.

C'est maintenant le tour du *natch*, ou danse des bayadères.

Traînant, sur les dalles du temple, leurs pieds chargés de
grelots sonores, elles s'avancent, deux à deux, jusque devant la
triple idole, qu'elles saluent d'une génuflexion, puis leur lente
théorie décrivant une courbe autour du poteau central, elles
s'asseyent en cercle sur leurs talons, laissant au milieu du cercle
un grand espace vide, avec, sur les côtés, une place pour sept musi-
ciens, armés de longs tambours, de cymbales et de crotales de
bronze.

Elles sont, ces bayadères, uniformément vêtues de riches étoffes
et surchargées de lourds bijoux, qui leur pendent aux poignets

et aux chevilles, au cou, au nez et aux oreilles. Leurs fronts et
leurs lèvres sont fardés, leurs yeux sont cernés de *khol* bleuâtre,
et leurs dents recouvertes d'un enduit au bétel, sorte de vernis
noirâtre, que strient de minces fibrilles d'or.

Elles frappent le sol en cadence, du plat de leurs sandales
légères, puis tournent sur elles-mêmes, en imprimant à leur
corps, à leurs bras, où sonnent des orfèvreries, un mouvement
d'ondulation d'abord lent et harmonieux. Elles chantent en
même temps une sorte de récitatif d'une douceur alanguie.
Leurs yeux, leurs attitudes expriment des sentiments de tendresse voluptueuse, dont semblent se délecter les assistants qui
les contemplent, à travers la fumée capiteuse des *houkas*, ou
dans l'espèce de griserie somnolente que procure le mâche-
ment du bétel. Puis, peu à peu, le rythme scandé par le barbare orchestre des tambours et des cymbales se presse, s'accé-
lère. La giration des bayadères est plus rapide, leurs mouvements deviennent plus passionnés, leur attitude plus provocante.
Elles tournent, elles tournent; leurs écharpes de soie s'éche-
vèlent dans l'air. On croirait voir, comme dans la vision du
poète,

> Dans un palais soie et or, dans Ecbatane,
> De beaux Satans, des Satans adolescents
> Aux sons d'une musique mahométane.

Mais les instruments battent une mesure plus vive encore.
L'animation des bayadères ressemble alors à de la frénésie. Éche-
velées, écumantes, hors d'haleine, elles poussent, en dansant,
des clameurs gutturales, des cris stridents qui s'élèvent en fusées.

Peu à peu, les spectateurs eux-mêmes ont été entraînés, soulevés par l'entrain diabolique des danseuses. Ils se précipitent, entrent dans la ronde, se mêlent aux bayadères qu'ils enlacent. Il semble qu'un souffle de folie démoniaque ait passé dans la foule, et l'entraîne maintenant tout entière dans une ronde furieuse, dans un galop forcené. Et le chant qui s'élève dans le temple n'est plus maintenant qu'une clameur, un glapissement haletant et exaspéré qui se répercute en longs échos sous les voûtes....

Mais le grand prêtre, demeuré seul calme et maître de lui, au milieu de cette sarabande échevelée, frappe un nouveau coup de son maillet sur le gong retentissant. Tous s'arrêtent et tournent les yeux vers lui. Il désigne du doigt les idoles, sur lesquelles docilement se tournent aussitôt les yeux de tous.

Est-ce un prodige ou l'effet de quelque supercherie religieuse, telle qu'il s'en accomplit si souvent dans les temples asiatiques? A ce moment, les yeux ronds des idoles semblent animés et vivants. Une flamme verte s'est allumée au fond de leurs prunelles. Elles dardent sur la foule comme un glauque regard, qui arrête subitement les danses, et fait succéder au hourvari de tout à l'heure un silence profond et solennel.

L'heure des épreuves a sonné. C'est la signification de ce flamboiement des six prunelles sacrées, de ce miracle coutumier qui annonce, à chaque fête pareille, le tout-puissant désir des dieux. Comme s'ils étaient tous mus par un ressort intérieur, les Hindous s'agenouillent en masse, et frappent le sol de leurs fronts. Seul le grand prêtre reste debout. Étendant le bras au-dessus du trépied mystique, il jette au milieu du silence ces courtes paroles :

« Les dieux ont parlé. Les dieux veulent du sang ! »

Aussitôt, un par un, des adeptes sortent du rang. Ce sont
d'abord les prêtres inférieurs, acolytes de Tirouvallouver, reconnaissables au turban de mousseline immaculée qui les coiffe, et
au large anneau, en forme de serpent, qu'ils portent à chaque
oreille. Derrière eux marche la foule des simples initiés. Tous
s'avancent vers l'autel des trois monstrueuses divinités, avec des
faces extatiques, aux yeux mi-clos, et les bras croisés sur la poitrine. Ils s'inclinent un instant, puis, s'étant relevés, se livrent
sur leur propre personne à des actes divers de violence sanguinaire. L'un s'enfonce dans la joue ou dans les lèvres une longue
aiguille d'acier. L'autre, d'un robuste coup de poing, appliqué sur
la mâchoire, se fait sauter plusieurs dents, qu'il crache sur
l'autel, dans un flot de bave sanguinolente. Celui-ci s'arrache
une large touffe de barbe, celui-là se taillade avec un couteau
la chair des bras ou des cuisses. Un autre, d'un coup sec de
son kandjar, se coupe un doigt de la main gauche. Plus loin,
un groupe de fakirs, au torse nu, se livre, au moyen de longues
lanières, terminées chacune par une boule de métal, à des
flagellations réciproques. Le cuir zèbre la peau noirâtre des
patients et y trace, à chaque coup, un sillon empourpré d'où
le sang gicle !

Et tout cela, sans un cri, sans une plainte, avec, au contraire,
une expression de joie délirante, comme si le ciel s'ouvrait
devant eux, après chacun de ces actes abominables. Un orchestre,
invisible maintenant, accompagne cette scène horrible d'une sym-
phonie d'instruments bizarres, aux sons aigres et traînants. Et
les lampes, les torches semblent briller d'un plus vif éclat. Et des
vols d'oiseaux de nuit, entrés dans le temple, par l'ouverture

béante du toit, font tournoyer, au-dessus des têtes, les lourds
battements de leurs ailes noires !

Cependant, un chuchotement furtif, une rumeur circule dans
la foule. Cette rumeur grandit. Et voici qu'un grand cri s'élève de
toutes les poitrines, un cri de fureur religieuse et comme de rage
concentrée !

« Le Virvir ! Le Virvir !

— Le Virvir ! » répète Tirouvallouver, d'une voix impé-
rieuse.

Ce mot de *Virvir* désigne les dernières, les plus atroces des
épreuves, celles qui se déroulent lorsque l'exaspération des
fidèles est arrivée à son paroxysme. En entendant le grand prêtre
donner l'ordre de les commencer, un frémissement court dans
tous les rangs. Et les Nîrvanistes attendent, anxieux, le spectacle
de sang et de terreur, que se promet, depuis le commencement
de la fête, leur impatiente férocité.

Au Virvir ne participe point, comme aux ordinaires épreuves,
la foule des simples fidèles. Seuls, quelques initiés favorisés
obtiennent d'y prendre part, et la désignation de la victime est
laissée aux terribles divinités elles-mêmes.

Voici en effet comment il est procédé.

L'adepte, qui se propose au choix des idoles, monte sur le
piédestal, et embrasse étroitement l'image de Djaggernât ou de
Balarama. Si la statue reste immobile, il s'éloigne : c'est que
le dieu n'accepte pas son offrande ; s'il l'accueille, au contraire,
alors, par un nouveau miracle, ou une nouvelle jonglerie des
prêtres, les bras levés de l'idole, s'abaissent et touchent l'épaule
du postulant.

Ce dernier, ravi de cette faveur insigne, descend alors du piédestal, sous le regard envieux des autres Nirvânistes, et il se livre
à l'épreuve que lui-même avait choisie.

Pour la plupart, c'est l'épreuve du harpon. Le patient se découvre le haut du corps de tous ses vêtements, puis se fait attacher
les bras et les jambes.

Il se place ensuite sous un crochet de fer, qui est suspendu au
plafond, en face des trois idoles. Ce crochet le saisit par le dos,
dont il mord profondément les chairs ; puis une poulie l'enlève
tout à coup en l'air, suspendu à son harpon. Avec une corde, on
imprime alors d'en bas, à la poulie, un mouvement de rotation,
et l'on fait tourner le corps ainsi balancé dans l'espace jusqu'à ce
que son poids le détache du harpon de fer et le face retomber sur
le sol, en laissant à la pointe qui le retenait une longue lanière de
peau et de chair toute dégouttante de sang.

Mais, l'imagination délirante des fanatiques enfante bien d'autres horreurs encore, des scènes que la plume se refuse presque
à décrire.

Ici c'est un vieillard aux membres décharnés qui, à peine agréé
par l'une des idoles, descend joyeusement de son piédestal et,
saisissant une hache, se fait sauter le poing gauche sur l'autel des
trois divinités. Et il agite triomphalement son moignon sanglant !
Voilà vingt ans qu'il se présentait au choix divin, à l'occasion de
chaque fête semblable, sans jamais avoir pu se faire accepter. La
désignation dont il vient d'être enfin la victime le remplit d'une
joie sans mélange.

Plus loin, une jeune fille s'approche du brasier qui brûle sur le
trépied mystique, et brûle tranquillement sa main dans les

flammes. La chair grille, en répandant une horrible odeur de corne brûlée, jusqu'à ce qu'elle laisse l'os à nu. Elle, toujours souriante, maintient son poing sur la flamme et ne le retire qu'après que l'os est à son tour entièrement calciné.

Ailleurs, un jeune homme fait rougir des tenailles et, ouvrant la bouche, il s'en arrache la langue, qu'il jette à terre à ses pieds, sans se départir un instant de la plus complète impassibilité.

Maintenant, le sang s'étale sur l'autel; il éclabousse les trois idoles; il coule en ruisselets autour du poteau central et du trépied toujours allumé. Une buée lourde, une buée de massacre plane dans la vaste salle. Et les yeux des idoles brillent toujours d'une flamme intérieure, d'une flamme non plus verte, mais rouge et d'un rouge qui s'accentue, qui s'avive, qui flamboie! Et de leurs bouches, il sort des serpents qui descendent lentement le long de leurs troncs, des serpents qui sifflent, et, la tête dressée, les crochets gonflés de venin, se promènent sur la table de l'autel, parmi les caillots de sang, parmi les pieds des adeptes, qui se succèdent à la file, et viennent toujours, en rangs serrés, embrasser les idoles pour solliciter leur horrible choix. L'orchestre invisible s'est tu. Il est remplacé par les ululements rythmés des fakirs hurleurs qui glapissent en cadence, comme des chiens aboyant à la mort, hurlent de toute la force de leur poumons, hurlent sans trève, jusqu'au moment où, à bout de voix, épuisés, la gorge déchirée, ils s'affaissent sur le sol, comme si la mort les avait subitement frappés.

Alors Tirouvallouver saisit encore une fois son marteau. Il frappe les gongs sacrés à trois reprises. Et, se plaçant sur la troi-

sième marche de l'escalier de jaspe pour dominer la foule, il fait
signe qu'il va parler.

Les sacrifices s'arrêtent, les yeux des idoles s'éteignent, les
fakirs hurleurs se taisent, et tous se tournent attentivement vers
le grand prêtre. Dans cet apaisement subit il y a quelque chose
qui tient du prodige et de la magie. C'est que le grand moment
est venu.

« Frères, dit le grand prêtre, Khâli préside à nos mystères et
les bénit. Mais nous n'en avons célébré encore que la moins
importante partie. Il nous reste à accomplir le grand œuvre de
l'Initiation par excellence.

« C'est aujourd'hui que la déesse va vous donner un maître
nouveau, un saint, élu par elle pour me succéder, élu après sept
années d'une communion parfaite avec Khâli, dans le sein de la
mort purificatrice!

« Ce saint, ce maître, cet élu, c'est Çoukryana. Depuis sept fois
douze lunes, il gît enseveli aux pieds de la déesse. Qu'elle fasse un
signe et Çoukryana revivra. Que Çoukryana revive et il régnera sur
nous. Frères, prions pour que ce miracle s'accomplisse! Que Khâli
nous entende et que Sita, sa prêtresse, au front pur comme la
fleur de lotus, nous apparaisse pour nous ouvrir le voile qui nous
cache l'entrée de son sanctuaire ineffable!... »

OÙ SE CONFIRME LE PROVERBE QUE L'HABIT NE FAIT PAS LE MOINE

Comme le grand prêtre achevait son allocution, les yeux des Nirvânistes, tournés vers l'entrée du sanctuaire, virent s'agiter légèrement le velum qui le dissimulait. Ce velum s'entr'ouvrit et une femme apparut au sommet du perron de jaspe, où elle se tint immobile, et sans mot dire, comme pour attendre les instructions ultérieures de Tirouvallouver.

Elle était des pieds à la tête enveloppée dans un grand voile de mousseline de soie, qui flottait autour d'elle comme un nuage. Un pli de ce voile, retombant sur sa figure, la cachait presque tout entière, et ne laissait apercevoir que le menton et les lèvres, recouverts du fard imposé par les rites à la devadasi du sanctuaire, le jour de la fête de Khâli.

A l'apparition de la prêtresse, les Hindous accomplirent, tous, trois génuflexions successives, puis, s'étant relevés, conservèrent néanmoins une attitude respectueuse, évitant de lever leurs yeux hardis vers Celle que la déesse avait jugée digne de la contempler, toute l'année, face à face.

Seul, Tirouvallouver, à qui sa dignité donnait le droit de rester debout, fixa sur la devadasi un regard perçant. Il avait eu, en l'apercevant, comme un mouvement de recul et d'hésitation ; et il semblait, de son œil inquisiteur, vouloir, à travers le voile de gaze, scruter jusqu'au fond de son âme.

« Sita, dit-il, après quelques secondes de cet examen, tu peux soulever ton voile. Les rites permettent qu'aujourd'hui ce peuple contemple ton visage découvert. »

La devadasi ne répondit point, et se contenta de faire, de la tête, un signe timide de dénégation.

« Tu préfères rester voilée, poursuivit le grand prêtre. Soit ! qu'il soit fait selon ta volonté. Mais réponds du moins, sans retard, à mes questions. Je viens à toi, Sita, devadasi de la Déesse, moi, Tirouvallouver, grand prêtre du Nirvâna, et je te dis : le trésor que la Déesse t'avait confié, par nos mains indignes, l'as-tu fidèlement conservé ?

— Je l'ai conservé !

— Es-tu prête à écarter le voile qui sépare de nous ce trésor, et à produire à nos yeux le nouveau maître, le très saint, très illustre et très glorieux Çoukryana ?

— Je suis prête. »

La devadasi prononçait ces courtes phrases en langue tamoul, d'une voix très basse et quelque peu hésitante. A deux reprises, le grand prêtre, en l'écoutant, avait froncé les sourcils. Pourtant, il continua, après avoir légèrement haussé les épaules, comme un homme qui chasse loin de lui quelque soupçon invraisemblable :

« Je vais donc prononcer la formule d'évocation, sur le trépied mystique. Et quand j'aurai terminé, tu ouvriras le sanctuaire. »

Et, se retournant, il s'avança vers le trépied, où la flamme bleuâtre dansait toujours. Lent et grave, il traversa trois fois la

Le velum s'entr'ouvrit et la prêtresse apparut.

flamme, d'un mouvement rapide de la main gauche, comme s'il eût voulu y découper un triangle. Puis, au milieu du silence le plus profond peut-être qu'il soit possible d'imaginer, il commença à réciter, d'une voix claire, la formule d'évocation.

« Par Khâli et ses deux frères célestes, Djaggernât et Balarama, par Çiva, son époux et son image, par la force toute-puissante et la beauté souveraine de la Déesse, mère de toute fécondité, par tout ce qui vit et respire dans ce monde visible, avant de s'engloutir dans le Nirvâna divin, source et but de toutes félicités, je t'adjure, ô Mort! d'obéir à ma voix et de nous rendre notre maître et le tien, le fakir Çoukryana!... »

Le bruit d'un coup formidable, frappé sur un gong de bronze, près de l'entrée lointaine du temple, interrompit le grand prêtre dans sa conjuration. Ce coup était le signal convenu, au moyen duquel le poste de sentinelles, chargé de garder les abords du temple, devait donner l'alarme, en cas de menace extérieure. On comprend donc l'émotion profonde qu'il détermina dans les rangs des Nirvânistes.

Tous ensemble se retournèrent du côté de la porte. Le grand prêtre resta le bras en l'air, rempli d'inquiétude. On vit luire, dans l'ombre des nefs latérales, l'acier de nombreux kandjars.

Quant à la prêtresse, toujours debout sur le haut de son perron, elle avait eu, en entendant résonner le gong, un léger frémissement de tout le corps, et d'une main rapide, elle avait abaissé, plus bas encore, le voile qui recouvrait son visage.

L'attente générale ne fut pas de longue durée. Les portes de bronze s'ouvrirent et livrèrent passage à trois hommes, qui s'avancèrent aussitôt jusqu'au milieu de la grande nef.

Deux de ces hommes — des parias robustes, à la carrure
athlétique — maintenaient un troisième personnage, vêtu en
brahmane, qui paraissait faire des efforts désespérés pour se
débarrasser de leur étreinte. Mais les parias tenaient bon et ce
fut sans lâcher leur prisonnier qu'ils inclinèrent respectueusement la tête, en arrivant devant le grand prêtre.

« Qu'y a-t-il, fit Tirouvallouver, et qui donc m'amenez-vous? »
Le plus grand des parias prit la parole.

« Maître, répondit-il, nous venons d'arrêter l'homme que voici,
au moment où il pénétrait sous le Rajah-Gopuram. Interrogé sur
le mot de passe, il n'a pas répondu. Et, quoiqu'il parle la langue
tamoul et soit vêtu comme un brahmane, nous l'avons reconnu
pour un étranger. Invité par nous à s'éloigner, il a refusé
d'obéir....

— Lâchez cet homme, fit le grand prêtre, et qu'il s'explique. »
Le pseudo-brahmane, lorsqu'il se sentit débarrassé de la poigne
solide de ses deux gardiens, commença par pousser un bruyant
soupir de soulagement. Puis, s'avançant de deux pas vers le grand
prêtre, il mit la main sur son cœur et le salua, avec un sourire
amène, en s'efforçant de reproduire, aussi fidèlement que possible, les salutations indiennes auxquelles il avait pu assister.

Il était impossible d'imaginer rien de plus bizarre que l'accoutrement de ce visiteur inattendu. Les vêtements hindous dont il
était couvert paraissaient avoir été ramassés sur le corps de
quelque noyé, tant ils étaient fripés, ruisselants d'eau et maculés
de boue. On conçoit, en effet, que le digne M. Tockson — car on
l'a reconnu sans peine — ayant erré plusieurs heures dans la
forêt, à la recherche de Gondapour, et après avoir reçu sur le dos

la formidable averse déchaînée par l'orage, devait être sorti de cette aventure en assez piteux état.

Et cependant, si grande était sa satisfaction d'avoir enfin découvert le repaire des Nirvânistes, de toucher, après tant de périls et de fatigues, au but de ses obstinées recherches, qu'il souriait d'un air de triomphe, derrière ses immuables lunettes d'or.

Et il faisait passer, dans la salutation qu'il adressait au grand prêtre, toute la politesse, toute l'aménité engageante dont il était susceptible. Il accompagnait cette démonstration de courtoisie officielle de petits clignements d'yeux, ressemblant à des signes d'intelligence, comme il eût pu en adresser à un homme qu'il aurait connu et pratiqué de longue date, et avec qui il eût partagé le secret de combinaisons inaccessibles au vulgaire.

Quand il eut salué, M. Tockson se redressa, et, nullement intimidé par le silence de Tirouvallouver qui le considérait d'un air sombre et farouche, il prit la parole en ces termes :

« Illustre et éminent Tirouvallouver, vous, à qui vos talents, vos vertus, et surtout votre science incomparable, ont valu la dignité de grand prêtre de ce sanctuaire.... »

M. Tockson avait appris, dans les ouvrages de littérature indienne qu'il s'était assimilés, les tournures du style fleuri, cher à tous les Orientaux, et il croyait faire preuve d'une sage diplomatie, en commençant son discours par d'hyperboliques éloges.

Mais il n'eut pas le temps de poursuivre. Le grand prêtre l'interrompit, d'une voix brusque et sévère.

« Au fait, dit-il. Qui es-tu? Que veux-tu?

— Qui je suis? fit Tockson, avec le même sourire gracieux. Je

15

m'appelle le docteur Josuah-Thomas-Alva Tockson de Chicago, citoyen des États-Unis. Et mon nom ne vous est peut-être pas inconnu. C'est moi qui....

— Cela suffit. D'où viens-tu ?

.— De Nidjigul et auparavant de Bengalore. C'est à Pondichéry que je suis débarqué, après avoir....

— Que viens-tu faire parmi nous ? »

Les interrogations du grand prêtre se succédaient, brèves et tranchantes comme l'acier. En même temps, une contraction, de plus en plus visible, fronçait ses sourcils, allumait le feu de ses regards. Tout autre que le docteur eût été désarçonné par la rudesse de cet accueil, mais lui, avec son imperturbable sang-froid, n'en paraissait nullement troublé. Il comprit seulement que Tirouvallouver, très différent en cela des autres Asiatiques, goûtait médiocrement l'hyperbole, et il prit *in petto* le parti de renoncer à cette forme de langage. Il répondit d'une voix ferme, et dans le style sobre et net qui lui était naturel :

« Je sais que vous célébrez ce soir la fête de Khâli, patronne de la secte du Nirvâna. Je sais qu'à cette occasion vous proclamez un nouveau grand prêtre et que vous désignez en même temps l'adepte destiné à lui succéder, à son tour, dans sept années. Je sais que cet adepte doit, pour se rendre digne de ce titre, se soumettre pendant sept années à l'épreuve du sommeil fakirique, se faire ensevelir vivant, selon vos rites, pour ressusciter, le moment venu, grâce à vos incantations.

« Et, sachant tout cela, je viens librement me proposer à votre choix, et je vous dis :

« Cette épreuve terrible, je m'y soumets, cet ensevelissement,

je le réclame, et je vous demande de m'endormir, selon les rites
de Khâli! »

Le grand prêtre avait écouté toute cette tirade, sans qu'un
muscle de son visage eût trahi la moindre surprise. Cependant,
bien qu'habitué de longue date à dissimuler ses impressions,
sous un masque d'impassibilité — ce qui est, en Orient, le
moyen le plus sûr pour en imposer aux foules — il n'avait pu,
cette fois, dominer qu'avec peine son profond étonnement. Les
assistants, moins maîtres d'eux, ouvraient des yeux stupéfaits.
Ils se communiquaient les uns aux autres l'étrange proposition
du profane; un chuchotement courait dans la foule. Quant à la
devadasi, elle manifestait, depuis l'entrée de Tockson, une
inquiétude singulière, qui se trahissait par une visible agitation.
Elle tendait une oreille anxieuse aux paroles du nouveau venu.
Elle les accueillait par des signes de terreur. Elle semblait même
essayer de correspondre avec l'intrus par des gestes auxquels le
savant ne prenait garde et que les Hindous, absorbés par cet
étrange spectacle, ne remarquaient d'ailleurs pas davantage.

Quand son interlocuteur eut terminé, Tirouvallouver jeta sur
lui un regard où le dédain l'emportait maintenant sur la colère,
et lui dit ces simples mots :

« Tu es fou! »

Et de l'œil, il chercha, autour de lui, les acolytes du temple,
pour remettre le Yankee entre leurs mains.

Mais M. Tockson avait bondi sous l'outrage. D'un geste impatient, il écarta les mèches mouillées de ses longs cheveux, qui
s'échappaient de son turban, et il reprit avec animation :

« Je ne suis pas fou le moins du monde, et je défends à

quiconque, même à toi, Tirouvallouver, de m'insulter. Je te répète que je veux être soumis à l'épreuve de la léthargie septennaire. Je te le demandais tout à l'heure comme une faveur. Maintenant, je l'exige comme un droit. Tu l'entends bien, je l'exige. »

Il avait accentué ce dernier mot avec une telle énergie que le grand prêtre, malgré son affectation de pitié méprisante, ne put s'empêcher de le relever.

« Tu l'exiges, dis-tu? Est-ce bien ce mot que j'ai entendu?

— Oui, et si tu ne consens pas à faire de bonne grâce ce que je réclame, j'ai le moyen de t'y contraindre.

— Et ce moyen?

— Le voici! »

Et, en disant ces mots, Tockson plongea la main sous ses habits de brahmane, d'où il tira un portefeuille de cuir. Il ouvrit ce portefeuille, et en tira le papyrus, qu'il déplia et éleva triomphalement au-dessus de sa tête.

« Regardez tous! » fit-il.

Et, comme le grand prêtre, stupéfait par cette déclaration inattendue, contemplait, sans mot dire, la feuille qu'il agitait, il poursuivit, d'une voix de plus en plus assurée, qui conférait à chaque mot une valeur extraordinaire :

« Ce que vous voyez là, c'est le papyrus qui contient les secrets de la déesse, la recette à appliquer pour réveiller Çoukryana et pour endormir son successeur. Ce papyrus, qui vous est indispensable, pour célébrer vos soi-disant mystères, pour accomplir votre prétendu miracle, lequel n'est en réalité — et je prétends le démontrer — pas autre chose qu'une intéressante expérience de catalepsie…, oui, de catalepsie!… ce papyrus, dis-je, que vous voyez là, il est à moi, et vous ne l'aurez que si vous consentez à m'endormir, en employant les formules que je vais vous indiquer! »

Un murmure avait couru dans la foule que le savant Yankee bravait avec une si incroyable audace. Ce murmure, grossissant peu à peu, se transformait en clameur de rage. L'étranger raillait et bravait la déesse. Il insultait le Nirvâna. Et un cri s'élevait dans tout le temple : « A mort! A mort! »

M. Tockson vit luire une menace dans les yeux des Nirvânistes les plus rapprochés de lui. Il entendit, sans sourciller, le cri proféré par les fanatiques. Encore une seconde, et il allait être saisi, mis en pièces. Déjà Tirouvallouver cherchait, du regard, une arme pour l'immoler.

Mais le savant ne laissa pas à l'indignation furieuse de ses auditeurs le temps d'éclater. D'un bond, il s'élança auprès du trépied mystique et, tandis que la devadasi lui jetait, au milieu du bruit et des cris de mort, un mot d'appel qui se perdit dans le tumulte, sans avoir été entendu de personne, il lança dans la flamme le papyrus qu'il brandissait.

En un clin d'œil, la mince feuille végétale, tordue, consumée par le feu ardent, fut réduite en cendres impalpables, et M. Tockson, se retournant vers la foule stupéfaite, s'écria, les bras croisés, dans une pose de défi :

« Maintenant; je suis seul maître du secret de la déesse. Le papyrus n'existe plus. Et son contenu, je le connais seul, car je l'ai appris par cœur. Ce qu'il dit et ce que je sais, devinez-le, si vous pouvez, ou tuez-moi, si vous l'osez! »

Cet acte audacieux fut, pour l'exaspération grandissante des fidèles, comme la goutte d'eau qui fait déborder le vase plein jusqu'au bord. Les terribles scènes de frénésie religieuse qui s'étaient déroulées devant l'idole avaient déjà surexcité au plus haut point l'irritabilité nerveuse des Nirvânistes, et c'était miracle qu'ils ne se fussent pas rués encore sur le profane, dans un de ces accès collectifs de fureur homicide, dont les foules sont coutumières. Mais cette fois la mesure était comble. Plus de cent Hindous se précipitèrent à la fois sur Tockson, le saisirent, lacérèrent en un instant ses vêtements et son turban de brahmane. Et des mains fébriles le saisirent à la gorge, tandis que des ongles atteignaient à ses yeux pour les arracher, et que des poignards le frôlaient, cherchant la place favorable pour fouiller dans sa poitrine.

Un grand cri, un cri déchirant, arrêta les assassins.

Ce cri, c'était la devadasi qui l'avait poussé. Tremblante comme une feuille, elle étendait les bras vers les Nirvânistes, dans un geste éperdu.

« Arrêtez! arrêtez! » criait-elle.

Le caractère sacré de la prêtresse inspirait à tous un respect si religieux et une si formidable terreur, que les poignards retombèrent sans avoir frappé. N'était-ce pas Khâli, elle-même, qui parlait par la voix de sa servante, de sa compagne ordinaire? Le grand prêtre, plus docile que tous les autres à cette voix d'en haut, s'était jeté au milieu du groupe. Distribuant à droite et à gauche de fortes bourrades, il écarta les Nirvânistes qui lui barraient le chemin, et parvint jusqu'à Tockson, sur lequel il mit la main, comme pour en prendre possession au nom des dieux. Et

Cent Hindous se précipitent sur Tockson.

il se tourna vers la devadasi dans une attitude pleine de déférente humilité.

« Cet homme, dit-il, a bravé la déesse et mérité la mort. Mais tu nous ordonnes de surseoir et nous t'obéissons, ô Sita. Parle donc. Explique-nous tes intentions.

— Cet homme, dit la prêtresse, d'une voix qu'elle semblait s'efforcer en vain d'affermir, ne mérite pas la colère de la déesse. Il est fou. D'ailleurs, s'il y a offense, c'est à Khâli de le punir. Livrez-le moi donc. Je statuerai sur son sort. »

C'était la première fois que la devadasi avait prononcé une phrase aussi longue, ce qu'elle n'avait pas fait sans paraître parfois hésiter légèrement dans le choix de ses mots. Le grand prêtre, en l'écoutant, eut comme un tressaillement de surprise. Fut-il désagréablement impressionné par cette intervention en faveur du sacrilège? En tout cas, il répondit d'une voix impatiente, qui contrastait avec le ton de déférence qu'il avait gardé jusque-là :

« Sita est maîtresse dans le sanctuaire. Mais ce n'est pas dans le sanctuaire que Khâli vient d'être insultée. C'est dans le temple, et dans le temple Tirouvallouver est roi. L'étranger va périr. J'ai le droit de l'ordonner et je l'ordonne!

— Non! Non! tu n'en as pas le droit, s'écria la prêtresse. Ce n'est plus toi qui commandes ici!... »

Le grand prêtre esquissa un geste de menace. Mais la devadasi ne parut point le remarquer.

« Oui, continua-t-elle avec une animation et une fermeté croissantes, tu oublies qu'à partir de ce jour tu n'es plus grand prêtre de Khâli. C'est Çoukryana qui te remplace. Lui seul est désormais le maître du Nirvâna. Prépare-toi donc à l'éveiller de son divin sommeil. C'est lui qui statuera ensuite sur le sort de l'étranger! »

Cette fois l'argument était sans réplique. Tirouvallouver, bien que l'expression de saisissement répandue sur son visage ne se fût nullement dissipée, fit le geste indifférent d'un homme que

« Cet homme est fou, dit la prêtresse. En voici la preuve. »

des raisons irréfragables ont, malgré lui, contraint de se rendre;
et, lançant vers la devadasi un long regard d'étonnement et de
méfiance, il se tourna vers ses acolytes toujours prêts, au moindre
signe, à se précipiter sur Tockson.

« Vous avez entendu, dit-il avec amertume. Certes, je ne
reconnais point Sita.... Non, certes... je ne la reconnais point....
Mais c'est bien elle qui a parlé.... Laissez donc l'étranger en vie...
jusqu'à nouvel ordre. Et... en attendant, attachez-le au poteau
sacré de Yama. »

Le grand prêtre était, on le voit, si troublé qu'il entremêlait
son discours de réticences hésitantes, inintelligibles pour ses
auditeurs. Tout en parlant, il se retournait fréquemment vers la
prêtresse, et la dévisageait d'un air terrible. Puis il reprenait son
attitude impassible, comme s'il venait de surmonter, non sans
peine, un soupçon toujours grandissant.

Quant aux Nirvânistes, ils obéirent, mais avec un frémissement
de révolte. En un clin d'œil, Tockson, abasourdi par cette
succession d'événements inattendus, fut conduit auprès du
poteau central, et solidement attaché par une triple corde à
cette borne sacrée, dont le sommet — il n'avait pu le remarquer
encore — reproduisait grossièrement l'image de Yama, l'une des
mille personnifications de la Mort qui peuplent l'Olympe hindou.

Le savant américain ne fit pas l'ombre d'une résistance. Il se
laissa lier les mains avec le même sourire qui court sur les lèvres
d'un Peau-Rouge attaché au poteau du supplice parmi les guerriers ennemis. Le docteur poussa plus loin l'imitation et, de même
que le chef iroquois, indifférent aux plus épouvantables tortures,
oublie ses souffrances pour braver et insulter ses bourreaux, il

attendit que le brouhaha général se fût enfin apaisé et, dès le
premier moment de silence, il reprit résolument la parole :

« Vous voilà bien avancés, fit-il d'un ton goguenard, maintenant que vous m'avez ligotté comme un criminel, moi qui étais
venu chez vous en ami. Je vous apportais le moyen d'accomplir les
rites de votre fête, sinon entièrement, au moins pour une grande
partie, et voilà comment vous me recevez! A votre aise, mes bons
amis. Moi, je ne vous dis qu'une chose, c'est que vous pouvez le
chercher, votre Çoukryana! Je vous défie bien de le trouver!... »

Le grand prêtre écoutait cette bravade avec une indignation
croissante. Ses regards se dirigeaient alternativement vers l'étranger et vers la prêtresse, que chaque parole nouvelle paraissait
mettre au supplice. En entendant le nom du fakir, son successeur
présomptif, sa face s'empourpra de rage.

« Que dis-tu? vociféra-t-il? Et pourquoi prononces-tu le nom de
Çoukryana?

— Parce que, répondit froidement Tockson, je suis le seul à
savoir ce qu'est devenu Çoukryana. Vous le croyez dans le sanctuaire, endormi sous son enveloppe de laque. Détrompez-vous! Le
coffre a été enlevé du temple; il est en ma possession, et Çoukryana n'y est plus!...

Oui, continua le savant, dont la voix résonnait seule dans la
vaste salle, envahie maintenant par un silence de mort, c'est moi
qui détiens le coffre sacré. Et par quel autre moyen aurai-je pu
m'emparer du papyrus indicateur, que je viens de brûler devant
vous, de ce papyrus, qui était enfermé dans le coffre avec votre
fakir, et qui ne devait pas en sortir avant la fête de Khâli?... »

Chose étrange, à mesure que parlait Tockson, l'attitude du grand prêtre se modifiait à vue d'œil. A sa rage de tout à l'heure avait succédé une sorte de stupeur douloureuse. Il hochait la tête avec angoisse, et son regard ne s'animait plus d'une flamme de colère que lorsqu'il se tournait vers la prêtresse.

Mais celle-ci ne lui donna pas le temps de la réflexion.

« Cet homme est fou, ou il ment, dit-elle en interrompant Tockson. Il prétend que Çoukryana a été enlevé du temple. C'est faux. Çoukryana est toujours là, attendant son réveil. Et la preuve, la voici ! »

Et, en prononçant ces paroles, elle monta les dernières marches du perron de jaspe, saisit le vélum qui séparait le temple du sanctuaire, et, le faisant glisser sur les tringles auxquelles il était suspendu, d'un geste large, elle l'écarta !

III

Le sanctuaire est maintenant ouvert à tous les yeux et le regard plonge librement jusqu'au fond du lieu redoutable.

Au centre, sur une stèle en bois sculpté, se dresse l'image trois fois sainte, la statue de la déesse Khâli, figurée tout autrement que sur l'autel ordinaire du temple, et parée, dans ce sanctuaire seul, de tous ses attributs authentiques.

La déesse est représentée sous les traits d'une femme noire, munie de dix bras, qu'elle agite en l'air, autour de sa tête, que ceint une auréole dorée.

L'une de ses mains brandit un coutelas à lame épaisse et large, ressemblant à une hachette, et chacune des neuf autres tient une tête coupée. Une langue rouge sort de sa bouche. Ses yeux en émail étincellent au milieu du marbre noir de sa face. Quant à son costume, il se compose uniquement d'un collier de têtes de morts, et d'une ceinture de bras coupés. La déesse danse, avec une ivresse furieuse, sur le corps d'un géant, qu'elle vient de terrasser et de mutiler. De chaque côté de la victime, un renard et un corbeau sculptés semblent s'abreuver du sang qui coule de ses horribles blessures.

Mais ce n'est pas sur Khâli que se portent aussitôt les regards des Nirvânistes. C'est sur une excavation, en forme de niche, pratiquée au milieu du socle et sous les pieds de l'idole. C'est dans cette niche que doit se trouver le coffre précieux où dort le fakir Çoukryana.

Or, chacun le constate immédiatement, le coffre est bien dans la niche!

Tirouvallouver pousse une exclamation satisfaite. Son front s'éclaircit; l'arc froncé de ses sourcils se détend, se desserre. Il a reconnu la sainte relique. C'est bien elle, qui se dresse toute droite à la place consacrée, avec les incrustations d'or et les émaux précieux qui mordent capricieusement le bois. Voilà bien les entrelacs de feuillage et les figures symboliques dessinés sur le couvercle...

Quant à Tockson, son visage exprime d'abord un désappointement comique, à force d'intensité. Le coffre est replacé dans le sanctuaire! Voilà qui le remplit de stupeur et bouleverse toutes ses prévisions. Et il fait des efforts surhumains pour se dégager des liens qui l'enserrent et le retiennent contre le poteau de Yama. Une envie folle, irrésistible, le pousse à escalader les degrés du sanctuaire, à s'assurer, en examinant le coffre, en le palpant, qu'il n'est pas le jouet d'une illusion, et qu'il se trouve bien en présence du mystérieux sarcophage. Mais ses liens, loin de se desserrer sous ses efforts, s'enfoncent plus profondément encore dans sa chair. Il lui faut se résigner à l'impuissance, à l'immobilité!

Et, à son désappointement scientifique vient se mêler une angoisse. Si le coffre est retrouvé, replacé dans le sanctuaire par les soins des Nirvânistes, qu'est donc devenue sa fille, sa

Deborah? Il faut que les affiliés de Khâli aient, aussitôt après son départ, pénétré dans le bungalow, enlevé le sarcophage. Et, cet enlèvement, ils n'ont pu l'accomplir que par la force en passant sur les deux cadavres, peut-être, de sa fille et de son neveu!

A moins que.... Mais un éclair subit a traversé son cerveau, et l'illumine d'une clarté toute rassurante. L'explication du prodige est bien simple. Il y avait tout simplement deux coffres dans le magasin des accessoires sacrés, adjoint au sanctuaire. La scène qui se déroule sous ses yeux n'est, selon toute vraisemblance, qu'une adroite comédie, machinée par les prêtres, pour donner le change au populaire, pour lui faire croire à la présence impossible de Çoukryana.

Et M. Tockson se promet de déjouer cette indigne supercherie. On a pu trouver le double du coffre, mais on n'a pu remplacer Çoukryana. Il faudra tout à l'heure ouvrir le sarcophage.... Et alors, on verra bien!...

Tirouvallouver, la figure radieuse, s'était tourné vers Sita :

« Je reçois, dit-il, de tes mains pieuses le coffre dont tu avais la garde.... Ce coffre doit nous rendre Çoukryana, notre frère.... Je t'invite donc à l'ouvrir, au nom de Khâli, maîtresse du Nirvâna. »

La prêtresse, en écoutant cette injonction du grand prêtre, s'inclina profondément. Puis, solennelle et grave, elle marcha lentement vers la statue de Khâli.

A ce moment les deux mille spectateurs retenaient, haletants, leur souffle. Le silence profond, qui tombait en nappes sur l'assistance, n'était troublé que par l'imperceptible bruit que

16

faisaient, en voletant autour des lampadaires, quelques phalènes nocturnes, attirées par la lumière.

Rapidement, la prêtresse fit glisser le couvercle dans ses rainures, et, s'écartant d'un mouvement brusque, elle démasqua le sarcophage.

Une immense acclamation s'éleva dans le temple. Le fakir était bien là !

Droit et rigide dans sa pose hiératique, le corps disparaissant sous de blanches bandelettes, c'était bien lui qu'on apercevait, avec sa barbe fluviale répandue sur sa poitrine, avec les fards violents qui recouvraient la chair de son visage et de ses bras, avec la tiare précieusement ouvrée qui brillait au-dessus de sa tête.

Il était là, debout dans son étroite prison, les yeux clos, les bras allongés le long du corps, les mains ouvertes, ainsi qu'on l'avait placé, avec un doigt replié et les autres dirigés vers le sol, signe ésotérique de ralliement entre les adeptes du Nirvâna.

Depuis sept ans qu'il attendait son réveil dans cette tombe, la mort avait respecté son corps chétif, demeuré incorruptible, signe visible, témoignage éclatant de la toute-puissance bienveillante de la déesse !

Et les acclamations redoublaient, réunissant les noms de Çoukryana, de Tirouvallouver et de Sita la devadasi. Beaucoup de femmes pleuraient de joie et d'émotion. Des hommes s'embrassaient. Quelques fakirs hurleurs, les nerfs brisés par cette sensation trop forte, recommençaient à pousser leurs hurlements sinistres, qui se perdaient dans les transports de l'allégresse universelle.

La joie se déchaînait, si intense, que les Nirvânistes en avaient oublié Tockson.

Mais le savant, lui, n'avait pas perdu la tête. Habitué de longue date aux procédés rigoureux de la critique scientifique, il se mit, une fois passé le premier moment de surprise, à contrôler soigneusement ses propres constatations.

Certes, il eût juré au premier abord que le fakir était bien devant ses yeux. Il reconnaissait les bandelettes, la tiare, la barbe, et le fard et l'attitude de l'énigmatique momie, qu'il avait si souvent considérée en tête à tête dans le silence du *Private Museum*. Mais, en y regardant plus attentivement, ne découvrirait-il pas quelque différence?

Quel dommage de ne pouvoir, vu sa myopie caractérisée, examiner d'une façon plus détaillée le Çoukryana actuel! Car les prêtres nirvânistes, comme tous les thaumaturges, lui paraissaient parfaitement capables d'avoir combiné, pour abuser la foule crédule de leurs adeptes, une nouvelle substitution. Oui, une substitution, une supercherie bien machinée, un tour de passe-passe analogue à celui qu'il soupçonnait déjà pour le coffre.

C'était, sans doute, la prêtresse qui, dans le silence et le mystère du sanctuaire, avait tout préparé, pour abuser le troupeau crédule des adeptes. Le grand prêtre était-il son complice ou sa dupe? Tockson se promettait bien de le tirer au clair. Car les simulateurs avaient tout prévu... tout, sauf un détail qui suffirait à les confondre.

Laissant donc l'allégresse populaire se manifester en bruyants éclats, M. Tockson attendit, avec la patience tenace des Améri-

cains pur sang, que le silence se fût rétabli dans la vaste salle.
Puis, lorsque les gosiers fatigués eurent suspendu leurs acclamations, il avisa le grand prêtre, debout à quelques pas de lui :

« Tirouvallouver! » cria-t-il.

L'Hindou ainsi interpellé fit quelques pas vers Tockson que,
dans son enthousiasme, il avait complètement perdu de vue.

Maintenant, tout à la joie de l'apparition miraculeuse par
laquelle Khâli signifiait à son peuple la continuation de ses
grâces, le grand prêtre ne considérait plus l'étranger qu'avec une
pitié méprisante, car, l'événement le prouvait assez, cet homme
ne pouvait être qu'un fou.

« Que veux-tu? fit-il, en s'approchant du prisonnier.

— Je veux, répondit Tockson, te dire deux mots à l'oreille.

— Parle, » reprit le grand prêtre.

Et il inclina son oreille à portée de la bouche de l'Américain.

« Écoute, continua Tockson; je vois à tes regards que tu me
crois en démence. Je t'avais annoncé la disparition du coffre. Et
tu viens de le retrouver avec l'homme qu'il contenait. Eh bien,
ce que je te disais tout à l'heure, je persiste à l'affirmer. Ce que
tu vois dans le sanctuaire, ce n'est pas le coffre authentique. Et
l'homme qui est dans le coffre, ce n'est pas Çoukryana. »

Le grand prêtre haussa les épaules. Pourtant, il continua à
prêter l'oreille aux propos du prisonnier.

« Je vais, poursuivit Tockson, t'en donner immédiatement la
preuve. Dans le coffre où vous aviez enfermé le fakir, il y avait,
clos et scellé avec lui, un papyrus indicateur, écrit de la main
même de Çoukryana. Ce papyrus a été placé sous les bandelettes
qui recouvraient le cœur du fakir. C'est ce document qui énumé-

rait les moyens à employer pour le tirer de son sommeil. Te souviens-tu de tout cela?

— Oui.

— Le papyrus était scellé, au moyen d'un cachet de cire verte,
portant l'image de Khâli. De cela te souviens-tu encore?

— Oui, je m'en souviens.

— Il faut que ce papyrus se retrouve dans le coffre. Si tu l'y
découvres, tu pourras persister à croire que le document brûlé
par moi n'était pas le véritable. Si, au contraire, tu ne trouves pas
le papyrus à sa place, alors tu pourras m'en croire lorsque je t'affirme
que tout ce que tu vois n'est qu'une comédie, et que je me
trouve seul en possession des mystères de la déesse. »

A mesure que parlait Tockson, le visage du grand prêtre avait
peu à peu changé d'expression. L'assurance du prisonnier finis-
sait par avoir raison de son dédain primitif. Et les étranges affirmations qu'il articulait avec une précision redoutable portaient
le trouble dans son esprit.

Elles ne concordaient que trop, d'ailleurs, avec les soupçons
qui le torturaient, chaque fois qu'il jetait les yeux sur la devadasi,
chaque fois surtout que le son de sa voix résonnait à ses
oreilles.

Et, ce papyrus sacré, comment expliquer que l'étranger en pût
si exactement décrire l'aspect extérieur? Ce cachet de cire verte,
à l'image de Khâli, Tirouvallouver se rappelait l'avoir apposé lui-
même sur le document où Çoukryana, avant de s'endormir de son
long sommeil, avait consigné les indications nécessaires à son
réveil.

L'épreuve tentée par le fakir était nouvelle, en effet. C'était

Çoukryana, le plus saint d'entre les initiés, qui, rompant avec les traditions anciennes, avait imaginé cette mort septennaire, comme prélude à l'initiation suprême. Et il avait voulu conserver secrète, jusqu'à la fin de l'épreuve, la recette des incantations et du philtre à employer pour le ramener à la vie.

De là la rédaction du papyrus.

Ce papyrus, Tirouvallouver avait vu le fakir le glisser sous les bandelettes qui enserraient son torse, avant de s'étendre dans le sarcophage où on allait l'ensevelir, nez, bouche et oreilles hermétiquement bouchés avec de la cire, pour une période de sept ans.

Or, tous ces détails, connus de lui seul, l'étranger les décrivait exactement !

Et il avait prononcé, pour caractériser la scène qui se déroulait dans le sanctuaire, le mot suggestif de comédie, évoquant ainsi d'une manière brutale une idée, un soupçon, que, lui, Tirouvallouver, sentait depuis près d'une heure sourdre et grandir dans sa cervelle.

Si cependant il avait dit vrai !

La devadasi, du sanctuaire où elle se tenait debout, appuyée sur le coffre ouvert, suivait, dans une attitude pleine d'une angoisse visible, le colloque des deux hommes. On pouvait, malgré la distance, constater qu'elle tremblait horriblement sous son voile. Et, plus d'une fois, elle avait paru se retenir au coffre, s'arc-bouter contre le socle de l'idole, comme s'il lui avait fallu lutter contre une défaillance menaçante. Le grand prêtre ne la quittait pas des yeux, et cette émotion manifeste confirmait encore ses soupçons.

Tirouvallouver, d'un geste, commanda le silence, et, s'adressant à la prêtresse :

« Sita, cria-t-il, es-tu prête à continuer ta mission ? »

La devadasi, faisant un effort sur elle-même, répondit, d'un signe affirmatif, qu'elle était aux ordres du grand prêtre.

« Çoukryana, poursuivit Tirouvallouver, doit porter sur son cœur une feuille de papyrus. Ce papyrus est-il à sa place ? »

La prêtresse se pencha sur la momie, et, lui mettant la main sur le cœur, fit un signe affirmatif.

« Fais-le voir, » cria Tirouvallouver.

La devadasi, écartant les bandelettes, en tira une feuille jaunâtre, qu'elle montra de loin au grand prêtre.

Du coup, Tockson se demanda s'il avait rêvé, et, sans les liens qui l'attachaient, il se fût frotté les yeux.

« Et maintenant, ajouta le grand prêtre, remets cet écrit entre mes mains. »

Ce dernier ordre parut porter à son comble la perplexité de la prêtresse. Elle resta un moment immobile, le papyrus à la main, incertaine, comme si elle n'eût pas prévu cet ordre. On la vit se rapprocher du piédestal de l'idole, auprès de la niche où se dressait la momie, comme si elle eût voulu puiser, au contact de la déesse, un conseil sur la conduite à tenir.

Enfin, après avoir comme prêté l'oreille à un souffle à peine perceptible, elle parut se résoudre, et fit de la tête un geste de dénégation.

« Que réponds-tu ? reprit le grand prêtre, d'une voix indignée. Tu refuses de me remettre ce papyrus ? Est-ce bien cela que tu veux dire ?»

Nouveau signe de tête de la prêtresse, qui, cette fois, signifiait :
Oui.

M. Tockson exultait.

« Que t'avais-je dit ? » glissa-t-il à mi-voix à Tirouvallouver.

Les yeux du grand prêtre étincelaient de rage, et tout son être
frémissait.

« Encore une fois, reprit-il, je te somme, prêtresse rebelle, de
remettre entre mes mains le papyrus que tu détiens. M'obéiras-tu,
oui ou non ?... »

La devadasi parut faire un effort surhumain, et, appuyant sur
le sommet du coffre de laque ses mains crispées, elle
répondit :

« Je refuse. C'est à moi de lire le contenu du papyrus sacré, et
de diriger l'œuvre du réveil. N'oublie pas que, seule, j'ai l'entrée
du sanctuaire. »

Elle parlait d'une voix basse, basse, presque inintelligible,
comme si l'émotion l'avait brisée.

Le silence était si profond que néanmoins chacun avait pu
l'entendre. Et, devant ce refus d'obéissance, une consternation
générale s'était répandue sur la foule. Que se passait-il donc ?
Et la prêtresse avait-elle perdu l'esprit ?

Ce fut M. Tockson qui reprit la parole :

« Écoute, dit-il à Tirouvallouver, tu dois être fixé maintenant.
Eh bien, je vais te faire une nouvelle proposition. Ce que dit le
papyrus, je le sais, moi ; tu ne peux plus en douter. Et ce que je
sais, je vais te le dire. Dans un coin secret de ce temple est caché
un flacon de jade, renfermant la liqueur de lotus, dont quelques
gouttes suffisent à procurer le sommeil magique. La place où il se

trouve, je puis te la révéler, mais je ne le ferai qu'à une condition....

— Parle, fit le grand prêtre, dont les flancs haletaient d'émotion et de colère.

— Pour vous rendre la liqueur sacrée qui vous permettra de perpétuer vos rites, et de choisir, au moyen de la grande épreuve, un nouveau Çoukryana, je ne demande qu'une seule chose, c'est que vous me laissiez boire moi-même quelques gouttes de cette liqueur ; car je suis venu d'Amérique pour me soumettre à cette expérience et j'y tiens plus qu'à ma vie.

Eh bien, ce que je demande, Tirouvallouver, me l'accorderas-tu?

— Attends un peu », répondit le grand prêtre, sur les traits convulsés duquel on pouvait lire une atroce hésitation.

Et, s'éloignant un instant de Tockson, il alla s'entretenir à voix basse avec quelques prêtres, qui l'attendaient à distance respectueuse.

Ils conférèrent ensemble quelques minutes. Enfin, la consultation terminée, Tirouvallouver se sépara du groupe, et, revenant à Tockson :

« J'y consens, dit-il. Mais malheur à toi, si tu nous as trompés! »

Et se tournant vers ses acolytes :

« Déliez cet homme, » ordonna-t-il.

En une seconde, les liens qui retenaient Tockson à l'arbre de Yama tombèrent à ses pieds, et le savant se retrouva libre, au milieu de l'assistance.

Rappelant alors ses souvenirs, il chercha à se remémorer la

phrase du papyrus indicateur relative au flacon de jade, telle
qu'elle était apparue en traits visibles devant ses yeux étonnés,
sur le canot de la *Laconia*.

Sa merveilleuse mémoire, le servant avec sa sûreté habituelle,
lui retraça immédiatement cette phrase révélatrice :

« *Et le suc du Lotus divin, contenu dans le flacon de jade, gardé
par ton nom , ô Parvâti, reine de Beauté, au pied de ta statue auguste,
sera versé par moi dans la coupe d'ivoire.* »

Bien qu'il fût, à première vue du moins, à peu près impossible
de découvrir, dans ce texte énigmatique, une indication suffisante
de la cachette où se recélait le flacon sacré, une chose ressortait
cependant indéniable, c'est qu'il fallait la chercher au pied de
la statue de Khâli.

Or, le docteur avait, depuis son arrivée dans le repaire des
Nirvânistes, aperçu deux statues de Khâli : celle du temple, entre
les grossières images des deux frères, Djaggernât et Balarama, et
celle du sanctuaire, la plus importante sans aucun doute et la plus
sacrée.

C'est vers celle-ci que M. Tockson se dirigea sans hésiter, suivi
de près par le grand prêtre, qui épiait tous ses mouvements. Il
parvint ainsi jusqu'au perron de jaspe, au haut duquel se tenait la
devâdasi. Il commençait à le gravir lorsque, tout à coup, il
s'arrêta.

Le perron du sanctuaire se composait, nous l'avons dit, de sept
marches, formées elles-mêmes d'un certain nombre de pierres en
jaspe rougeâtre de la plus somptueuse magnificence.

Si l'on examinait ces pierres, une à une, on pouvait constater
ce fait que, sur chacune d'elles, était gravée une inscription en

écriture *nagari*. C'est l'une de ces inscriptions qui avait, comme il passait, attiré l'attention fureteuse du savant américain.

En poursuivant l'examen, il ne tarda pas à reconnaître que, sur chaque pierre, était inscrit l'un des noms de la déesse Khâli, laquelle n'en possède pas moins de cinq cents à elle toute seule, chiffre respectable pour une divinité unique, fût-elle munie de dix bras.

Penché sur les marches qu'il inspectait, une à une, de son regard investigateur et perçant de myope, M. Tockson lut successivement toutes les inscriptions, puis il s'arrêta net devant une des pierres.

« Nous y voici, fit-il. Inutile de chercher plus loin. »

Le pavé de jaspe, qu'il désignait du doigt, portait, écrite en caractères *nagari*, cette inscription laconique :

Parvâti.

Parvâti, ce nom désigne la déesse de la Beauté, et la déesse de la Beauté, on le sait, n'est pas autre chose que Khâli.

« C'est là-dessous, dit M. Tockson, que se trouve la liqueur magique. » Et, se tournant vers Tirouvallouver stupéfait :

« Qu'on me donne un pic, une pioche. Je vais desceller la pierre. »

Sur un signe du grand prêtre, un acolyte apporta un pesant pic de fer, à l'aide duquel M. Tockson se mit aussitôt à besogner.

En moins de cinq minutes, il avait descellé la pierre placée sous l'invocation de Parvâti.

Derrière cette pierre, une cachette apparut, et, au milieu de la cachette, on aperçut un flacon, dont M. Tockson se saisit rapi-

dement, et qu'il brandit d'un air de triomphe, avec ce simple
mot, renouvelé d'Archimède :

« J'ai trouvé! »

Cette fois, il n'y avait plus moyen de révoquer en doute les
affirmations de l'étranger. Tirouvallouver tourna vers le sanctuaire, où, plus morte que vive, la devadasi attendait toujours
auprès de sa momie, un regard sinistre et chargé de terribles
menaces. Puis il fit dans la direction de Tockson un geste rapide
et inquiétant que celui-ci arrêta, en lui saisissant le poignet avec
violence.

« Pas un geste, dit le docteur à demi-voix. N'essaye point de
t'emparer de ce flacon par la force, ou, aussi vrai que je m'appelle
Tockson, je le brise aussitôt sur les dalles! »

Tirouvallouver laissa retomber le bras avec découragement.
Dans le conflit prolongé qui avait mis aux prises sa volonté et
celle de l'étranger, il était vaincu définitivement.

« Je m'incline, dit-il, je vais tenir ma promesse. Que me com-
mandes-tu de faire avant de me remettre le flacon? »

Tockson avait relevé la tête, et promenait sur toute l'assistance
un regard dominateur. Il se sentait maître désormais de la
situation. Il allait accomplir enfin l'expérience tant désirée!

« Je veux, répondit-il au grand prêtre, que tu me fasses
apporter la coupe d'ivoire qui doit servir à la libation. »

Tirouvallouver, décidément subjugué, donna un ordre, et la
coupe sacrée, apportée sur un riche coussin de soie multicolore, fut remise à l'Américain. M. Tockson ne jeta même pas
un coup d'œil sur cette magnifique pièce, digne des plus riches
collections.

Il déboucha le flacon de jade, et versa quelques gouttes de son contenu dans la coupe.

Puis, l'élevant, comme un homme qui s'apprête à porter un toast, il se disposa à absorber le philtre soporifique.

L'assistance le contemplait avec stupeur. Tirouvallouver, ramassé sur lui-même, comme un tigre épiant sa proie, attendait

Un coup de feu retentit, et la coupe se brise en éclats.

qu'il eût vidé la coupe pour s'emparer, selon le pacte convenu, du flacon de jade qui contenait le reste de la liqueur sacrée.

Quant à la devadasi, en voyant l'étranger porter le breuvage à ses lèvres, elle s'élança vers lui du haut du sanctuaire, dégringolant des marches plutôt qu'elle ne les descendait.

« Arrêtez! criait-elle, cette fois dans une langue étrangère. Ne buvez pas! »

Mais Tockson ouvrait déjà la bouche. Et il inclinait la coupe pour boire....

Tout à coup un prodige!

Dans le coffre de laque, Çoukryana a bougé.

Son bras se lève. Ce bras est armé d'un revolver. Il fait feu !

Et la coupe, fracassée par la balle, se brise en éclats, entre les doigts de Tockson, laissant échapper, dans un jet mince, la liqueur sacrée qui se répand sur le sol !

IV

Il faut renoncer à décrire l'effet produit sur les divers acteurs du sombre drame qui se jouait dans le temple de Gondapour par la prodigieuse intervention du fakir.

Jamais miracle ne produisit une impression aussi profonde que n'en causa le coup de revolver, tiré subitement par la main d'une momie, d'un être que tous les assistants se représentaient comme endormi depuis sept ans d'un sommeil magique, prélude obligatoire de la suprême initiation.

Parmi les Nirvânistes, un grand nombre se prosternèrent immédiatement, le front dans la poussière.

Terrifié, anéanti, le grand prêtre, aux oreilles de qui avait sifflé la balle du revolver, s'était reculé de plusieurs pas, et il fixait sur Tockson des yeux agrandis par l'épouvante!

Quant au savant Américain, il n'eut pas même le temps de se reconnaître. Presque à l'instant où la coupe se brisait entre ses doigts, il ressentait un grand choc sur sa poitrine, une femme l'étreignait nerveusement, les bras autour de son cou, la tête sur son épaule, au milieu d'une explosion de larmes et de mots entrecoupés.

Et un cri frappait ses oreilles.

« Mon père! Mon père! Mon cher père! »

Un éclair fulgurant traversa la pensée du docteur, illumina en une seconde toute la scène terrible dont il n'avait pas soupçonné les dessous effrayants et pendant laquelle son obstination aveugle avait failli entraîner de si néfastes conséquences.

Il avait reconnu sa fille.

Deborah fardée, méconnaissable sous les vêtements de Sita, la devadasi!

Deborah, sublime comédienne qui, pour tenter de sauver son père, venait, avec une vaillance et une énergie follement audacieuses, de jouer le rôle principal dans la tragédie certes la plus effroyable où il eût jamais été donné à une femme de figurer!

Devant cette apparition, le cœur du savant s'était fondu; sa cuirasse d'orgueil scientifique et d'entêtement impassible était tombée, et, ramené aux sentiments de la nature par la conscience du danger couru par sa fille, il avait, pour un instant enfin, oublié ses projets insensés.

Et il pressait sur son cœur sa Debbie, son enfant bien-aimée, jetée dans la plus tragique aventure, vouée peut-être à une horrible mort par la faute de son père, par l'obstination aveugle avec laquelle il avait voulu poursuivre, envers et contre tous, la réalisation de son dessein.

« Debbie! Mon enfant! » bégayait-il en couvrant de baisers fous la tête de la jeune fille.

Ce choc, ce conflit de sentiments et de passions, tout ce drame en un mot, avait tenu dans le court espace de quelques minutes. L'écho de la détonation s'éteignait à peine sous les

voûtes du temple, qu'un autre bruit plus effroyable encore
les faisait retentir, précurseur d'une péripétie nouvelle et aussi
inattendue.

Le gong de la porte d'entrée avait résonné.

Cette porte s'était ouverte sous une poussée violente.

Et, se frayant un passage au milieu de la foule, un homme
apparaissait, hagard, sinistre, traînant par les cheveux sur les
dalles une femme à moitié morte, et brandissant un poignard
au-dessus de sa tête, avec des gestes de démence.

En quelques bonds, il fut au milieu du temple.

« Vengeance! criait-il, vengeance! ne me reconnaissez-vous
pas? c'est moi qui suis Çoukryana! »

C'était le fakir, en effet!

Le fakir, instruit de l'arrivée des Américains à Nidjigul, et de
tout ce qui s'y était passé, par le récit du métis que, la nuit venue,
il avait trouvé enchaîné dans le réduit sombre du bungalow où
il comptait rencontrer et assassiner la devadasi!

Le fakir, lancé aussitôt, à la suite de cette découverte qui boule-
versait tous ses plans, sur la route de Gondapour, en compagnie
du métis dont le meurtre devenait inutile, et qu'il avait délivré de
ses liens, après s'en être fait reconnaître!

Le fakir, par qui Sita venait d'être surprise, aux abords du
temple, blottie sous les broussailles où elle attendait le retour de
ses protecteurs!

Le couteau sur la gorge, la prêtresse avait tout avoué, tout
raconté, le plan des deux jeunes gens, leur supercherie, leurs
déguisements.

En entendant la voix du fakir, cette voix d'un accent inoubliable,

17

même au bout de sept années, Tirouvallouver avait bondi sous l'aveuglante lumière de la réalité enfin dévoilée.

Et, jetant les yeux sur le nouveau venu, ascétique et fantômal sous ses vêtements de goussaïn, il avait reconnu Çoukryana!

Comment était-il réveillé? Par quel miracle? Il ne se le demanda pas une seconde. Une seule chose était indéniable, évidente, claire comme le jour, c'est qu'il venait d'apercevoir le véritable Çoukryana.

Et, sous sa main vengeresse, il tenait la véritable prêtresse, Sita, dont la complicité avec les étrangers sacrilèges lui sautait maintenant aux yeux.

« Nous sommes trahis! Vengeance! hurlait le fakir. Il y a des imposteurs dans le temple! Ils ont profané nos mystères! La prêtresse était leur complice. La voici! Elle a tout avoué!

Un tumulte effroyable suivit cette entrée en scène, une bourrasque de cris, d'imprécations, de hurlements. Et le temple, retentissant de clameurs épileptiques, sembla transformé, en un instant, en un vaste pandémonium.

Les Nirvânistes placés dans les derniers rangs de la foule ne comprenaient rien à ce qui se passait au pied du sanctuaire. Mais ils avaient la notion confuse, et comme l'impression d'un événement inouï, fantastique, d'un de ces événements qui renversent les lois de la nature, et déplacent les frontières du réel et de l'impossible.

Et d'instinct tous criaient : Vengeance! Vengeance! Ils se bousculaient pour approcher les principaux acteurs de la scène dont ils percevaient seulement les échos. Ils brandissaient leurs armes avec une frénésie enragée.

Quelques fakirs, en proie à un accès d'exaspération religieuse, ressemblant au *delirium tremens*, se démenaient et tournaient sur eux-mêmes comme des possédés. D'autres se roulaient à terre, la bouche écumante, les yeux révulsés, les dents crispées, comme pour mordre, semblables aux malheureux qui se tordent dans les convulsions du délire rabique!

Sur le groupe formé par Tockson et sa fille, toujours étroitement enlacés, Tirouvallouver bondit, un kandjar à la main.

Il arracha le voile de la jeune prêtresse, qui apparut toute nimbée de ses cheveux d'or, dénoués par la violence du geste, et révélatrice de sa véritable origine, de son sang d'Occidentale.

Il allait frapper.

Cependant, au fond du sanctuaire, le sosie de Çoukryana a jailli hors du coffre de laque.

A son poing, brille le revolver dont une balle a déjà brisé la coupe d'ivoire. Il ajuste. Il tire.

Et Tirouvallouver, avant d'avoir abaissé son bras sur miss Deborah, atteint d'une balle en plein front, bat l'air de ses mains et tombe, la face contre le sol.

En un clin d'œil, le faux Çoukryana est à côté du docteur et de sa fille. D'une main rapide, il arrache sa fausse barbe, se débarrasse des bandelettes de momie qui recouvraient ses habits européens, et, le reconnaissant, M. Tockson pousse un cri :

« Pinsonnet! »

Oui, Pinsonnet qui, dans cette terrible partie, venait de jouer, avec son sang-froid habituel, le rôle de Çoukryana, et de dépenser en quelques heures, pour sauver son oncle et sa cousine, tout ce que l'imagination la plus fertile peut fournir de combinaisons.

Devant ce renfort inespéré envoyé par la Providence aux deux
étrangers, les plus proches Nirvânistes avaient reculé. Çoukryana
lui-même s'était écarté, mêlé aux adeptes, dont il se faisait reconnaître et acclamer. Et Sita, mettant à profit le désordre, avait
bondi auprès des trois blancs, cherchant près d'eux un refuge
contre la fureur de ses coreligionnaires.

Ils étaient là maintenant, groupés tous les quatre, Sita haletante, et Deborah presque défaillante, M. Tockson et Pinsonnet,
ce dernier armé du revolver dans lequel il restait quatre balles,
prêt à faire feu sur le premier qui oserait les attaquer.

Quant à M. Tockson, il avait prestement ramassé le pic, dont il
s'était servi pour desceller la pierre de Parvâti, et, adossé au poteau
de Yama, il traçait dans l'air, avec son arme improvisée, un mou-
linet redoutable, propre à faire hésiter les plus audacieux.

Il était trop clair cependant que, malgré toute leur vaillance,
deux hommes ne pourraient lutter longtemps contre la troupe
menaçante des deux mille démons qui les entouraient, en hurlant et en grinçant des dents, prêts à se jeter sur eux et à les
mettre en pièces, au premier signal de Çoukryana.

Soudain la voix de ce dernier s'éleva, dominant le tumulte, et
fit retentir ces mots :

« Frères, ne touchez pas aux étrangers. Leur sang salirait vos
armes saintes! Et d'ailleurs leur mort ne suffirait pas à la déesse.
Son temple, son image même, ont été souillés par le contact
impur des sacrilèges. Que tout soit purifié à la fois! »

Et, d'un geste, désignant la porte, il se dirigea d'un pas
solennel vers cette issue, suivi de la foule des adeptes, qui s'écoula
derrière lui, emportant le cadavre de Tirouvallouver et vomissant

Le grand prêtre Tirouvallouver tombe, atteint en plein front.

au passage des imprécations furieuses, à l'adresse des sacrilèges, ainsi qu'un flot déferle contre un écueil, en le couvrant de son écume.

Les trois blancs et Sita virent défiler, comme dans un rêve, cette tourbe hurlante, mais pour le moment inoffensive. Échappant comme par prodige à une mort certaine, ils se regardaient avec stupeur, en osant à peine croire au témoignage de leurs yeux.

Quand le dernier Nirvâniste eut, à la suite du fakir, franchi le seuil du temple, les lourdes portes de bronze se refermèrent avec fracas, et nos quatre personnages se trouvèrent seuls dans le vaste édifice où on les avait enfermés.

D'un mouvement spontané, les deux hommes tombèrent dans les bras l'un de l'autre.

« Edgar, Edgar! s'écria Tockson, dans un élan de tendresse, voilà la seconde fois que je vous dois la vie de ma fille. Vous nous avez sauvés, mon ami.

— A quel prix, hélas! » répondit Pinsonnet, en désignant du doigt sa cousine qui, brisée par cette succession d'émotions effroyables, s'était écroulée à terre, où elle gisait, inanimée.

Le docteur baissa la tête. Le reproche voilé de Pinsonnet l'avait fait rentrer en lui-même. Pour la première fois de sa vie, il voyait clair dans sa conscience. Il comprenait tout ce qui peut sortir de pernicieux et de funeste des débauches de volonté dans lesquelles s'était jusque-là complu son orgueil.

Sita se tenait à l'écart, mettant un peu d'ordre dans ses vêtements en lambeaux. Elle aussi l'avait échappé belle. Cependant elle restait soucieuse et sombre.

Pinsonnet avisa la jeune Hindoue, assise sur les marches de l'autel aux trois idoles.

« Merci, lui dit-il; nous vous devons notre salut. Vous nous devrez bientôt le vôtre, car nous ne vous abandonnerons pas. »

La devadasi hocha la tête, d'un air d'incrédulité anxieuse.

« Maintenant, poursuivit Pinsonnet, nous comptons sur vous pour nous indiquer le meilleur chemin à suivre, afin de nous échapper de ce repaire.

— Nous y sommes emmurés, répondit la prêtresse. N'avez-vous pas entendu se refermer la porte du temple?

— Mais il nous reste le sanctuaire, avec ses issues secrètes.

— Hélas non! Lorsque j'ai été surprise aux abords du temple, Çoukryana n'était pas seul. Avec lui j'ai reconnu Kabir, mon frère.

Et, avant de m'entraîner dans le temple, Çoukryana, se séparant de Kabir, lui a donné à accomplir une mission cruelle, dont j'ai bien compris le sens.

— Quelle mission?

— Celle d'aller fermer solidement les deux portes qui font communiquer le sanctuaire avec l'extérieur. Ah! le maudit avait déjà conçu son plan.

— Mais alors nous sommes prisonniers dans ce temple, » interrompit Tockson, d'une voix nerveuse.

A peine achevait-il ces mots qu'un crépitement se faisait entendre au-dessus de sa tête.

Les deux hommes levèrent les yeux, et ils aperçurent, penchée sur le temple par l'orifice du vaste plafond de bois, une figure grimaçante qui se retira aussitôt.

Mais, à la place qu'elle avait quittée, une lueur brillait au milieu d'un nuage de fumée qui s'épaississait peu à peu.

On venait de mettre le feu au plafond de l'édifice. Il n'y avait pas un moment à perdre.

Pinsonnet, relevant Deborah, la saisit par le bras, l'entraîna en la soutenant, et les Européens se dirigèrent à grands pas vers l'entrée du sanctuaire.

Au moment où ils mettaient le pied sur la première marche du perron de jaspe, ils reçurent en plein visage un flot de fumée et une bouffée d'horrible chaleur. Le vélum venait de prendre feu.

Évidemment l'incendie avait été allumé sur plusieurs points à la fois.

Ils avaient maintenant l'explication des paroles prononcées par le fakir, lorsqu'il conviait à sortir de l'édifice le troupeau hurlant des Nirvânistes.

Il voulait, disait-il, purifier le temple et l'image même de la déesse, souillée par la sacrilège présence des étrangers!

Et cette purification, il l'accomplissait par la flamme. Le sanctuaire, le temple, étaient condamnés à l'incendie, et, sous leurs décombres fumants, ils allaient bientôt ensevelir les prisonniers.

Laissant miss Deborah au bas du perron, Pinsonnet, malgré les flammes qui grandissaient au-dessus de sa tête, avait d'un bond escaladé les marches.

Mais, quand il vit l'état du sanctuaire, il recula épouvanté.

Là, était le principal foyer de l'incendie. Les flammes s'échappaient, à torrents, de derrière la statue de Khâli, dont elles léchaient déjà le marbre noir.

Et, cheminant le long des murs, le feu gagnait peu à peu les

draperies qui les décoraient, ainsi que les boiseries sculptées
recouvertes par ces draperies.

Pinsonnet redescendit donc rapidement vers ses compagnons
d'infortune.

En se retournant, d'un coup d'œil il avait embrassé toute
l'étendue du temple et, de ce côté, le spectacle qui s'offrait à lui
devenait plus terrifiant encore.

De plusieurs points à la fois partaient maintenant de longs jets
de flamme. Le feu courait sur les revêtements de bois qui gar-
nissaient l'édifice, activé encore par les substances grasses, par
l'huile parfumée dont les sculptures religieuses, creusées dans le
bois, avaient dû être ointes, selon les rites traditionnels de la
dévotion hindoue.

Un tourbillon de fumée âcre remplissait les trois nefs.

Et du dehors une clameur s'élevait, furibonde et triomphante
à la fois. Les incendiaires, massés dans quelque cour du vaste
édifice attenant au temple embrasé, contemplaient leur œuvre, et
savouraient déjà leur horrible vengeance.

De temps en temps, on voyait apparaître, à l'orifice du toit,
la face bronzée d'un Nirvâniste, se penchant sur la fournaise, comme un démon qui inspecterait la géhenne des
damnés.

Et ce n'était pas seulement pour insulter au supplice des quatre
prisonniers, car, chaque fois, avant de se retirer, il lançait dans
le brasier le contenu d'un récipient plein d'un liquide, huile de
palme ou simple pétrole, qui en activait la fureur.

La chaleur maintenant devenait intolérable, suffocante. Et
les poutres du toit commençaient à se détacher, à pendre,

toutes rouges de flammes, au-dessus de la tête des prisonniers.

Les Nirvânistes n'osaient plus se risquer sur ces charpentes dévastées. Ils laissaient maintenant l'incendie se développer de lui-même et accomplir son œuvre de destruction.

Tockson, dans le temple, allait et venait comme une bête fauve traquée. Armé du pic de fer qui lui avait déjà servi à tenir en respect le cercle menaçant de ses ennemis, il frappait çà et là sur les murs en flammes, essayant de trouver une porte quelconque, une issue secrète qui pût leur livrer passage.

Vains efforts! Le mur demeurait partout inébranlable. Les portes de bronze, attaquées vigoureusement, avaient résisté aux coups de pic dont il les avait criblées, sans obtenir d'autre résultat que le bruit formidable d'une cloche gigantesque, battue par un marteau d'airain.

Ce mugissement funèbre allait-il être le glas de leur agonie?

Pinsonnet s'adressa encore une fois à Sita.

« S'il y a pour nous un moyen de salut, lui dit-il, c'est vous et vous seule qui pouvez nous le fournir. Vous connaissez tous les détours de ce temple. Il est impossible qu'il n'y ait pas quelque part une issue par laquelle nous puissions nous échapper.

— Hélas! je n'en connais aucune, répondit la prêtresse avec accablement.

— En êtes-vous sûre? Voyons : rappelez bien vos souvenirs. Tous ces vieux temples ont des souterrains, des dégagements mystérieux. N'avez-vous rien entendu dire de pareil sur Gondapour?

— Attendez.... Peut-être... mais non... il est inutile de penser a cela!...

— Parlez! Parlez, au contraire, insista Pinsonnet, et faites vite,
car le temps presse. »

M. Tockson s'était rapproché, et tous paraissaient suspendus
aux lèvres de la devadasi.

« J'ai bien entendu dire, poursuivit Sita, qu'il y a dans ce
temple une galerie cachée, qui communique avec le labyrinthe
souterrain, dans lequel est enfermé le trésor de la déesse.

— C'est vrai, interrompit Tockson, le papyrus parlait d'un
trésor. Et, ce trésor, il faut bien qu'il se trouve quelque part. Je
me rappelle même la phrase exacte du document. Si je ne me
trompe.... »

D'un geste, Pinsonnet lui ferma la bouche, et, s'adressant à
Sita :

« Et l'entrée de ce souterrain, où se trouve-t-elle?

— Au milieu du sanctuaire, juste sous la statue de Khâli....
Mais n'espérez point en profiter. Pour la découvrir, il faudrait
déplacer l'image de la déesse, et il est enseigné que le profane
qui y porterait la main tomberait mort à l'instant. »

Pinsonnet eut un léger sourire.

« Nous allons bien voir, dit-il.... Commençons toujours par
entrer dans le sanctuaire... si nous pouvons. »

Ce n'était pas, en effet, une entreprise aisée que d'approcher de
l'idole. L'entrée du sanctuaire, entièrement embrasée, res-
semblait à la gueule d'un four.

Cependant le faible espoir de salut qu'avaient fait luire aux
yeux des prisonniers les dernières paroles de la prêtresse avait
suffi pour décupler leurs forces et leur courage. Ils s'élancèrent
donc intrépidement sur les marches du perron de jaspe.

La hideuse idole s'abattit lourdement sur le sol.

Deborah elle-même trouva moyen de se lever et de les suivre.

L'intérieur du sanctuaire n'était que fumée et que flammes. L'incendie ruisselait sur les murs, et l'image de la déesse s'élevait, noire et sinistre, au milieu du désastre auquel elle semblait présider.

« A l'œuvre! cria Pinsonnet. Il faut renverser la statue. »

Et les deux hommes, grimpant sur le socle de santal qui la soutenait, s'arc-boutèrent de toutes leurs forces contre l'affreuse idole. Mais ils furent impuissants à l'ébranler.

« Il faudrait un levier, dit Pinsonnet découragé.

— Un levier! Il y en a un dans le temple, fit joyeusement Tockson. Comment n'y avais-je pas songé?

— Dans le temple?

— Oui, le pic dont je m'étais armé tout à l'heure....

— C'est juste, fit Pinsonnet, je vais le chercher. »

Et, d'un bond, il sauta au bas des marches de jaspe.

Au beau milieu du temple, il trouva le pic qu'il ramassa.

En se baissant, il vit briller, à côté de ce levier providentiel, un mince flacon, jeté sur la dalle. C'était le flacon de jade, aux trois quarts plein encore, qui contenait le reste du breuvage magique, et que Tockson avait laissé tomber sur le sol sans le briser.

Pinsonnet prit aussi ce flacon et le mit dans sa poche.

« Cela peut toujours servir, » pensa-t-il.

Puis, franchissant une seconde fois un rideau de flammes, il regrimpa dans le sanctuaire, avec son levier.

Réunissant leurs efforts, M. Tockson et son préparateur réussirent alors à enfoncer la lourde barre de fer, entre le piédestal et la statue de Khâli.

Puis, s'appuyant de tout leur poids sur ce levier, ils s'efforcèrent de soulever la gigantesque idole.

Ce fut pour eux une satisfaction inexprimable de constater que la statue commençait à vaciller, sous l'impulsion des fortes pesées qu'ils pratiquaient à sa base.

Cependant l'incendie gagnait toujours. Dans le temple, on entendait des charpentes, des pans de mur, s'écrouler avec fracas.

Dans le sanctuaire, les flammèches volaient partout. Les prisonniers étaient au supplice. Deborah, suffoquée, avait été prise d'une nouvelle défaillance.

Enfin, sous un suprême effort, la statue oscilla et, perdant son équilibre, s'abattit sur le sol brûlant, qu'elle couvrit de ses débris.

A travers le nuage de poussière soulevé par sa chute, nuage qui se confondait avec la fumée de l'incendie, un orifice était apparu. On apercevait les marches d'un escalier obscur, qui semblait s'enfoncer dans les entrailles de la terre.

C'était le souterrain dont avait parlé Sita !

Et ce souterrain, c'était le salut, peut-être !

« En avant ! » fit Tockson.

Il avait saisi une des torches qui brûlaient encore dans les anneaux de fer, fichés au mur. Et il s'engagea le premier dans l'escalier souterrain.

Derrière lui, Sita tenait à la main une seconde torche.

Quant à Pinsonnet, il releva sa cousine, cette fois absolument évanouie, et, la chargeant sur ses épaules, se mit à descendre à leur suite.

Il était temps !

Ils n'avaient pas franchi dix marches que le temple, le sanctuaire, tout l'édifice, s'écroulaient avec un fracas effroyable. Un
monceau de pierres, de poutres enflammées, de débris de toute
espèce, ensevelissait maintenant sous une gigantesque pyramide
l'orifice du souterrain!

V

L'escalier dans lequel s'étaient engagés les fugitifs s'enfonçait à travers un massif de granit rose, assise colossale du temple de Gondapour. A soixante pieds environ au-dessous du sol, les parois s'élargissaient, les marches devenaient d'une coupe irrégulière et d'une hauteur démesurée. Sur les pierres visqueuses tombaient continuellement, avec un petit clapotis chantant, de larges gouttes d'eau. De maigres lichens et des mousses croissaient sur les murs humides.

M. Tockson s'avançait prudemment le premier, éclairant la marche de l'éclat rougeâtre de sa torche. Il guidait du geste et de la voix Pinsonnet qui le suivait, portant sur ses épaules miss Deborah toujours évanouie. Quant à Sita, elle devinait d'un rapide coup d'œil les passages dangereux et les franchissait d'un bond léger comme celui d'un jeune chat sauvage.

La descente du gigantesque escalier fut longue et pénible et Pinsonnet dut faire appel à toute son énergie pour lutter contre la fatigue envahissante. Enfin les fugitifs atteignirent le fond du vaste puits de roches. Devant eux s'ouvrait une galerie plane. Le jeune homme déposa son cher fardeau et l'on fit halte.

Le premier soin de M. Tockson fut de se pencher vers sa fille et,
les sourcils froncés d'inquiétude, d'épier son souffle affaibli.
Après quelques courts instants d'examen :

« Ce ne sera rien, dit-il, elle ne peut tarder à revenir à elle. »

En effet, un peu de sang colorait les lèvres blanchies de la
pauvre enfant. Ses paupières battirent légèrement, elle poussa un
soupir et ouvrit les yeux. Aussitôt l'horrible vision du temple
incendié lui revint sans doute à l'esprit, car elle poussa un cri
d'angoisse et cacha son visage entre ses mains. Avec de douces et
affectueuses paroles, son père et son cousin la rassurèrent. Elle
leur sourit, aspira à longs traits l'air frais qui circulait dans la
vaste galerie souterraine, et, maintenant rassérénée, vaillante,
rassemblant ce qui lui restait de forces, elle se leva, et se déclara
prête à suivre ses compagnons.

On tint conseil avant de se remettre en route. On pouvait
achever la nuit dans la partie du souterrain que l'on avait atteinte,
puis remonter le lendemain jusqu'à l'ouverture donnant sur le
sanctuaire et tenter de se frayer un passage à travers les
décombres fumants.

Mais Pinsonnet estima que ce parti devait être impraticable et
que, selon toute vraisemblance, une fois parvenus à l'orifice supérieur, ils se heurteraient à des éboulements infranchissables.

« Ainsi donc, si vous m'en croyez, mon oncle, conclut le jeune
homme, nous allons, sans tarder, reprendre notre marche en
avant. D'ailleurs, en sortant par une issue éloignée du temple,
nous risquerons moins d'être aperçus des Nirvânistes qui peut-être
rôdent dans les environs.

— Existe-t-elle seulement, cette autre issue? pensait à part le

jeune Français, qu'un frisson involontaire secouait de la tête
aux pieds. Et s'il avait communiqué son doute au docteur et
à sa fille, il eût pu constater que la même incertitude hantait
leurs esprits inquiets. Seule, avec la mobilité d'impressions
propre à son âge et à sa race, la jeune Sita ne s'abandonnait
point au découragement, et elle croyait d'ailleurs à l'existence
de la sortie secrète qu'une tradition séculaire plaçait fort loin
dans la forêt.

On repartit donc sans perdre de temps et on s'engagea dans
une interminable et étroite galerie. Le sol accusait une pente
légère, mais sensible cependant, et, au bout d'une heure d'ascen-
sion lente, M. Tockson estima qu'on devait avoir regagné en
hauteur plus de la moitié de la distance, séparant du pavé du
sanctuaire la base de l'escalier. Tout à coup les sombres parois
s'élargirent et s'enfoncèrent dans l'ombre à droite et à gauche,
tandis que la voûte s'élevait au-dessus de la tête des fugitifs à une
prodigieuse hauteur. Cette espèce de carrefour n'était autre chose
qu'une *Chaytia*, un de ces gigantesques temples souterrains si
nombreux dans la presqu'île indienne et dont la construction
remonte à cinq ou six cents ans avant l'ère chrétienne. Les murs
de la vaste salle disparaissaient sous de hauts reliefs taillés dans
le granit rose, représentant tout un peuple d'animaux bizarres, de
monstrueuses et grimaçantes divinités. Au fond de la *Chaytia*
s'élevait un *dagoba* ou tombeau primitif, énorme cube de pierres
couvert d'inscriptions en caractères *nagari*, et surmonté d'un
groupe colossal représentant les trois déesses Khâli, Varachi et
Indriani.

Les fugitifs, en proie à une indéfinissable angoisse devant ce spectacle grandiose et terrifiant, traversèrent rapidement l'immense salle sonore, dont leurs torches parvenaient à peine à éclairer la voûte. Au fond du temple, derrière le *dagoba*, deux entrées monumentales exactement semblables s'ouvraient béantes dans la muraille.

« Allons-nous à droite ou à gauche? » demanda Pinsonnet à M. Tockson.

A cette embarrassante question, le savant ne trouva pas de réponse. Aucun indice, en effet, ne révélait laquelle des deux routes était la bonne et devait les ramener à la lumière du jour. Ce fut Sita qui mit fin à leur perplexité.

« Ma sœur blonde est épuisée, dit-elle, elle a peur dans ces solitudes.... Restez tous deux avec elle et suivez le chemin qui vous paraîtra le meilleur. Moi, je prendrai l'autre. Ceux de nous qui auront rencontré une issue les premiers reviendront ici, où nous nous retrouverons. »

Et, sans attendre une réponse, la devadasi, d'un petit air résolu, resserra autour de sa taille cambrée son écharpe de foulard et se disposa à partir.

« Prenez ceci, au moins, lui dit Pinsonnet, en lui tendant son revolver chargé encore de quatre cartouches, et, à la moindre alerte, servez-vous de cette arme, soit pour vous défendre, soit pour nous appeler à votre aide. »

La petite prêtresse prit le revolver qu'elle cacha sous ses vêtements, baisa avec tendresse les mains de sa compagne, fit aux deux hommes un signe d'adieu, et, saisissant une torche, elle s'enfonça à pas pressés dans la galerie de droite. Miss Deborah la regarda s'éloigner tristement, puis, refoulant les mortels pressen-

timents qui l'envahissaient, elle suivit son père et son cousin et
s'engagea péniblement, après eux, dans le corridor de roches qui
s'ouvrait à la gauche du *dagoba*.

.   .   .   .

Ils marchèrent sans trêve pendant plusieurs heures. Devant
eux l'interminable galerie semblait prolonger à l'infini ses
sombres détours, tantôt se relevant en pentes rapides, tantôt
dévalant à nouveau vers d'inquiétantes profondeurs. Parfois le
passage se rétrécissait, formant un étroit tunnel dans lequel ils ne
pouvaient avancer qu'en rampant. Parfois des infiltrations ruisselaient de la voûte le long des parois rocheuses et les fugitifs
sentaient s'enfoncer leurs pieds dans un sol transformé par l'eau
stagnante en un cloaque fangeux. Fréquemment ils durent s'arrêter pour reprendre haleine, rallumer leur torche éteinte, étancher leur soif ardente ou rafraîchir leurs fronts couverts de sueur
avec l'eau puisée dans les ruisselets souterrains rencontrés de
place en place. Quant à la sortie problématique, objet de leur
exténuante recherche, elle continuait à se dérober à leurs regards.
La trouveraient-ils jamais, cette issue bienfaisante qui devait leur
rendre l'air pur, la liberté, la vie? Ou n'avaient-ils échappé aux
effroyables dangers du temple nirvâniste que pour périr de faim
et de fatigue dans la tombe où le destin les ensevelissait vivants?

.   .   .   .

Combien de temps dura ce supplice? Combien de fois butèrent-
ils contre des saillies sournoises de roches et se relevèrent-ils
meurtris par leur chute ou transis et glacés, leurs vêtements tra-
versés par l'humidité des flaques d'eau qu'ils devaient à chaque
instant franchir? Combien de fois eurent-ils la tentation de

renoncer à cette lutte inutile et de s'asseoir pour s'abandonner, fermer les yeux, attendre la mort?

Mais l'énergie de leur caractère triomphait de ces velléités de désespérance. Malgré tous les obstacles, ils avançaient, ils allaient toujours, les oreilles bourdonnantes, les joues fiévreuses, les yeux vagues et comme obscurcis par un brouillard incertain.

. . . .

Depuis quelque temps cependant, et sans qu'ils l'eussent remarqué, la galerie de granit rose s'élargissait autour d'eux, comme naguère aux abords de la *Chaitya*. Un air plus vif et plus frais circulait sous la voûte. Un léger bruissement, pareil au murmure d'une eau vive courant sur les cailloux, se faisait entendre. Tout à coup, levant les yeux, ils furent brusquement arrachés à leur dangereuse torpeur, et, poussant ensemble une exclamation de surprise, ils s'arrêtèrent, extasiés.

Ils se trouvaient de nouveau dans une sorte de vaste carrefour tapissé du sable le plus doux et le plus fin. Sur le sol courait et se précipitait en cascatelles écumantes un ruisseau limpide et jaseur dont les eaux pures semblaient déjà s'imprégner des senteurs embaumées de la forêt prochaine vers laquelle, sans doute, il se hâtait.

Mais ce n'était là que le premier plan d'un tableau dont le fond dépassait en magnificence tout ce que les fugitifs avaient pu rêver.

Faisant suite à une sorte de propylée sombre et grandiose, semblable au péristyle précédant le palais de quelque Génie de la Terre, s'ouvrait devant eux une vaste grotte qu'on eût dit taillée dans un bloc de cristal. Le sol, les parois et la voûte, formés de

milliers de facettes prismatiques qui décomposaient la lumière et
la réfléchissaient à l'infini, s'éclairaient de mille flammes irisées
et changeantes, tandis que des stalactites capricieuses se suspen-
daient au-dessus de leurs têtes et que des stalagmites d'une
transparence de glace surgissaient, étincelantes et aiguës comme
des cônes de diamant. Mais toutes ces splendeurs naturelles pâlis-
saient devant les prodigieuses richesses que la main de l'homme
avait amoncelées à l'intérieur de la grotte. De larges coffres de
bois incorruptible, revêtus d'armatures d'argent et d'or, laissaient
voir, grands ouverts, des montagnes de lingots précieux, une pro-
fusion de monnaies mogoles ou mahrattes aux effigies des radjahs
et des pontifes, des bijoux anciens enchâssant des gemmes fulgu-
rantes, de colossales dents d'éléphant fouillées en reliefs reproduisant des feuillages, des animaux et des figures étranges de
divinités.

Sur le sol s'écroulaient, pêle-mêle, des piles somptueuses
d'étoffes multicolores, s'entassaient des vases d'argent poli aux
laiteux contours, de hauts boucliers de bronze, des yatagans et
des poignards dont les fourreaux disparaissaient sous des perles
d'une invraisemblable grosseur.

Puis c'étaient, debout ou couchées, d'admirables statues poly-
chromes, des émaux, des trépieds d'ivoire et des lampadaires
mystiques, dépouilles opimes de sanctuaires inconnus. Et, dominant cet entassement de merveilles, sur un autel de cristal, se
dressait, hiératique, l'icone d'or massif de Nikita, dieu des trésors,
assis, les jambes croisées comme le Bouddha des légendes, une
main posée sur le ventre, l'autre levée, faisant de ses doigts
étendus le signe ésotérique familier aux statues hindoues. Dans

le front cyclopéen de l'idole brillait un œil unique, fait d'un diamant d'une grosseur et d'un éclat incomparables. Sous l'autel, de
grandes urnes d'or remplies de pierres précieuses débordaient sur
le sol en rutilantes cascades.

Les fugitifs durent faire un effort de volonté pour s'arracher à
l'espèce de fascination qui les retenait comme pétrifiés au seuil de
la grotte féerique.

« Ainsi donc, murmura comme en rêve M. Tockson, Sita et le
papyrus hindou disaient vrai, et voici devant nous ce légendaire
trésor de la déesse Khâli. Cette mine inépuisable de richesses
suffirait à assurer à une nation la suprématie du monde!... »

Tous les trois s'apprêtaient à pénétrer dans la grotte étincelante,
lorsqu'un bruit léger, dominant à peine le murmure du torrent,
vint cependant les faire tressaillir.

Ils prêtèrent plus attentivement l'oreille. Le bruit se renouvela.
Ils distinguaient maintenant le timbre d'une voix humaine. Une
lueur, dans la direction de cette voix, se détachait dans les
ténèbres. Cette lueur remuait, elle se rapprochait. Bientôt, une
forme légère s'avança en bondissant. Il y eut une double exclamation joyeuse. Sita était dans les bras de sa grande amie qui lui
prodiguait les plus tendres caresses.

« Nous sommes sauvés, dit la devadasi, entre deux baisers
J'ai découvert l'ouverture donnant sur la forêt. Elle n'est pas très
éloignée de la *Chaitya.*

— Vous en êtes sûre? fit le docteur qui pouvait à peine croire
à cette chance inespérée.

— Parfaitement sûre; cette issue donne sur une jungle déserte,
au milieu de cactus énormes et de lianes entrelacées qui la

cachent à l'extérieur. Mais on peut aisément s'y frayer un passage. J'ai respiré un instant l'air pur et je suis accourue sur vos traces.

— Chère et courageuse enfant, dit le savant attendri, comment vous remercier de votre dévouement?

— En me gardant près de vous et en m'emmenant loin de ce Maïssour maudit où la vengeance de mes frères m'atteindrait bientôt, répondit la prêtresse dont un frisson d'épouvante secouait le corps frêle et gracieux. »

Déborah lui ouvrit de nouveau ses bras, comme pour la protéger contre d'invisibles ennemis. Et, après une demi-heure d'un repos salutaire consacré par la jeune Hindoue à contempler avec une admiration naïve le fabuleux trésor découvert par ses amis, les fugitifs se remirent en marche pour refaire en sens inverse — mais avec quel renouveau de vigueur! — la voie douloureuse qui allait, cette fois, les conduire à la liberté.

Pourtant Pinsonnet, dès les premiers pas, arrêta du geste la petite caravane.

« Un instant, fit-il. N'emporterons-nous rien des richesses inouïes entassées dans la grotte de cristal? La déesse Khâli nous a fait assez de mal, elle nous doit bien une compensation. »

Et, avant que son oncle eût pu l'en empêcher, le jeune homme avait fort irrévérencieusement escaladé l'autel de *Nikita* et, plus irrévérencieusement encore, s'était installé, à l'aide d'un savant rétablissement, sur le bras tendu du dieu des trésors. De la lame de son couteau, il se mit en devoir de détacher du front de l'idole l'énorme solitaire qui s'y trouvait enchâssé. Avec son adresse ordinaire, il y réussit en peu de temps et n'eut plus qu'à sauter lestement à terre, tenant la colossale gemme qu'il tendit au docteur.

Celui-ci examina curieusement le brillant, il le soupesa, et en fit miroiter à la lumière les innombrables facettes.

« Cette pierre est d'un prix inestimable, dit-il; elle dépasse en poids et en éclat les plus beaux diamants connus.

— Le fait est, reprit Pinsonnet, qu'auprès de l'*Œil de Nikita* — car je propose de lui donner ce nom — le Régent, le Sancy et même le fabuleux Ko-y-Noor, la « Montagne de Lumière », feraient assez triste figure.

— Gardez-la donc, Edgar, dit le savant qui avait d'abord songé à s'opposer à ce rapt sacrilège. Les Nirvânistes n'en seront guère plus pauvres. Et vous l'avez bien gagné, vraiment. Mais je vous préviens que personne au monde, hormis *Nikita* lui-même, ne pourrait vous le payer à sa valeur. »

Pour toute réponse, le jeune Français plaça la pierre dans une poche de son gilet, et, avec cet incomparable accent de « gamin de Paris » qu'il prenait parfois pour égayer sa cousine :

« Et maintenant, c'est *Nikita* lui-même qui me protège. J'aurai toujours son œil sur moi!... »

Miss Deborah sourit, indulgente, et s'appuyant sur le bras de Sita qui s'arrachait à regret à la contemplation du trésor de Khâli, se disposa à suivre son père qui, définitivement cette fois, donnait le signal du départ.

VI

IL EST DES MORTS QU'IL FAUT QU'ON TUE.

Les fugitifs n'avaient pas fait dix pas dans le large corridor qui menait de la grotte au torrent, qu'ils s'arrêtèrent tous les quatre, en proie à une indicible stupeur.

Quelle vision de cauchemar surgissait, tout à coup, dans l'ombre, devant leurs yeux épouvantés?

Debout, au milieu de la galerie dont il semblait leur défendre le passage, un homme silencieux, drapé dans un pagne multicolore, se tenait immobile devant eux!...

Et cet homme, c'était Çoukryana!...

Dans son visage étrange, vivement éclairé par la lueur des torches, les yeux étincelaient d'un feu sinistre. On n'y lisait pas l'expression de la fureur et de la rage, mais plutôt celle du triomphe, de la haine enfin satisfaite et savourant avec calme une effroyable vengeance.

L'apparition du fakir en ce lieu était si tragique, si inattendue que les fugitifs se crurent d'abord le jouet d'une hallucination. Cependant ils reculèrent sous l'action magnétique de ce regard.

Mais, ô terreur! ils virent le spectre se déplacer à son tour, les poursuivre, toujours silencieux et farouche, jusqu'à la

grotte de cristal, jusqu'à la statue de *Nikita*, où ils s'adossèrent
enfin, frissonnants, hagards, le front baigné d'une sueur
froide.

Et le spectre parla!...

De quelle voix sépulcrale!... Avec quels accents d'outre-
tombe!...

« C'est bien moi, dit-il, Çoukryana. Vous allez mourir! »

Et comme Pinsonnet, ne pouvant plus douter maintenant de la
réalité de l'apparition, se tournait vers Sita, avec ces deux mots
rapides « mon revolver », le fakir poursuivit d'une voix rail-
leuse :

« Ne cherche pas ton arme. Cette femme ne te la rendra point.
Elle l'a laissé tomber près de l'entrée des souterrains, près de
cette entrée où je vous ai guettés toute la nuit, sûr de vous y voir
reparaître!...

« Regarde, » ajouta-t-il, et il tourna vers eux le canon brillant
d'une arme que Pinsonnet reconnut aussitôt.

Ainsi la fatalité les poursuivait jusqu'au bout!... Ce revolver,
leur seule défense, il avait fallu que la devadasi le laissât tomber
entre les mains de leur implacable ennemi!

Pourtant Çoukryana ne pressait pas la détente. Il voulait
savourer longuement la jouissance de leur agonie. Il se contenta
de tenir l'arme braquée sur les étrangers, prêt à faire feu, à leur
moindre mouvement.

Un essai de sourire, un hideux rictus flottait autour de ses
lèvres exsangues. Ses narines palpitaient comme s'il eût déjà
flairé leur sang, leur sang qu'il allait répandre, — avec quelle
volupté féroce! — et il fallait que son aspect fût bien terrifiant

pour paralyser aussi longtemps l'énergie physique de deux hommes résolus.

« Lorsque, cette nuit, poursuivit-il, j'ai fouillé les décombres brûlants du temple, sans y retrouver vos cadavres, j'ai compris que vous aviez découvert l'entrée secrète du souterrain. Et dans cette retraite inaccessible, vous deviez vous croire sauvés.... Insensés!... Vous ne connaissiez pas Çoukryana. Comment pouviez-vous espérer que je vous laisserais fuir sans me dresser une fois de plus devant vous, réclamant une impitoyable vengeance, au nom de mes dieux outragés?...

— C'est assez, interrompit Tockson d'une voix sombre. Puisque nous sommes sans défense et que nous devons mourir, tuez-nous. Finissons-en.

— Soit, dit Çoukryana, vous n'attendrez pas longtemps. »

Il parut un instant hésiter sur le choix de sa première victime, puis, par un raffinement cruel, ce fut miss Deborah qu'il visa d'abord.

La jeune fille n'était qu'à quelques pas de lui.

Il fit feu.

Un grand cri, sorti de quatre poitrines, se mêla sous la voûte sonore au fracas de la détonation. Rapide comme la pensée, Pinsonnet s'était jeté devant sa cousine, lui faisant un rempart de son corps. Il avait reçu la balle en pleine poitrine.

Mais, quand la fumée du coup de feu se dissipa, Çoukryana l'aperçut devant lui, sain et sauf, légèrement pâle, mais debout et souriant. Juste à la place du cœur, il y avait un petit trou noir dans les vêtements du jeune homme. C'était là que la balle avait frappé, mais — par quel miraculeux hasard! — elle avait rencontré « l'Œil de Nikita » et s'était aplatié sur la pierre indestructible.

Stupéfait, le fakir contempla son invulnérable ennemi, avec des yeux dilatés par la surprise. Et, lâchant son arme, il se couvrit le visage de ses mains osseuses et s'affaissa sur le sol.

C'est qu'une terreur folle, surnaturelle, avait subitement envahi sa pensée, désorganisé son cerveau!... Déjà la série des providentiels hasards qui s'étaient succédé pour arracher ses ennemis à sa vengeance, chaque fois qu'il croyait les saisir, avait fait naître dans son esprit bien des doutes torturants.

Ses divinités seraient-elles moins fortes, moins puissantes, que les dieux des étrangers? Voilà qu'un miracle évident, palpable, lui révélait au moment suprême l'intervention d'une volonté d'en haut, favorable aux sacrilèges. Les dieux avaient prononcé contre lui, Çoukryana. Il était vaincu.

A peine s'était-il écroulé à terre, que Sita, souple comme un serpent, s'était glissée jusqu'au revolver et l'avait ramassé prestement.

Elle le tendit, tout fumant encore, à Pinsonnet.

« Tuez-le, s'écria-t-elle, tuez-le vite.

— Grâce, Edgar, faites grâce! implora Deborah; si vous m'aimez, ne répandez pas le sang de cet homme devant moi! »

Et comme Pinsonnet, indécis, interrogeait son oncle du regard :

« Si vous ne le tuez pas, reprit Sita, sa haine ne cessera de nous poursuivre, et nous n'échapperons pas toujours à ses coups. »

La justesse de ce raisonnement frappa M. Tockson, qui, refoulant ses sentiments de pitié, allait faire signe à son neveu d'immoler leur implacable ennemi, lorsque Pinsonnet eut une de ces idées originales qui lui étaient familières. Il s'approcha du fakir et posa sur la poitrine du prêtre le canon de son arme.

A ce contact, Çoukryana avait tressailli. Il leva vers le jeune homme des yeux éperdus, vides de toute pensée. Quoique ses traits fussent plus pâles encore qu'à l'ordinaire, ils ne trahissaient aucune terreur, mais un découragement immense, la résignation farouche d'une âme qui s'abandonne à la fatalité.

« Ta vie est entre mes mains, » lui dit Pinsonnet.

Et, comme le fakir demeurait toujours muet, insensible en apparence :

« Bois ceci, » fit le jeune homme.

De la main gauche, il lui tendait un flacon débouché, le flacon de jade, contenant le reste de la liqueur magique, de cette liqueur découverte par Tockson aux pieds de l'idole, et dont la conquête avait, tant de fois déjà, failli leur coûter la vie.

Avec des gestes saccadés et inconscients, Çoukryana saisit le flacon fatal. Pendant quelques secondes, il le considéra d'un œil égaré, puis, brusquement, le portant à ses lèvres, il en avala le contenu d'un seul trait.

A peine avait-il bu, qu'on vit son visage se transfigurer tout à coup. Une expression de bonheur surhumain, d'ineffable extase, se répandit sur ses traits. Ses pommettes se colorèrent légèrement, ses paupières battirent et, lentement, ses yeux se fermèrent avec douceur; puis, dans une sorte de spasme, redressant sa haute taille, il tendit les bras comme à la rencontre de quelque céleste apparition. La bouche entr'ouverte, les narines frémissantes, il semblait goûter déjà les obscures délices du Nirvâna!

19

Soudain, il ferma les poings, chancela, et s'abattit raide sur
le sol, tandis que de ses lèvres faiblement agitées, s'exhalaient,
avec son dernier souffle, ces mots mystérieux :

« *Ankayal Kannamaya!...* »

Les fugitifs s'étaient rapprochés du fakir. Ils gardaient le
silence, émus et respectueux presque, devant ce sommeil si semblable à la mort qu'il empruntait quelque chose de sa funèbre
majesté. L'incorrigible observateur qu'était Tockson osa cependant
se pencher sur le corps du prêtre de Khâli et l'ausculter à travers
les étoffes qui le drapaient comme un linceul. Il constata que le
corps avait déjà repris cette rigidité cadavérique, cette sonorité de
bois sec qu'il avait déjà relevées dans les expériences de son *Private Museum*.

« Pauvre Çoukryana, murmura-t-il, en se relevant, le voilà
parti pour une seconde épreuve. Je serais curieux de savoir si
elle durera autant que la première. »

Pinsonnet, à qui surtout s'adressaient ces paroles, ne répondit
pas tout d'abord; il semblait réfléchir à quelque nouveau projet.

« Pardon, mon oncle, dit-il au bout d'un instant, en désignant
du doigt leur ennemi momifié. Allons-nous le laisser là?...
ou désirez-vous le remporter dans votre *Private Museum*? »

M. Tockson accueillit cette inoffensive boutade d'un hausse-
ment d'épaules.

« Eh bien, puisqu'il reste ici, poursuivit le jeune homme,
alors permettez-moi de l'installer confortablement. »

Et, comme il l'avait fait naguère à Chicago dans des circonstances bien différentes, il souleva le corps raide du fakir et le
transporta jusqu'au pied de l'autel de Nikita. Là, il avisa une

niche de cristal, creusée dans le socle de l'idole, par une disposition décidément commune à toutes les saintes images de Gondapour. Rapidement, il renversa du pied les grandes urnes
d'or, d'où s'écoula un fleuve de diamants et d'autres gemmes
étincelantes. Il en fit un lit de pierreries sur lequel il étendit

Pinsonnet disposa un lit de pierreries sur lequel il étendit Çoukryana inanimé.

Çoukryana, les pieds en avant, la tête abritée sous la niche de
cristal.

Dans cette tombe éblouissante, le fakir allait de nouveau dormir son sommeil magique. Pour combien de temps cette fois?...

. . . .

Pinsonnet avait terminé sa macabre besogne et l'on allait se
remettre en route lorsque Deborah s'approcha lentement de lui.

Elle mit dans la sienne sa fine main blanche et, d'une voix légèrement tremblante qu'elle s'efforçait en vain d'assurer :

« Cher Edgar, dit-elle, vous m'avez sacrifié bien des fois votre existence. Je ne puis vous donner qu'une fois la mienne. Cela suffira-t-il pour m'acquitter ? »

VII

Parvenue après une longue marche à l'orifice extérieur du souterrain et guidée dans la forêt par la devadasi qui en connaissait les moindres sentiers, la petite caravane parvint, sans avoir fait de mauvaise rencontre, au bungalow de Nidjigul.

Nul écho des événements inouïs qui s'étaient déroulés depuis deux jours dans la forêt mystérieuse ne semblait être parvenu jusqu'à la petite ville, toujours calme et somnolente au bord de la grande route poudreuse.

Cependant une certaine animation régnait dans l'hôtellerie. Le Kitmugar n'avait pas reparu et les serviteurs commençaient à s'inquiéter de son éclipse prolongée.

Les fugitifs ne s'arrêtèrent que le temps de reprendre leurs légers bagages, avec des vêtements décents, et, sous la garde d'une solide escorte d'honnêtes hamals, ils se mirent en route vers Bengalore.

Dans cette ville, centre important et civilisé, ils trouvèrent des médecins, des remèdes, des autorités régulières, auxquelles M. Tockson alla faire sa déclaration.

Puis ils se dirigèrent, par voie ferrée, sur Pondichéry. Un repos d'une quinzaine de jours dans cette délicieuse oasis acheva de rendre à miss Deborah la plus florissante santé. Le consul des États-Unis avait mis sa villa à la disposition de ses compatriotes et n'avait pas voulu qu'ils cherchassent d'autre gîte pour toute la durée de leur séjour.

Inutile de dire que Sita ne les avait pas quittés. Deux choses procuraient à la petite prêtresse une satisfaction sans mélange. La première, c'est que, cédant à ses instances, la famille Tockson lui avait promis de l'emmener en Amérique. La seconde, c'est qu'elle venait de faire, grâce aux libéralités de miss Deborah, l'emplette d'une robe européenne, d'un chapeau tapageur et d'une paire de bottines à hauts talons Louis XV, ensemble qui — le chapeau surtout — la remplissait à la fois d'orgueil et d'admiration.

Et cependant la vérité nous force à reconnaître qu'avec cet accoutrement banal la petite Sita apparaissait beaucoup moins à son avantage que sous le *sari* et les écharpes de soie qui enveloppaient naguère d'on ne sait quel charme ensorceleur sa gracieuse physionomie.

Enfin l'heure du départ arriva.

Au moment où nos quatre voyageurs s'engageaient sur le léger pont-passerelle conduisant au paquebot, un homme, fendant la foule des coolies et des oisifs, s'approcha de Sita et lui porta à la poitrine un violent coup de poignard. Mais la prêtresse transfuge, qui se savait toujours en danger de mort tant qu'elle foulerait le sol de l'Inde, se tenait sur ses gardes.

D'un geste prompt et adroit, elle avait détourné l'arme, qui ne fit que l'effleurer.

L'homme fut aussitôt arrêté et fouillé. C'était Kabir, le Kitmugar du bungalow de Nidjigul, le Nirvâniste farouche, qu'un mons-
trueux fanatisme poussait à ce fratricide.

Heureusement, grâce au sang-froid de la jeune Hindoue, la
blessure était légère. L'assassin fut remis aux mains de la police
et le départ des voyageurs put s'effectuer sans retard.

Ils retrouvèrent, on le conçoit sans peine, le laboratoire et le

Un homme s'approcha de Sita et la frappa de son poignard.

Private Museum de Chicago dans un assez triste état. Un beau
désordre y régnait. Mais du moins le docteur Tockson eut l'explication tant désirée du réveil de Çoukryana. En effet, il a trouvé sa
cabine d'électrocution grande ouverte. De plus, il a reçu une forte
note de la compagnie de force électrique à laquelle il était abonné.
Le fakir avait, comme on le pense bien, négligé d'interrompre
le formidable courant qui l'avait ressuscité et qui n'avait pas
cessé de fonctionner dans le vide depuis sa sortie du laboratoire !

Le mariage de Pinsonnet et de Deborah fut célébré un mois
après le retour à Chicago.

Le jeune homme étant catholique et la fiancée protestante, il fallait deux célébrations religieuses. On se rendit donc, tour à tour, dans chacune des deux églises situées, l'une et l'autre, au vingt-neuvième étage de la *Gigantic House.*

Puis, prenant un ascenseur, on acheva gaiement la journée dans la grande salle de festin et de bal du dernier étage, d'où un autre ascenseur redescendit ensuite les nouveaux époux jusqu'au petit appartement qui devait abriter leur bonheur.

La félicité parfaite ne peut se décrire. Et ceux qui la possèdent la cachent avec un soin jaloux.

Mais, bien que parfaitement heureux, Pinsonnet ne pouvait rester inactif. Le brave garçon a renoncé à la science, pour laquelle il ne se sentait décidément aucune vocation et dit un adieu définitif au *Private Museum.*

Pour occuper sa débordante activité, il a eu l'idée de fonder un journal, — un journal gigantesque, bien moderne, admirablement outillé, tel qu'en conçoivent les Américains. C'est l'*Œil de Nikita* qui a fourni les capitaux nécessaires.

Le 1er décembre dernier a donc paru le premier numéro du *Dominion and Michigan Herald,* organe de douze grandes pages de huit colonnes chacune, rédigé en deux langues — en français et en anglais — et destiné à la fois aux lecteurs de l'Amérique et à ceux du Canada.

Le *Dominion and Michigan Herald* occupe, cela va de soi, un grand nombre de reporters dont la majorité — selon la mode d'Amérique — appartient au sexe faible.

L'un de ces reporters n'est autre que notre amie Sita. La jeune Hindoue, dont miss Deborah et son père se sont complu à développer et à orner l'intelligence naturelle, s'est merveilleusement assimilé notre culture occidentale. Elle écrit ses « informations » dans un joli style agréablement teinté d'un léger maniérisme exotique, et jouit déjà d'une certaine notoriété dans la presse d'outre-mer.

Sur l'un des panneaux de son élégant cabinet de travail, elle a accroché le poignard que Kabir, au moment de son arrestation, avait laissé glisser de sa main crispée. C'est une arme assez ordinaire. Cependant, en l'examinant de près, on peut lire deux mots gravés sur la lame :

Ankayal Kannamaya!

TABLE DES MATIÈRES

44 751. — Imprimerie LAHURE, 9, rue de Fleurus, à Paris.